UNTOTE KLASSIKER

Band 3

Maurice Level
DIE TORE DER HÖLLE

··· UNTOTE KLASSIKER ···

Band 3

Maurice Level

DIE TORE DER HÖLLE

JOJO

UNTOTE KLASSIKER
Band 3

Maurice Level
DIE TORE DER HÖLLE

© 2021 JOJOMEDIA Verlag, 1200 Wien
Herausgeber: Jo Piccol
Artwork und Illustrationen: Ladi Bartok
Gestaltung und Satz: Ulli Faber
Übersetzung, Redaktion und Lektorat: Jo Piccol
Konzept und Idee: Ulli Faber, Jo Piccol
Bildmaterial Cover: Adobe Stock
Herstellung: BoD – Books on Demand, Norderstedt

ISBN: 978-3-903358-04-1
www.jojo-media.at

Die Original-Ausgabe erschien 1910 unter dem Titel
„LES PORTES DE L'ENFER" bei Édition du Monde Illustré.

INHALT

4

UNTOTE KLASSIKER

In der Reihe UNTOTE KLASSIKER
präsentiert der JOJOMEDIA Verlag unentdeckte,
vergessene oder vergriffene Highlights aus dem
Bereich der unheimlichen Literatur
(international auch als „Weird Fiction" bezeichnet)
in neuer, hochwertiger und zeitgemäßer Aufmachung.

Jeder Band enthält neben eigens für die Reihe
UNTOTE KLASSIKER gestalteten kunstvollen
Illustrationen auch ein vertiefendes Vorwort
mit ausführlichen Hintergrundinformationen
zu Buch und Autor.

Die UNTOTEN KLASSIKER gibt es als
exklusives Hardcover, als edles Paperback mit
strukturgeprägtem Einband und als E-Book.

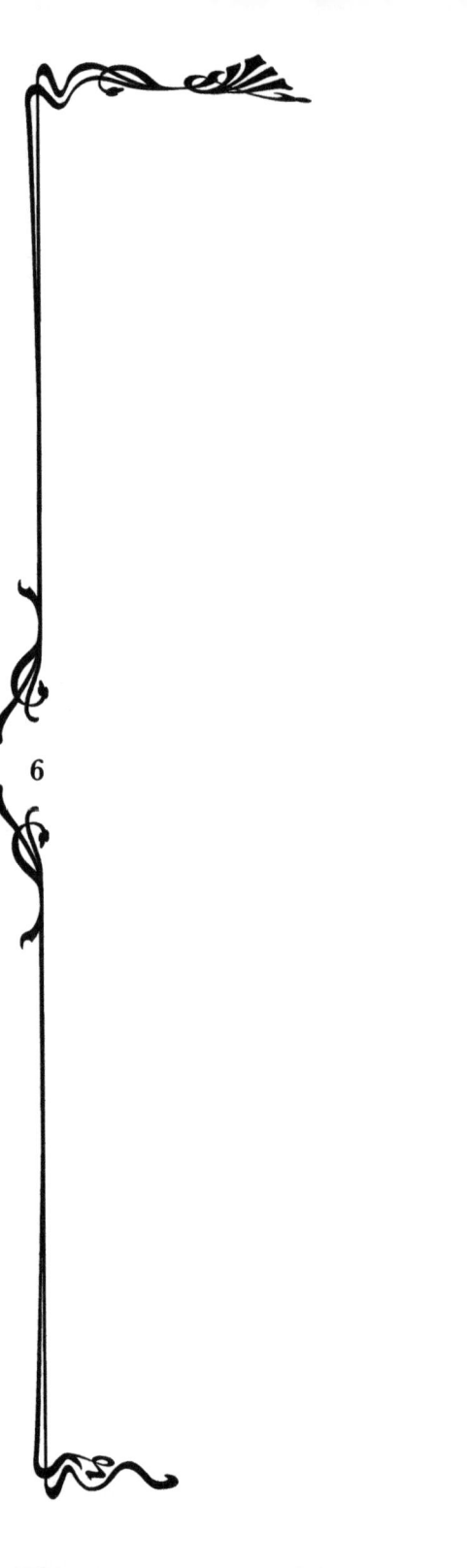

6

EIN HÄNDLER VON ALBTRÄUMEN

Maurice Level

8

Als „Händler von Alb-
träumen" und „Erzähler
unheimlicher Geschich-
ten" – so bezeichnete
sich Maurice Level selbst
1922 anlässlich der Wie-
deraufführung des auf
seiner gleichnamigen
Kurzgeschichte beru-
henden Stücks *La baiser
dans la nuit (Der Kuss in
der Nacht)* im berühmten
Pariser Grand-Guignol-Theater.

Zu dieser Zeit, drei Jahre vor seinem frühen Tod,
hatte Level seinen Schwerpunkt als Autor allerdings
bereits auf andere Bereiche verlagert und schrieb vorwiegend pittoreske Abenteuer- und Kriminalromane sowie
humoristische Glossen für Zeitungen und Zeitschriften.
Zuvor war er neben seiner Tätigkeit als Journalist und
Kulturkritiker vor allem als Verfasser von makabren
Kurzgeschichten bekannt geworden, die in zahlreiche
Sprachen übersetzt wurden und international erfolgreich
waren.

Obwohl man nach wie vor nur sehr wenig über die
persönlichen Lebensumstände von Level weiß, und seine
ungebrochene Bekanntheit als Meister des Schreckens
vor allem den Übersetzungen seiner Geschichten in den
angloamerikanischen Raum zu verdanken ist, während
er in seinem Heimatland Frankreich lange Zeit vergessen
war, lässt sich doch anhand seiner Bibliographie und

anderen zeitgenössischen Quellen ein plastisches Bild seiner Karriere und seines künstlerischen Schaffens zeichnen. Zu verdanken ist das vor allem der akribischen Recherche- und Forschungsarbeit einer Gruppe von französischen Level-Enthusiasten rund um Jean-Luc Buard (Mitbegründer und Chefredakteur des Literaturmagazins *Le Rocambole*) und Philippe Gontier, der sich als Herausgeber von Anthologien und Veröffentlichungen zur Popkultur einen Namen gemacht hat. Durch diese Arbeit, der wir auch einen Großteil unseres aktuellen Wissensstandes über Level verdanken, wurde neben der Publikationsgeschichte von dessen Erzählungen, Romanen und Bühnenstücken auch einiges an Material zur Person des Autors zutage gefördert. In Frankreich wurde dadurch in den letzten Jahren eine kleine „Level-Renaissance" in Gang gesetzt, die in kommentierten Neuauflagen seiner wichtigsten Werke gipfelt und seine Bedeutung als Wegbereiter der Literatur des Grauens und des Horror-Genres unterstreicht. Diesen Rang Levels, der bis auf vereinzelte frühe Übersetzungen von einigen Erzählungen und Romanen im deutschsprachigen Raum bis dato so gut wie unentdeckt geblieben ist, wollen wir nicht zuletzt auch mit der hier im Rahmen der Reihe UNTOTE KLASSIKER vorliegenden Erstausgabe seiner Kurzgeschichtensammlung *Les portes de l'enfer* in deutscher Sprache würdigen.

Maurice Level wurde am 29. August 1875 als jüngstes von drei Kindern unter dem Namen Maurice Paul Loewel in eine jüdische Familie geboren. Sein Vater Michel Loewel (frz. Level) war Militärarzt im Rang eines Majors, seine Mutter Clémentine Kaïm (frz. Cahun) literarische

Leiterin der Zeitung *La Liberté*. Im Jahr 1879 wurde Michel Loewel nach Algerien versetzt, seine Familie folgte ihm an seinen Dienstort, ebenso wie nach seiner Rückkehr ins Heimatland ab 1983 in verschiedene französische Garnisonsstädte (Bourges, Soissons, Bordeaux). Als Michel Loewel 1895 pensioniert wurde, war der Sohn zur weiteren Ausbildung bereits nach Paris an die Eliteschule Lycée Louis le-Grand geschickt worden. Eigentlich sollte Maurice danach an der renommierten Universität École normale supérieur Geisteswissenschaften studieren, entschied sich jedoch dafür, sich an den medizinischen Fakultäten von Paris und Bordeaux einzuschreiben, um wie sein Vater Arzt zu werden.

Nachdem Maurice Level den Doktortitel erlangt hatte, begann er als Assistenzarzt in einem Krankenhaus zu arbeiten und nebenbei erste Erzählungen zu schreiben. Seine literarische Ader dürfte vom mütterlichen Zweig der Familie herrühren, dem er auch seine ersten Veröffentlichungsmöglichkeiten zu verdanken hatte. Eine Schwester seiner Mutter war mit dem Verleger Georges Schwob verheiratet, dessen Sohn Marcel Schwob – also der Cousin von Maurice Level – sich zu dieser Zeit bereits einen Namen als brillanter junger Autor und Übersetzer von Shakespeare und Robert Louis Stevenson *(Der seltsame Fall des Dr. Jekyll & Mr. Hyde)* gemacht hatte. Marcel Schwob veröffentlichte unter anderem in einer der damaligen großen Tageszeitungen von Paris, im *Le Journal*, für die wiederum auch ein weiterer Onkel von Level, der Historiker und Schriftsteller Léon Cahun, tätig gewesen war. Schließlich war der Gründer des *Le Journal* auch noch ein früherer Mitarbeiter von Georges Schwob. Vor

diesem Hintergrund erscheint es wenig verwunderlich, dass 1901 die erste von Level eingereichte Kurzgeschichte, *Les Cheveux*, vom Herausgeber des *Le Journal*, José-Maria de Heredia, sofort wohlwollend angenommen wurde.

Nach einigen weiteren Geschichten und Artikeln schloss Level 1902 einen Vertrag mit Heredia ab, der ihm über Jahre hinaus regelmäßige Veröffentlichungen im *Le Journal* sicherte und dadurch auch die Türen zu anderen namhaften Zeitungen und Zeitschriften (z. B. *Le Supplément, Le petit bleue, L'Auto, Le Monde illustré, Le Figaro illustré, Phare de la Loire*, ab 1908 auch *Le Matin*) eröffnete. In diesen Publikationen erschienen in der Folge seine „grausamen Geschichten", die ihn rasch populär machten.

Level erreichte über die Presse ein großes Publikum – die führenden Blätter hatten zu dieser Zeit sehr hohe Auflagen (im Fall des *Le Journal* an die 450.000 Exemplare). Ein Umstand, den auch viele berühmte Zeitgenossen Levels aus der schreibenden Zunft wie Emile Zola, Marcel Proust, Guillaume Appolinaire, Gustave Flaubert, Anatole France, Alfred Jarry oder Gaston Leroux *(Das Phantom der Oper)* für sich zu nutzen wussten, in dem sie ihre Werke wie damals üblich zunächst in den großen Tageszeitungen und Zeitschriften publizierten, zum Beispiel in Form von Fortsetzungsromanen.

Ende 1903 hatte sich Level bereits so erfolgreich als Journalist und Schriftsteller etabliert, dass er es sich leisten konnte, seine medizinische Tätigkeit aufzugeben, die sich allerdings in vielen seiner späteren Geschichten thematisch niederschlagen sollte. Vielleicht war ein Mitgrund dafür auch, dass er selbst an Tuberkulose erkrankt war, ein Thema, das ihn künftig bis zu seinem Lebensende

begleiten sollte und über das er auch Fachartikel schrieb. Bis 1906 verfasste Level nun pro Jahr neben sonstigen journalistischen Tätigkeiten mindestens 20 bis 30 Erzählungen für diverse Zeitungen und Zeitschriften. Tatsächlich nahm die Kurzgeschichte zu dieser Zeit in der Presse eine wichtige Stellung ein und war gemeinsam mit der Chronik ein von den Lesern besonders geschätzter Ressortbereich. So konnte man sich als Autor damit seinen Lebensunterhalt zuverlässiger verdienen als mit der Veröffentlichung von Büchern.

Besondern beliebt waren die Geschichten von Level, die abgründige Themen wie Wahnsinn und Krankheit, Mord und Verbrechen, Prostitution oder Ehebruch zum Gegenstand haben. Es sind Geschichten des Schreckens mit überraschenden Pointen, in denen die Figuren, die sich oft in psychologischen Ausnahmesituationen befinden, durch unglückliche Umstände, Zufall, Pech, höhere Gewalt oder ihre eigenen Ängste auf unerwartete Weise Opfer der Ironie des Schicksals werden. Die Figuren darin geraten in außergewöhnliche, extreme oder dramatische Situationen, die aber dennoch meist im Bereich des Plausiblen bleiben. Der Horror entsteht nicht durch übernatürliche Elemente, sondern aus der grausamen Bestimmung der Protagonisten, ihrem Kismet, dem sie nicht entkommen können.

Die Bezeichnung dieser Art von Geschichten, die *Contes cruels*, geht zurück auf die gleichnamigen Erzählungssammlungen von Auguste Villiers de l'Isle-Adam und Octave Mirbeau, die 1883 bzw. 1890 erschienen waren. Wenngleich man davon ausgehen kann, dass Maurice Level mit den Werken von Villiers de l'Isle-Adam und

13

Mirbeau vertraut war, zumal sich deren Leben und Wirken noch teilweise mit dem seinen überschnitt, müssen als seine erklärten Vorbilder doch vor allem die Namen von zwei weiteren Schriftstellern genannt werden, von denen er laut eigenen Aussagen stark beeinflusst war.

Es handelt sich um Edgar Allan Poe und Guy de Maupassant. Maurice Level war sich dieses Einflusses und der Stellung von Poe und Maupassant als Vorreiter der Literatur des Grauens im Allgemeinen und der *Contes cruels* im Speziellen auch klar bewusst. Als er 1904 einen Vortrag über die „Erzähler von furchterregenden Geschichten" hielt, bat er einen befreundeten Schauspieler, dazu auch beispielhafte Texte dieser beiden frühen Virtuosen der Kunst, eine unheimliche Stimmung der Angst zu erzeugen, vorzulesen. Mit Poe, dem Wegbereiter der modernen Horror- und Detektivgeschichte, verbindet Level die Raffinesse in der Art und Weise, mit dem Hinarbeiten auf eine finale Pointe Spannung zu erzeugen, sowie das große psychologische Einfühlungsvermögen bei der Beschreibung seiner oft von wahnhaften Vorstellungen übermannten und am Rande des Irrsinns stehenden Figuren – Poes klassische Schauergeschichte *The Tell-Tale Heart (Das verräterische Herz)* zum Beispiel könnte gut und gerne als prototypisches Modell für Levels *Sous le soleil rouge (Unter dem roten Licht)* durchgehen. Die hervorragende Darstellung der handelnden Personen und des Milieus ist ein gemeinsames Kennzeichen von Level und Guy de Maupassant, ebenso wie die Technik, durch einen am Rande beteiligten Ich-Erzähler selbst abwegigen Geschehnissen eine besondere Authentizität und Überzeugungskraft zu verleihen. Einige der Geschichten von Level und Mau-

passant tragen sogar denselben oder einen sehr ähnlichen Titel *(Ein Verrückter, Der Vater, Der Hahn krähte …).*

Während Maupassant und vor allem Poe ihre Effekte aber häufig immer noch aus übernatürlichen, phantastischen Elementen beziehen und damit der Schauerromantik verbunden bleiben, setzt Maurice Level auf einen modernen, naturalistischen Zugang: Er seziert die handelnden Personen mit seinem Blick als gelernter Arzt und Mediziner, die Settings sind keine alten und fluchbeladenen Schlösser oder Friedhöfe, sondern Züge, Gefängnisse, Krankenanstalten oder ganz einfach das Dunkel der Nacht, und der Schrecken wird nicht durch Geister oder Monster hervorgerufen, sondern durch den Blick in die inneren Abgründe seiner gequälten Protagonisten (teilweise basierend auf realen Vorkommnissen und Kriminalfällen), denen Levels Mitgefühl gilt.

In diesem Stil schrieb Maurice Level bis 1913 mindestens hundert Erzählungen und Kurzgeschichten, die in ihrem ganzen Umfang heute aufgrund ihres verstreuten Erscheinens in diversen Zeitungen und Zeitschriften, teilweise unter Pseudonymen, nur mehr schwer zugänglich beziehungsweise gänzlich verschollen sind. Seine nachhaltige Bekanntheit als „Fürst des Grauens" verdankt Level – neben den späteren höchst erfolgreichen Dramatisierungen seiner eigenen Geschichten für das Grand-Guignol-Theater – vor allem zwei Sammelbänden, in denen von ihm ausgewählte Erzählungen in Buchform veröffentlicht wurden, sowie deren Übersetzungen ins Englische und Japanische: *Les portes de l'enfer* (1910) und *Les oiseaux de nuit* (noch nicht auf Deutsch übersetzt) aus dem Jahr 1913.

Der französische Level-Experte Jean-Luc Buard sieht dessen Auswahlkriterien für diese beiden Bände als entscheidend im Hinblick auf seinen posthumen literarischen Ruf. Level wollte wohl bewusst eine Sammlung seiner erschreckendsten Geschichten zusammenstellen, auch wenn diese weder zu den damals am populärsten und bekanntesten oder am meisten nachgedruckten gehörten, und auch wenn dafür einige erfolgreiche Erzählungen verworfen wurden, die der Autor trotz ihrer Beliebtheit für weniger gelungen hielt. Weiters unterzog Level seine Geschichten vor der Buchveröffentlichung einer sorgfältigen Überarbeitung, um ihre erzählerische Ökonomie zu verfeinern und ihre Suggestivkraft zu verstärken. So entfernte er überflüssige Adjektive sowie allzu pathetisches Vokabular und betonte den dramatischen Charakter seiner Geschichten durch einen nüchternen Stil, der ihre Wirkung erhöhen sollte und der nach Buards Meinung wesentlich zur endgültigen Qualität der Sammlungen beiträgt.

In der vorliegenden ersten deutschsprachigen Gesamtausgabe von *Die Tore der Hölle* sind vor allem die früheren Geschichten von Maurice Level enthalten, darunter so bekannte wie die vielfach übersetzten und immer wieder in Anthologien aufgenommenen *Sous la lumière rouge (Unter dem roten Licht)*, *L'Encaisseur (Der Inkassobeamte)*, *Le Rapide 10h50 (Der Schnellzug um 10 Uhr 50)* oder *Un Maniaque (Ein Verrückter)*. Die Protagonisten sind durchwegs Verdammte, die durch die titelgebenden „Tore der Hölle" in die ewige Finsternis eintreten, in einen Zustand voller Verzweiflung und Schrecken, in dem keine Erlösung möglich ist – ganz nach dem Motto aus Dantes *Inferno*: „Ihr, die ihr hier ein-

tretet, lasset alle Hoffnung fahren."

Einen weiteren symbolträchtigen Bezug stellt in diesem Zusammenhang der Querverweis auf das Hauptwerk des berühmten französischen Bildhauers Auguste Rodin dar, der ebenfalls ein Zeitgenosse Levels war: *Das Höllentor*, das ursprünglich für das Pariser Musée des Arts Décoratifs entworfen, aber nie wie geplant ausgeführt wurde, und dem so bekannte Skulpturen wie *Der Denker* oder *Der Kuss* entstammen.

Die nachhaltige internationale Bekanntheit der *Contes cruels* von Level geht auf das Jahr 1920 zurück, in dem er einen Vertrag mit seiner englischen Übersetzerin Alys Eyre Macklin abschloss. Dieser besorgte als seine literarische Agentin die Veröffentlichung von insgesamt 26 Geschichten aus den beiden ursprünglichen Sammlungen unter dem Titel *Crises: Tales of Mystery and Horror* in London und New York. Diese Ausgabe, die vom Publikum wie von der Kritik sehr gut aufgenommen wurde, diente auch als Quelle für die Veröffentlichung einzelner Erzählungen in Anthologien und Magazinen wie dem legendären *Weird Tales*, ebenso wie für eine Übersetzung ins Japanische im Jahr 1927. Diese erreichte ebenfalls hohe Auflagen und war so der weiteren Verbreitung von Levels Werken dienlich.

Sogar der amerikanische Godfather der unheimlichen Geschichte, der Weird Tale, H. P. Lovecraft, erwähnte Level in seinem Essay *Supernatural Horror in Literature* in Zusammenhang mit den *Contes cruels* lobend: „Diese Art von Geschichten ist weniger ein Teil der phantastischen Tradition als eine eigenständige Gattung, die der sogenannten *Contes cruels,* in denen die Emotion durch drama-

17

tische Qualen, Frustrationen und grausame körperliche Schrecken erzeugt wird. Beinahe ausschließlich auf diese Form hat sich der Schriftsteller Maurice Level spezialisiert, dessen kurze, stark verdichtete Geschichten sich hervorragend für die Bühnenadaption als spannende Grand-Guignol-Stücke eignen."

Ein Statement, das sicher auch dazu beigetragen hat, dass sich der Lovecraft-Biograf S. T. Joshi – aktuell einer der weltweit einflussreichsten Kritiker und Kommentatoren des Horror-Genres – intensiv mit Maurice Level befasste und 2011 eine Zusammenstellung sämtlicher auf Englisch übersetzter Erzählungen (neben denjenigen aus *Crisis* mit weiteren 13 verstreut erschienen Geschichten) unter dem Titel *Thirty hours with a corpse* veröffentlichte.

Lovecraft verweist in seinem Essay auch auf das zweite Erfolgsfundament von Levels Erzählungen – die perfekte Eignung für die Theaterbühne. Maurice Level hatte sich wie schon eingangs erwähnt nach Erscheinen seiner beiden Sammlungen von *Contes cruels* vermehrt anderen literarischen Formen zugewandt, unter anderem mit seinem ersten, 1908 erschienenen Kriminalroman *L'épouvante (Entsetzen)*, humoristischen Glossen über das Pariser Alltagsleben mit der Galionsfigur der Madame Mado, oder seiner jahrelangen Tätigkeit als Theaterkritiker für die renommierte Zeitschrift *La Semaine theatrale*, und er hatte das Potential seiner Geschichten für die Bühne erkannt.

Nach frühen Kollaborationen mit Freunden wie dem heute als Science-Fiction-Pionier geltenden Guy de Téramond und Jean-Joseph Renaud, mit dem er den Einakter *Lady Madeline* nach Poes *Der Untergang des Hauses Usher*

verfasst hatte, feierte er 1911/1912 wahre Triumphe mit den Aufführungen von zwei Dramatisierungen seiner eigenen Geschichten – *Sous la lumière rouge* (mit Co-Autor Etienne Rey) und seinem wohl bekanntesten Stück *Le baiser dans la nuit* am höchst populären Grand-Guignol-Theater.

Das Grand Guignol, auch mit vielsagenden Beinamen wie „Das Haus der tausend Schreie" oder „Kathedrale der Angst" tituliert, war 1897 in einer alten Kapelle am Ende der Rue Chaptal im verrufenen Vergnügungsviertel Pigalle gegründet worden und bot den perfekten Schauplatz für Levels Stoffe.

Allabendlich wurde dort, im kleinsten Pariser Theater mit 290 Sitzplätzen, die schockierendste Show der ganzen Stadt mit jeder Menge Blut, anzüglicher Erotik und schwarzem Humor geboten: Unter Einsatz von Tricktechnik auf der Höhe der Zeit standen im Grand Guignol möglichst realitätsgetreue Darstellungen von grässlichen Morden, bizarren Operationen und grausamen Gewalttaten auf dem Spielplan, die regelmäßig für Skandale sorgten. An Spitzentagen sollen bis zu fünfzehn Besucher während der Aufführungen in Ohnmacht gefallen sein, und die Schauspielerin Paula Maxa wurde sogar als die „meistermordete Frau der Welt" bezeichnet, nachdem sie über zehntausend Mal mit verschiedensten Methoden auf der Bühne ins Jenseits befördert worden war.

Maurice Level war zwar nicht der Starautor des Grand Guignol – diese Ehre gebührt seinem Kollegen und Förderer André de Lorde, einem Schriftsteller, der für seine Stücke über geisteskranke Mörder sogar mit einem echten Psychiater zusammenarbeitete, doch gerie-

19

ten die meisten seiner dramatischen Bearbeitungen eigener Geschichten, wie z. B. *La malle sanglante (Der blutige Koffer)* oder *Le gosse ambigu* (mit Jean-José Frappà, nach Levels Erzählung *Der Bastard*) zu Kassenschlagern, die auch Jahre nach seinem Tod immer wieder neu aufgeführt wurden.

Auch während des Ersten Weltkrieges, den Level als Assistenzarzt in Arcachon verbrachte, und der ihn zu Kriegserzählungen und dem Roman *Vivre pour la patrie* inspirierte, hielt Level seine intensive Verbindung zur Pariser Kunst- und Kulturszene aufrecht und pflegte persönliche Beziehungen zu vielen prominenten Künstlern seiner Zeit. 1917 heiratete er Jeanne Maréteux, die ebenfalls Theaterstücke schrieb. Sein Schwiegervater war ebenfalls Dramatiker und Maler, seine Schwägerin und deren Ehemann waren Schauspieler. Einer der Trauzeugen war der populäre Theaterkritiker René Blum, ein Freund von Marcel Proust und später Gründer und Impresario der Oper in Monte Carlo.

Ein allzu langes Glück war dem Paar jedoch nicht beschieden, denn parallel zu seiner fortgesetzten Arbeit als Journalist und Autor – sogar für das neu aufkommende Medium Film (*Barrabas*, 1921) – verschlechterte sich Levels gesundheitliche Situation aufgrund seiner Tuberkulose-Erkrankung immer mehr. Nachdem er schon 1924 einen Erholungsaufenthalt in Südwestfrankreich antreten hatte müssen, starb Maurice Level am 14. April 1925 in seinem Haus im Pariser Vorort Rueil, wo er zwei Tage später auch beerdigt wurde.

Obwohl Level bis zu seinem Tod intensiv schriftstellerisch tätig blieb und wie bereits dargestellt ein umfas-

sendes Gesamtwerk schuf (neben seinen Theaterstücken, komödiantischen Glossen und Kolumnen, unter anderem für die Zeitung *Le Matin* unter der Herausgeberschaft seiner prominenten Freundin und Kollegin Colette, vor allem leichtfüßige Abenteuer- und Kriminalromane wie *Die Insel ohne Namen* oder *Die Stadt der Diebe* sowie den Roman *L'Ombre,* der mit seinem Geisterhaus-Motiv durchaus einen übernatürlichen Touch aufweist), blieb er doch vorwiegend mit seinen *Contes cruels* aus *Les portes de l'enfer* und *Les oiseaux de nuit* in Erinnerung.

Dieses Andenken an einen der interessantesten Autoren der an namhaften Künstler wahrlich nicht armen französischen Belle Époque wachzuhalten und Levels meisterhaften Geschichten über hundert Jahren nach ihrer Entstehung auch im deutschsprachigem Raum eine breitere Leserschaft zu eröffnen, ist das erklärte Ziel des vorliegenden Buches.

Der Herausgeber

Wien, im August 2021

Zu den Illustrationen in diesem Buch:

Auch die Gargoyle-Darstellungen von Ladi Bartok für die einzelnen Geschichten in dieser Ausgabe sind vom französischen Originaltitel *Les portes de l'enfer* inspiriert. Als Gargoyles bezeichnet man steinerne Figuren von Fabelweisen, die ursprünglich als Wasserspeier (frz. Gargouille) dienten. Heutzutage fungieren Gargoyles häufig als „Torwächter" in Haus- und Gartenanlagen. In den Illustrationen verkörpern die Gargoyles auch die inneren Dämonen der Protagonisten.

UNTER DEM ROTEN LICHT

Er saß in einem großen Sessel am Kamin, mit den Ellbogen auf den Knien, die Hände zum Feuer hingestreckt. Er sprach langsam, dann hielt er plötzlich inne und flüsterte: „Ja … ja …", als müsste er in seinen Erinnerungen kramen und sein müdes Gedächtnis auffrischen, bevor er den unterbrochenen Satz wieder aufnahm.

Der Tisch war mit einem Chiffontuch, Papieren und Büchern bedeckt. In der schwachen Beleuchtung konnte ich lediglich sein fahlgraues Gesicht und seine Hände sehen, die im Schein der Flammen in der Feuerstelle zwei lange Schatten warfen.

Nur das Schnurren der Katze, die sich vor dem Kamin räkelte, und das Knistern der Holzscheite, auf denen seltsame Lichter tanzten, störten die Stille. Seine Stimme schien aus großer Entfernung zu kommen, wie in einem Traum.

„Ja … ja … es war das größte, das allergrößte Unglück meines Lebens. Ich hätte es ertragen können, ins Elend hinabzusinken, zum Krüppel zu werden … alles … aber das! Zehn Jahre an der Seite einer geliebten Frau zu leben, die dann mit einem Mal nicht mehr hier ist, und allein zurückzubleiben, ganz allein, mit einer einsamen Zukunft vor sich … das ist schwer! … Bald werden es sechs Monate sein, seit sie gegangen ist! … Wie lange das her ist! Und wie kurz die Zeit davor war! … Wenn sie eine Weile krank gewesen wäre, wenn ich es verstehen

hätte können … Es ist furchtbar, das zu sagen, aber wenn man die Ursache kennt, kann man sich darauf vorbereiten, nicht wahr? Im Herzen breitet sich nach und nach Leere aus, und man gewöhnt sich daran … Aber so! …"

„Ich dachte", sagte ich, „dass es ihr schon seit einiger Zeit nicht gut ging?"

Er nickte.

„Überhaupt nicht, überhaupt nicht … Die Ärzte konnten mir nie sagen, was mit ihr los war … Sie wurde mir innerhalb von zwei Tagen entrissen. Seitdem weiß ich nicht, wie oder warum ich lebe. Den ganzen Tag streife ich durch die Zimmer, jage einer flüchtigen Erinnerung hinterher und stelle mir vor, dass sie hinter einem Vorhang hervortreten wird, dass ein bisschen etwas von ihrem Geruch noch immer in diesen unbewohnten Räumen schwebt …"

Er zeigte mit seiner Hand in Richtung des Tisches.

„Gestern habe ich das hier gefunden … diesen Schleier, in einer meiner Taschen. Sie gab ihn mir eines Abends, als wir ins Theater gingen, und mir scheint, dass er noch immer nach ihrem Parfüm riecht, dass er noch immer warm ist, weil er ihr Gesicht berührt hat … Aber nein! Alles verschwindet – nur die Trauer bleibt … Da ist bestimmt etwas, aber das …

Im ersten Moment des Schmerzes kommen einem manchmal die ungewöhnlichsten Ideen … Würdest du glauben, dass ich sie auf ihrem Sterbebett fotografiert habe? In diesem armseligen Zimmer, das ihre Seele gerade verlassen hatte, baute ich meinen Apparat auf und zündete das Magnesium an. In dieser entsetzlichen Minute tat ich mit akribischer Sorgfalt und unter größter

Vorsicht Dinge, die mich heute abstoßen ... Trotz allem, wenn ich darüber nachdenke, sage ich mir, dass sie da ist, dass ich sie so immer sehen kann, wie ich sie zum letzten Mal gesehen habe!"

„Und wo hast du dieses Porträtbild?", fragte ich.

Er beugte sich ein wenig vor und antwortete mir mit leiser Stimme.

„Ich habe es nicht, oder besser gesagt ... ich habe es ... ich habe das Klischee mit dem Negativ. Aber ich habe nie den Mut gehabt, es zu entwickeln ... Er ist immer noch im Apparat ... Ich habe Angst, ihn zu berühren ... Und doch! Wie gerne würde ich es tun, wie gerne würde ich es tun! ..."

Er legte seine Hand auf meinen Arm.

„Hör zu: Heute Abend ... in deiner Gegenwart ... jetzt, wo wir über sie gesprochen haben ... ich fühle mich besser ... ich fühle mich stark ... willst du mit mir in mein Labor gehen? Lass uns diesen Film entwickeln ..."

Er schaute mir mit dem ängstlichen Blick eines Kindes ins Gesicht, das davor zittert, dass man ihm das gewünschte Spielzeug verweigert.

„Also gut", sagte ich zu ihm.

Er erhob sich schnell.

„Ja ... mit dir wird es nicht dasselbe sein ... mit dir werde ich ruhig bleiben ... und es wird mir gut tun ... sehr gut ... du wirst sehen ..."

Wir betraten sein Labor – eine Dunkelkammer, in dem Fläschchen, Schüsseln, Phiolen und Bücher aufgereiht auf einem Regal standen, das sich von Wand zu Wand erstreckte.

Er sagte nichts, prüfte die Etiketten auf den Flaschen,

wischte die Schüsseln ab, und der Lichtschein der flackernden Kerze ließ Schatten um ihn herum tanzen.

Er zündete eine rote Glaslaterne an, blies die Kerze aus und sagte zu mir.

„Schließ die Tür."

Die von blutigem Licht durchdrungene Nacht hatte etwas Dramatisches an sich. Eigenartige Reflexionen krochen über die Außenseiten der Flaschen, über seine faltigen Wangen, über seine hohlen Schläfen.

Er sagte.

„Ist die Tür gut verschlossen? Dann werde ich anfangen."

Er öffnete den Rahmen und nahm das Klischee heraus. Er hielt es vorsichtig mit gespreizten Daumen und Zeigefingern an den Ecken, und betrachtete es ausgiebig, als ob seine Augen das schlafende Bild sehen könnten, das im Begriff war zu erwachen.

Er flüsterte.

„Sie ist da! Es ist schrecklich …"

Dann ließ er die Bildplatte langsam in die Wanne gleiten und begann darin umzurühren.

Ich weiß nicht warum, aber das Geräusch der Emaillezange, die in regelmäßigen Abständen gegen die Seite der Wanne schlug, schmerzte auf sonderbare Weise. Im roten Licht schwappte die Flüssigkeit in einem monotonen Hin und Her über das Klischee. Das schwache Geräusch erinnerte mich an ein Schluchzen, und ich konnte meine Augen nicht von der milchigen Flüssigkeit und der quadratischen Glasplatte abwenden, die sich zu den Rändern hin allmählich schwarz färbte.

Das Bad war zunächst sehr klar, verdunkelte sich

27

dann unmerklich; und bald erschien in der Mitte der Platte ein Fleck, der sich nach und nach verbreitete und an manchen Stellen hellere Schattierungen aufwies.

Ich sah meinen Freund an. Seine Lippen bebten, und er murmelte unverständliche Worte.

Er nahm das Bild heraus, hob es auf Augenhöhe an, und als ich mich über seine Schulter beugte, sagte er: „Es kommt … langsam … mein Bad ist schwach … aber das macht nichts … hier erscheint das Weiß … warte … du wirst sehen …"

Er ließ die Platte wieder hineingleiten, die mit einem Geräusch wie beim Entfernen eines Saugnapfes in der Flüssigkeit versank.

Dort nahm sie eine fast einheitliche graue Farbe an. Er senkte den Kopf und erklärte: „Das schwarze Rechteck ist das Bett … Weiter oben, dieses Quadrat, das du siehst …" – er wies mit einer Kinnbewegung darauf hin – „… das ist das Kissen; und in der Mitte, diese Fläche mit dem hellen Streifen, der sich vor dem schwarzen Hintergrund abhebt … das ist sie … mit dem Kruzifix, das ich zwischen ihre Finger gelegt habe."

Seine Stimme klang leicht erstickt.

„Meine arme Kleine … mein Liebling! …"

Tränen liefen ihm über die Wangen, lautes Schluchzen ließ seine Brust erbeben … Und er weinte, mühelos, wie jene, die Kummer gewohnt sind, und denen das Heulen vertrauter geworden ist als Lächeln.

Unter Tränen sagte er: „Die Einzelheiten werden immer klarer … Hier sind die brennenden Kerzen und der geweihte Buchsbaumzweig neben ihr … ihr Haar, das ich so sehr liebte … ihre Hände, auf die sie so stolz

war ... und der kleine weiße Rosenkranz, den sie in einem Gebetsbuch gefunden hat ... mein Gott! ... Es tut mir weh, das alles wiederzusehen, und doch bin ich glücklich ... sehr glücklich ... Mir scheint, ich kann sie sehen, meine arme Kleine ..."

Ich hatte das Gefühl, dass ihn die Emotionen übermannten. Ich wollte die Sache abkürzen und sagte zu ihm: „Meinst du nicht, dass das Klischee lange genug drin war ...?"

Er nahm die Platte heraus, hielt sie nah unter die Laterne, untersuchte sie genau, legte sie zurück ins Bad, nahm sie erneut heraus, überprüfte sie noch einmal, legte sie wieder zurück und murmelte: „Nein ... nein ..."

Ich erinnere mich, dass mir der Klang seiner Stimme und seine abrupte Geste auffielen. Aber ich hatte keine Zeit zum Nachdenken, denn er begann wieder zu reden.

„Es gibt noch einige Dinge, die zum Vorschein kommen werden ... Es dauert ein bisschen lang, aber wie gesagt ... mein Bad ist schwach ... Die Details treten erst nach und nach zutage ..."

Er zählte: „Eins ... zwei ... drei ... vier ... fünf ... Das war jetzt lange genug. Wenn ich zu fest darauf drücke, könnte ich es beschädigen."

Er nahm die Bildplatte, schüttelte sie von oben nach unten, spülte sie mit Wasser ab und reichte sie mir.

„Schau."

Aber als ich meine Hand ausstreckte, sah ich, wie er jäh zusammenzuckte, sich bückte und die Platte unter die Laterne hielt. In diesem Moment erschien mir sein vom roten Licht beleuchtetes Gesicht so unheimlich, dass ich schrie: „Was ist los mit dir?"

Seine Augen waren unverhältnismäßig weit geöffnet, seine Zähne unter den hochgezogenen Lippen gebleckt, seine Kiefer knirschten; ich konnte hören, wie das Herz in seiner Brust hüpfte, und sehen, wie sein großer Körper hin und her schwang.

Ich legte meine Hand auf seine Schulter und versuchte zu begreifen, was ihm so furchtbare Qualen bereitete. Ich brüllte ihn zum zweiten Mal an: „Sieh mich an … antworte … was hast du?"

Da wandte er mir sein Gesicht zu, das nichts Menschliches mehr an sich hatte, starrte mich mit blutunterlaufenen Augen an und packte mein Handgelenk mit einem so brutalen Griff, dass seine Nägel in mein Fleisch eindrangen.

Dreimal öffnete er den Mund und versuchte zu sprechen, schwenkte die Bildplatte über dem Kopf, und plötzlich schrie er in die rot gesprenkelte Nacht hinaus: „Ich … ich … elender Bandit! Mörder, der ich bin! Ich habe gesehen … dass sie nicht tot ist! Ich habe gesehen … dass sich ihre Augen bewegt haben! …"

SONNE

D a er an einem Winterabend als wimmerndes kleines Ding in der Nähe eines Bahnhofs gefunden worden war, da nichts in seinen armseligen Windeln auch nur auf die Anfangsbuchstaben seines Namens hindeutete, und da unglückliche Kinder diejenigen sind, die der Herr am meisten liebt und die für ihn bestimmt sind, wurde er Paradieu* genannt.

Bis er zwölf Jahre alt war, lebte er in einem Waisenheim, dann lief er eines schönen Tages weg und machte sich mit einem Rucksack und einem Stock in der Hand auf den Weg.

Von da an lebte er aufs Geratewohl, teils von Almosen, teils von Gelegenheitsarbeiten. Er blieb nie lange an einem Ort, teils aus Angst, dass man ihm auf die Spur kommen könnte, teils einfach von einem vagen Instinkt geleitet, der ihn in Richtung des weiten Horizonts trieb, über die sommerlichen Felder, und in die großen Wälder, die ihr ewiges Lied singen mit Melodien und Worten, die nur der versteht, der in ihrem Schatten einschläft.

Er wuchs zum Mann heran. Eines Morgens weckten ihn die Gendarmen am Rande eines Straßengrabens und nahmen ihn wegen Landstreicherei fest. Eine rasche Untersuchung führte zum Ergebnis, dass er einem abzie-

* dt. in etwa: „der Paradiesische", Anmerkung des Übersetzers

henden Regiment angehörte und als abgängig gemeldet war. Einige Tage später sollte er in die Kaserne zurückgebracht werden. Sie sagten zu ihm: „Du hast Glück, dass wir dich rechtzeitig erwischt haben! Eine Woche später, und es wäre Fahnenflucht gewesen."

Er wusste weder genau, wieso er Glück gehabt hatte, noch was das Wort „Fahnenflucht" bedeutete, aber da er sanft und schüchtern war, lächelte er.

„Ja, ich habe Glück!"

Er ließ sich ohne Widerstand oder Bedauern zum Regiment führen.

Anfangs erschien ihm das Leben leicht und süß. Er war daran gewöhnt, die meiste Zeit unter den Sternen zu schlafen, am Wegesrand zu essen, im Winter in löchrigen Lumpen zu frieren, und den ganzen Tag mit leerem Magen und auf schwachen Beinen herumzulaufen. Daher dachte er, wenn er den Herbsthimmel, die kahle Erde und die glänzenden, blattlosen Bäume betrachtete, dass sie sein vergangenes Elend und die gegenwärtige Ruhe gemeint hatten, als sie von seinem Glück sprachen … Er war überrascht, seine Kameraden klagen zu hören, und sprach kaum, da er nur sehr wenige Worte kannte.

33

Es war ein harter Winter. Wenn der Dienst vorbei war, schaute er auf die schneebedeckten Dächer, die Vögel, die in den Dachrinnen das Eis aufpickten, um ihren Durst zu löschen, die Schornsteine, aus denen der leichte Rauch gerade aufstieg, und dachte: „Ich bin in Sicherheit! … Ich habe ein Bett! … Im Zimmer glüht der Ofen … Mir geht's gut! …"

Aber als der Frühling zurückkehrte und die ersten Knospen an den Zweigspitzen erschienen, als er die

Sonne wieder sah, den klaren Himmel und den hellen Morgen, ergriff ihn eine seltsame Unruhe.

An das Fenster gelehnt, das Kinn auf die Fäuste gestützt, ein undeutliches Rauschen in den Ohren, die Augen halb geschlossen, vergaß er den Schutz vor schlechtem Wetter und die warme Kleidung; mit weit geöffnetem Mund sog er die Brise tief in seine Lungen, die den Duft der Landschaft und den Atem endloser Weiten mit sich trug, und erinnerte sich an seine Freiheit in Lumpen …

Er wurde traurig, unruhig und nervös. Nach dem Abendmahl flüchtete er auf die Felder hinaus. Aber so weit er auch lief, er konnte immer noch den Atem der Stadt riechen, die blauen Dächer der Häuser sowie die hohen Schornsteine der Fabriken sehen und das Läuten der Kasernenglocken hören. All das hinderte ihn daran, den weiten Horizont zu betrachten und der Musik der Ebene zu lauschen …. Er sprach zu sich selbst: „Du bist für diese Art von Leben nicht geschaffen! … Du musst wieder deinen Stock und deinen Rucksack nehmen! … Ja … aber … und das Gefängnis?"

Er wehrte sich noch zwei Wochen lang mit aller Kraft. Er war so traurig, so müde, dass seine Kameraden zu ihm sagten: „Du solltest dich krank melden, Paradieu!"

Aber er schüttelte nur den Kopf, und eines schönen Abends, als er es nicht mehr aushielt, ging er wie gewöhnlich um fünf Uhr hinaus, stahl einem Krämer eine alte Hose und einen Mantel, warf seine Uniform und sein Bajonett über eine Brücke und kehrte nicht mehr ins Quartier zurück. Er marschierte die ganze Nacht und den ganzen Tag hindurch. Ein Gefühl von Trunkenheit hatte ihn ergriffen. Er ging weiter unter dem tiefblauen Himmel, frei, fröhlich, dem nächsten Abenteuer entgegen. Im Schatten der Weiden, an einem Bach sitzend, lachte und weinte er zugleich, die Hände in ekstatischer Stimmung gefaltet, und betrachtete das klare Wasser, den Flug der Libellen, das Wogen des Grases und die grüne Decke der Felder, auf denen die Tiere mit gebeugten Gliedern lautstark und rhythmisch grasten.

Doch die Unbeschwertheit der alten Zeiten war nicht mehr in ihm. Der kurze Kontakt mit den gewöhnlichen Menschen hatte ihm eine düstere und bedrohliche Vorstellung von Strafe vermittelt.

Natürlich liebte er immer noch die Wälder und die großen Wiesen, die Bäume, die weinten, und die Quellen, die sangen. Er liebte sie vielleicht mehr, als er sie je geliebt hatte, und auch die Sonne, diesen riesigen Begleiter, der die Tage zum Strahlen brachte und die Nächte wärmte. Er liebte sie … aber er hatte Angst, dass sie ihm entrissen werden könnten. Er wagte nicht mehr, durch die Dörfer zu gehen, denn nun fürchtete er die Menschen und floh vor ihnen, doch plötzlich, an einer Wegbiegung, fiel er den Gendarmen in die Hände.

Er wurde vor ein Militärtribunal gestellt und wegen Desertion und Zerstörung von militärischem Eigentum zu fünf Jahren Gefängnis verurteilt.

Er verstand das Ganze nicht wirklich – weder seine Schuld, noch seine Bestrafung, bis er aus dem Polizeiwagen ausstieg und im Zuchthaus eintraf.

Er zog die Hose und die braune Jacke an, setzte die Mütze mit dem langen Schirm auf, und beim Anblick des winzigen Hofes, der von weißen Mauern umgeben war, die so hoch waren, dass er den Kopf zurücklegen musste, um den Himmel zu sehen; als er dort vor den dunklen Bunkern und den dürren Bäumen stand, lief es ihm eiskalt den Nacken hinunter. Er versuchte, sich selbst ein wenig zu beruhigen.

„Ich bin nicht ganz verloren, ich sehe immer noch den Himmel. Solange man die Sonne und den Himmel sieht, besteht Hoffnung. Andernfalls wäre es der Tod …"

Aber nach vierundzwanzig Stunden begann er entsetzlich zu leiden. In der Kaserne war er beinahe frei gewesen. Wenn der Tag vorbei war, konnte er dort über die Felder streifen. Sie wurden zur Arbeit vor die Festungsmauern geführt, seine Füße standen auf dem grünen Gras und er schaute vor sich auf das, was einst sein Eigentum gewesen war: der freie Raum!

Hier mussten sie den ganzen Tag unter dem feindseligen Blick des Wachtmeisters in der Werkstätte blieben …

Er wurde mürrisch und verschlossen. Als er endlich seine Ohnmacht begriff, widersetzte sich mit aller Kraft der Trägheit und erstickte den Aufstand seines Herzens im Keim.

Man gab ihm drei Monate, um sich einzugewöhnen. Am Ende dieser Zeit wurde er zur Arbeit eingeteilt. Er sagte: „Ich weiß nicht …"

„Wenn du deine Arbeit nicht erledigst, und zwar gut, wanderst du morgen für vier Tage in der Zelle …"

Er antwortete ruhig: „Wahrscheinlich werde ich das nicht tun."

„Na gut, dann gehst du jetzt gleich rein."

Man sperrte ihn in die Zelle. Er hörte, wie sich die Tür hinter ihm schloss, die Schlüssel in den Schlössern

quietschten, und dann wurde er in völliger Dunkelheit allein gelassen. Er raufte sich die Haare.

Ah! Diese Schurken! Wie beim ersten Mal hatten sie die schlimmstmögliche Folter für ihn gefunden! Ihn, für den Licht das Leben war, hatten sie in die Finsternis geworfen! Stück für Stück hatten sie ihm die Sonne entrissen … zuerst ein wenig in der Kaserne … dann im Gefängnis … dann bei den Festungsmauern … und dann schließlich, als er nur noch ein bisschen hatte, ein kleines bisschen, gerade genug, um nicht zu sterben … hatten sie ihm alles weggenommen …

Doch als er die Augen weit aufmachte, bemerkte er, dass etwas Tageslicht durch die verschlossenen Gitterstäbe über der Türe drang. Er folgte dem Strahl. Es schien vom Ende des Ganges zu kommen … und sich dann zu verlaufen. Er ging in seine Zelle auf und ab, versuchte sich zurechtzufinden und dachte nach.

„Wenn das Licht bis ganz hier nach unten kommt, bedeutet das, dass der Himmel nicht weit entfernt ist. Ja … aber ihn sehen! … Den Himmel sehen … nur ein wenig davon … eine kleine Ecke … eine ganz kleine …"

Er steckte seine Hände in die Taschen und fühlte etwas Glattes, eine Glasscherbe, die er kurz zuvor im Hof aufgehoben hatte. Er nahm sie in die Hand, und das Glas schien zu leuchten. Er überlegte:

„Hier? Was bedeutet das?..."

Er bemerkte, dass er sich genau im Strahl des Lichtes befand. Und als er so auf seiner Pritsche saß und immer noch in den Spiegel starrte, schrie er plötzlich auf.

Unten in seiner Hand, auf diesem gläsernen Quadrat, spiegelte sich ein Stückchen des Himmels; nur ein winzi-

ges Stückchen, aber blau, klar und so hell, dass es wie ein tanzender Stern auf dem Boden eines Brunnens wirkte.

Seine Verzweiflung löste sich in unermessliche Freude auf. Er wagte nicht, sich zu bewegen, da er befürchtete, das kostbare Bild könnte sich verflüchtigen, und nach und nach durchdrang ihn ein seltsamer Gedanke.

Hier war es besser als in der Werkstätte: War es kalt?... War es dunkel?... Nein, denn es gab den Himmel ... Er war zumindest allein ... Er konnte denken, weinen oder lachen, wie es ihm gefiel, ohne dass der grimmige Blick des Wachtmeisters auf ihm lastete. Wenn er die Gefängnisse verglich, zog er dieses hier vor. Es gab also nur eines zu tun – dafür zu sorgen, dass er hierbleiben konnte.

Um mit der Zellenhaft bestraft zu werden, lernte er von da an, listig zu sein, den Preis für sein Fehlverhalten so genau wie möglich zu berechnen; er rieb sich seine Hände, sobald ihm eine Haftverlängerung mitgeteilt wurde, und stellte sich krank – er war sicher, nicht durchschaut zu werden.

Als er so hundertzwanzig Tage hinter sich gebracht hatte – denn in Zuchthäusern hat die Dauer der Haft keine andere Grenze als die der Widerstandskraft eines Mannes –, atmete er auf.

Das Stückchen Himmel in der Handfläche reichte aus, um ihn zum Träumen zu bringen. Wenn er aufwachte, betrachtete er es und sagte: „Heute ist ein wunderschöner Tag."

Oder aber: „Schlechtes Wetter. Es wird regnen."

Seine Fantasie wurde von Tag zu Tag ausgeprägter; er lebte ein intensives und tiefgründiges Leben für sich allein, und wenn zufällig die Schwingen eines Vogels sei-

nen Himmel mit einem braunen Pfeil durchkreuzten, glaubte er, alle Nester in den Wäldern zu sehen und das Trillern aus Tausenden von Schnäbeln in den Zweigen vibrieren zu hören.

Eines Morgens, während er in seine Betrachtung vertieft war, öffnete der Wachtmeister seine Zelle und rief ihm zu: „Komm her, Paradieu!"

Verloren in seinem Traum, antwortete Paradieu nicht.

„He! Bist du taub?... Raus mit dir!"

Er bewegte sich nicht. Der Sergeant schüttelte ihn am Arm: „Muss ich dich holen kommen?"

Da er sehr schwach war, ließ er sich ohne Widerstand hinausziehen, aber das Licht blendete ihn, und er begann zu zittern.

„Weißt du nicht mehr, wie du Haltung einnimmst?"

Er lehnte sich an die Wand, um nicht zu fallen, und versuchte, sein Spiegelstück zu verbergen.

„Was versteckst du da?"

Er stotterte: „Nichts … nichts …"

Der Sergeant öffnete seine Finger und höhnte, als er die winzige Glasscherbe sah: „Was ist das?"

Er schaute ihm direkt in die Augen und antwortete: „Meine Sonne!"

„Würdest du deine ‚Sonne' wegwerfen!"

Paradieu schloss fest seine Hand und lehnte sich an die Wand.

„Komm schon, komm schon", knurrte der Wachtmeister. „Beeilung!"

Er versetzte ihm einen scharfen Schlag auf das Handgelenk, sodass das Glas zu Boden fiel und zerbrach.

Etwas Erschreckendes trat in den Ausdruck des Gefangenen. Seine Augenlider öffneten sich unverhältnismäßig weit; er sagte kein Wort und machte einen Schritt nach vor; plötzlich schlangen sich seine Hände um den Hals des Unteroffiziers und umklammerten ihn so fest, dass die Haut unter seinen Nägeln blutete und der Körper sich träge zusammenkrümmte, bis er umfiel. Dann beugte er sich über das violette Gesicht und stöhnte, außer Atem und mit Schaum vor dem Mund: „Du hast meine Sonne gestohlen! ... Du hast sie gestohlen ... gestohlen ...“

Danach kniete er sich hin, hob mit zitternder Hand die Reste seiner zerbrochenen Glasscherbe auf und begann leise zu weinen, so wie alte Männer und kleine Kinder weinen ...

40

DAS RECHT ZU OPERIEREN

„„Setzen Sie sich bitte, Doktor, und verzeihen Sie, dass ich Sie habe warten lassen …"

Mit einem Kopfschütteln lehnte der Arzt den ihm angebotenen Platz ab.

Er war ein kleiner, schmächtiger Mann mit spindeldürren Gliedern. Er hatte ein sehr blasses Gesicht mit großen, müden Augen und einen Bart von unbestimmter blonder Farbe, der an manchen Stellen seine mageren Wangen zeigte, den traurigen Bart eines Jugendlichen oder eines Gebrechlichen. Er war ganz in Schwarz gekleidet, jenem matten Schwarz, das, wenn es sich abnutzt, an den Ellenbogen und entlang der Nähte bleich wird. In seiner übergroßen Kleidung wirkte er noch schmächtiger und leidender, und seine Hände, die vom unteren Teil seiner Ärmel halb verdeckt waren, sahen dünn und kraftlos aus, wie die eines Kindes, eines kränklichen kleinen Mädchens.

„Wie kann ich Ihnen zu Diensten sein?"

Mit zittriger Stimme, so leise, dass sie kaum zu hören war, antwortete er: „Ich bin gekommen, um Sie zu bitten, mich zu verhaften, Herr Kommissar …"

Der Beamte öffnete den Mund, um etwas zu erwidern, aber der Arzt kam ihm zuvor: „Ja, ich habe gesagt, ich bin gekommen, um Sie zu bitten, mich zu verhaften."

Dann, als hätten diese Worte plötzlich seinen bereits schwindenden Mut geweckt, wurden seine Gesten geschmeidiger, und er begann mit fester Stimme zu sprechen.

„Sie wissen, dass ich seit zwei Jahren in dieser Gegend wohne. Ich glaube, dass ich in jeder Hinsicht stets wie ein ehrlicher und guter Mensch gehandelt habe. Wann immer es nötig war, habe ich die Bedürftigen besucht und mich um sie gekümmert. Dafür habe ich keine Zeit und Mühe gescheut. Aber was Ihnen vielleicht nicht bekannt ist, ist die genaue Situation, in der ich mich befinde. Ich muss etwas dazu sagen, nachdem ich mich nun an Sie gewandt habe und bevor ich mein Geständnis ablegen werde.

Ich war vierzehn Jahre alt, als mein Vater starb. Ich blieb alleine mit meiner Mutter zurück, mittellos bis auf die wenigen hundert Francs-Scheine, die wir zu Hause hatten. Ich hätte gleich in das Arbeitsleben einsteigen und versuchen sollen, einen Beruf zu erlernen, um meinen Lebensunterhalt zu verdienen. Aber meine Mutter war nicht damit einverstanden, dass ich die Schule verließ. Also beendete ich meine Ausbildung, und automatisch, ohne nach meinen Begabungen oder meinen Vorstellungen zu fragen, wurde entschieden, dass ich Medizin studieren sollte … weil ich der Sohn eines Arztes war. So fand ich mich mit fünfundzwanzig Jahren mit einem Diplom in den Händen, aber ohne einen Pfennig in der Tasche wieder. Es ist schön und gut, einen Titel zu besitzen … aber man muss auch die Mittel haben, ihn zu nutzen!

Dennoch ließ ich mich nicht entmutigen. Indem ich ringsum alle Bekannten anbettelte, schaffte ich es, einige Möbel zu kaufen und genug Geld aufzutreiben, um ein oder zwei Semester zu finanzieren. Dann zog ich hierher in Ihr Viertel.

Ich war voller Illusionen. Nach sechs Monaten musste ich klein beigeben. Die wenigen hart eingesammelten Sous waren verbraucht, und ich verdiente nichts.

Damit begann für meine arme Mutter und für mich die schreckliche Existenz derer, die es nicht wagen, ihr Elend öffentlich kundzutun. Es gibt einige Berufe, in denen man nicht das Recht hat, bedürftig zu sein. Ich habe zwei oder drei Patienten verloren, weil ich meine Honorarnoten zu früh gestellt habe. Was wollen Sie? Als wir zwei Tage lang nichts anderes als Brot gegessen hatten, als ich vor dem nahen Monatsende zitterte, und als ich dachte: Sie schulden dir hundert Francs … habe ich sie verlangt. Zuerst sagt ich mir: ,Sei tapfer. Es werden bessere Tage kommen.'

Oh ja. Aber je länger es so weiterging, desto weniger kranke Menschen sah ich. Um meiner Mutter ein größeres Stück Brot geben zu können, kam ich manchmal gegen zwei oder drei Uhr nachmittags nach Hause und behauptete, mit einem Kameraden zu Mittag gegessen zu haben. Und die Schulden stiegen und stiegen! Zeitweise dachte ich an Selbstmord. Aber selbst das war mir zu teuer. Es gab Tage, an denen ich es mir nicht leisten konnte, Kohle im Wert von sechs Sous zu kaufen, um mich umzubringen.

Mut und Stärke haben ihre Grenzen, und ich hatte sie überschritten, als es eines Nachts an meiner Tür klingelte. Man muss ein frischgebackener Arzt gewesen sein, um die Freude über ein Klingeln zu verstehen, das einen aus dem Bett springen lässt.

Ich zog mich eilig an und begab mich zum Krankenlager des Patienten. Seine Frau, seine zwei Kinder und

ein Dienstmädchen waren bei ihm. Alle diese Menschen waren verzweifelt. Er war mit plötzlichen Schmerzen, Erbrechen und Schluckauf eingeliefert worden. Ich brauchte ihn nicht lange zu untersuchen, um meine Diagnose zu stellen: Es war eine Blinddarmentzündung. Ich teilte das seiner Frau mit. Sie fragte mich: ‚Muss er operiert werden?‘

Der Fall erschien mir so ernst, dass ich entgegen der allgemein gültigen Regel, die besagt zu warten, bis die Krise vorbei ist, antwortete: ‚Ja.‘

Sie flüsterte: ‚Wann?‘

‚So schnell wie möglich. Gleich morgen früh.‘

Bis dahin war mein Verhalten mehr als rechtmäßig. Aber kaum hatte ich das Wort ‚Operation‘ ausgesprochen, entstand eine Idee vor meinem geistigen Auge, die sich nicht mehr vertreiben ließ.

Ich sah mich um. Der Raum, dem ich bis dahin keine Aufmerksamkeit geschenkt hatte, erschien mir elegant, fast luxuriös.

45

Es war das erste Mal, seit ich mit meiner Tätigkeit als Arzt begonnen hatte, dass ich in ein wohlhabendes Umfeld gerufen wurde. Der nächste Schritt wäre gewesen, zu sagen: ‚Man muss einen Chirurgen hinzuziehen.‘

Aber der Satz kam nicht aus meinem Mund, denn ich entgegnete mir selbst sofort: ‚Schwachkopf! Du lässt jemand anderen von diesem Glücksfall profitieren! Du lässt einen Herrn fünfzig oder hundert Louis verdienen, den du nicht kennst und der sie nicht braucht, und du armer Teufel bekommst zehn Francs für deinen nächtlichen Besuch, und das war’s dann! Bedien dich doch selbst!‘

Ich versuchte kurz, mich gegen diese herrische Stimme zu wehren. ‚Aber ich habe keine Ahnung davon … Ich werde ihn umbringen … Ich habe kein Recht dazu …'

Die Stimme spottete: ‚Kein Recht dazu? Du hast ein Diplom erhalten, wozu nutzt du es? Es besagt nicht: Ich erlaube dir, dies zu tun und jenes nicht. Es gibt dir einen Freibrief. Du hast nur dein Gewissen als Maßstab, und ich bin dein Gewissen, das dich anschreit: Los! Los! Es ist Brot! Du hast seit zwei Tagen nichts gegessen. Deine alte Mutter ist am Verhungern. In zwei Wochen wird dein Vermieter euch beide auf die Straße setzen …'

Und es war diese abscheuliche Stimme, die durch meinen Mund sprach, als ich sagte: ‚Ich werde den Patienten morgen früh operieren.'

Ich erschauderte, als ich diese Worte aussprach. Hätte die Familie auch nur den geringsten Einwand erhoben, hätte ich mich zurückgezogen. Ich will Ihnen noch mehr sagen: Ich wünschte, sie hätten vorgeschlagen, ein echter Fachmann solle sich der Sache annehmen. Sie sagten nichts. Ich habe diesen Menschen Vertrauen eingeflößt … Sie gaben sich in meine Hände … Zurück in meinem Arbeitszimmer umklammerte ich meinen Kopf mit beiden Händen und sagte zu mir: ‚Das ist Wahnsinn! Das ist ein Verbrechen! Du kannst kaum sezieren und denkst, du hast das Recht, ein Skalpell zu nehmen und am lebendigen Leib zu operieren … Nein … nein … Für Geld wirst du das nicht tun! …'

Aber der Schurke, der schon früher Macht über mich gewonnen hatte, verspottete mich wieder: ‚Narr! Angsthase! Feigling!'

Er säuselte die ganze Nacht lang so, und als der Tag

anbrach, hatte er meinen Verstand durcheinandergebracht.

,He! Verdammt noch mal! Ich wäre wirklich zu dumm! Ich darf das! Es gibt nichts in dem Dokument, das mir den Titel des Doktors der Medizin verleiht, das mir verbietet zu operieren! Ich darf das! Ich habe das Recht …'

Also fing ich an, fieberhaft in den Büchern zu blättern, wie ein fauler Kandidat unter Zeitdruck eine Stunde vor der Prüfung. Ich las Seite um Seite. Die Worte flogen vor meinen Augen vorbei, ohne eine Spur zu hinterlassen … die Zeichnungen und Überschriften sausten vorüber …

Um acht Uhr nahm ich die wenigen Instrumente mit, die ich noch nicht verliehen oder verkauft hatte – ein paar Pinzetten, zwei Skalpelle, Wundspreizer – und machte mich auf den Weg. Unterwegs bat ich einen Kommilitonen, mich zu begleiten und das Chloroform zu verabreichen, und so kam ich bei meinen Kunden an.

Während der Vorbereitungen beruhigte ich mich wieder ein wenig. Ich breitete Laken in dem Raum aus und legte ein Wachstuch auf den Tisch. Ich sterilisierte meine Instrumente so gut es ging. Aber mir wurde klar, dass ich alles nur verzögerte, um die entscheidende Minute der Operation hinauszuschieben. Schließlich fing ich an.

Sobald ich den ersten Einschnitt gemacht hatte, begann sich alles um mich herum zu drehen. Ich wurde nervös wegen einer Arterie, die ein wenig nachgab und die ich nicht mit der Pinzette zu fassen bekam. All diese Dinge, die so einfach erscheinen, wenn man sieht, wie sie von jemand anderem gemacht werden, schienen furchtbar schwierig zu sein. Ich schnitt. Ich klemmte ab. Ich verband, ohne zu sehen oder genau zu wissen, was ich

tat. Als meine Hand in die Wunde eindrang, hatte ich schon völlig den Verstand verloren. Ich bin mir jetzt sicher, ich hätte es geschafft, wenn ich etwas Selbstbeherrschung gehabt hätte … Aber Gewissensbisse und Furcht vor der moralischen Verantwortung, Angst, schreckliche Angst, hatten mich ergriffen, und nach einer Stunde ungeordneter Anstrengungen schloss ich, ohne etwas getan zu haben, mit vernebeltem Verstand, mit dem einzigen Gedanken, mich zu retten und allein zu sein, mit brennendem Kopf und zusammengekrümmten Nieren, die klaffende Wunde und nähte sie mit unnötig vielen Stichen zu, als ob diese mein Verbrechen besser verbergen könnten.

Als der Patient im Bett lag, überreichte mir seine Frau einen Umschlag. Er enthielt zehn Hundert-Franc-Scheine. Ich freute mich eine Sekunde lang – eine Sekunde, nur eine einzige! –, denn sofort übermannte mich wieder die Realität und brachte die Reue mit sich. Die Stimme, die in der Nacht zu mir gesprochen hatte, war verstummt. Ich weiß jetzt, was das für eine Stimme war! Es war nicht die meines Gewissens, sondern die eines Diebes, eines Verbrechers, der den Namen und das Aussehen eines Notleidenden angenommen hatte, eines im abgrundtiefen Elend versunkenen Notleidenden, um sich besser bei mir einschleichen zu können! Nun, da sie etwas Böses bewirkt hatte, war sie wie eine fliehende Katze aus mir herausgesprungen und hatte mich ganz allein gelassen.

Mein Patient lebte noch zwei weitere Tage, die für mich zwei Tage der Qual und der Angst waren. Von Stunde zu Stunde musste ich den weiteren Verlauf meines

Verbrechens verfolgen. Ja, meines Verbrechens, denn nachdem ich den verzweifelten Widerstand gesehen habe, mit dem dieser Mann gegen den Tod kämpfte, bin ich sicher, dass er gerettet hätte werden können, wenn er richtig operiert worden wäre.

Als alles vorbei war, gab es kein Wort des Vorwurfs von diesen armen Leuten.

Wenn sie es gewusst hätten! …

Aber ich kann es nicht länger ertragen. Die tausend Francs, die ich nicht angerührt habe, verbrennen mir die Finger. Ich will sie nicht mehr … Sie verstehen … Hier sind sie …

Ich kann mir zwar einreden, dass das Gesetz mir nichts anhaben kann, dass ich das Recht hatte, zu operieren, aber ich halte mich trotzdem für einen Verbrecher. Und diejenigen, die mich in fünf Jahren Studium zu nichts anderem gemacht haben als zu einem Quacksalber und Knochenflicker, und die mir erlaubt haben, mich hinter einem falschen Diplom zu verstecken, sind ebenfalls Verbrecher … Wenn es kein Gesetz gegen mich und gegen sie gibt, muss eines erlassen werden … Sie müssen mich verhaften … Ich habe kaltblütig und wissentlich getötet … Ich kann mit diesem Schmerz im Herzen nicht länger in Freiheit leben … Verhaften Sie mich, Monsieur! …"

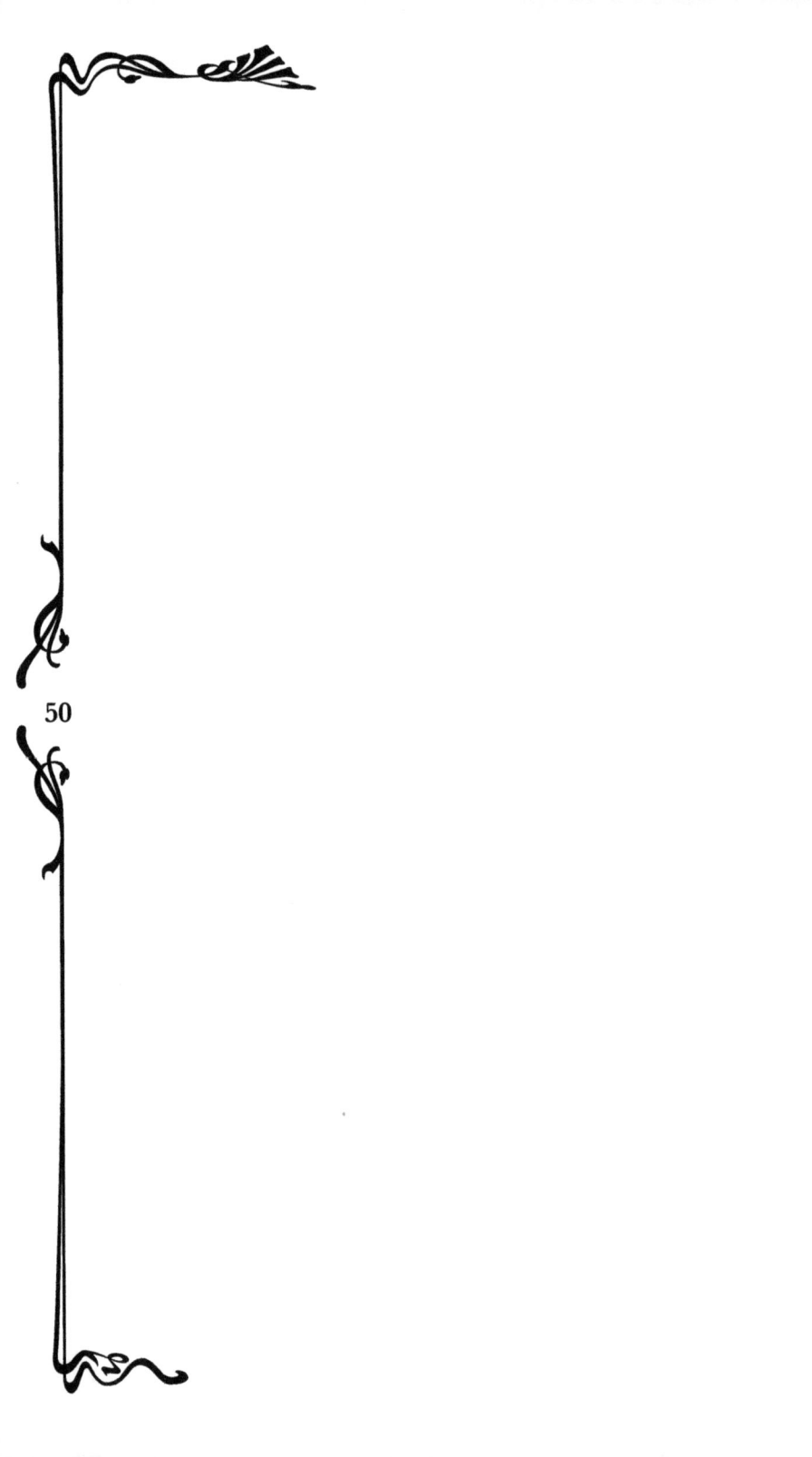

50

DER HAHN
KRÄHTE

„**W**as für eine Überraschung!", sagte die alte Frau, als sie mich erblickte. „Wie schön, dass Sie wieder einmal bei uns vorbeikommen!"

Als sie den steilen, von blühenden Hecken gesäumten Weg hinaufstieg, sah sie mich neugierig an.

„Wenn ich daran denke, dass es schon vier Jahre her ist, seit Sie weggegangen sind! Oh! Sie haben sich nicht verändert, ich habe Sie sofort wiedererkannt … Die anderen werden staunen!"

Als wir uns der Umzäunung näherten, fragte ich sie: „Und der Vater, immer noch bei guter Gesundheit?"

„Der Vater …?"

Ihre Stimme wurde leiser.

„Der Vater … Stimmt, das können Sie nicht wissen. Er ist jetzt seit zwei Jahren blind."

Blind! In der Pracht jenes Morgens im August, unter dem gleißenden Licht, das still zwischen den Bäumen mit ihren schweren Ästen hindurch vom Himmel herabfiel und Flecken auf die goldenen Felder malte, machte das Wort „blind" einen seltsamen Eindruck auf mich.

Nachdem wir das Tor aufgestoßen hatten, waren wir im Garten.

„Hallo, Mann!", rief die alte Frau. „Sag dem Kleinen, er soll dir runterhelfen. Hier ist ein Besuch, der dich freuen wird."

Eine traurige Stimme antwortete aus dem Haus: „Wer ist da?"

„Monsieur Jean!"

Der alte Herr erschien auf der Treppe. Seine hohe Gestalt wirkte gebeugt, sein schwarzes Haar war weiß geworden, und seine schwieligen Hände lagen unsicher auf der Schulter des Jungen, der ihm als Führer diente. Ich ging zu ihm. Er war sehr bewegt und seine Lippen zitterten.

„Sie essen doch mit uns zu Mittag, nicht wahr?"

„Gerne."

„Also, Mutter, was sollen wir ihm Gutes auftischen, unserem Besuch aus Paris?"

„Ach", sagte sie, „wenn Sie am Samstag gekommen, hätten wir etwas vorbereiten können. Jetzt müssen wir uns mit dem begnügen, was wir da haben. Zuerst machen wir Ihnen ein Omelett mit Speck, dann drehen wir einem Huhn den Hals um, und dazu pflücken wir ein paar schöne Artischocken. Zum Nachtisch gibt es Obst mit Sahne. Wie hört sich das an?"

„Bei Gott! Das klingt großartig!"

Aber der alte Mann, der zugehört hatte, ohne etwas zu sagen, mischte sich ein: „Welchem Huhn willst du den Hals umdrehen?"

„Wir haben keine große Auswahl, sie sind alle alt, und die Küken werden bald schlüpfen. Wir nehmen den kleinen roten Hahn …"

„Oh nein!", sagte der alte Mann und machte eine heftige Geste der Ablehnung mit einer Hand. „Oh nein! Das macht man nicht! Man darf keine Paare trennen. Er hat seine Henne, lass ihn in Ruhe!"

Während er sprach, behielt er die starre Pose der Blinden bei, die sich unterhalten, ohne sich jemals weg-

zudrehen, um nicht nach Gesichtern suchen zu müssen. Und als seine Frau und ich verstummten, fuhr er fort: „Hören Sie mir gut zu, Monsieur Jean, und Sie werden verstehen, warum ich nicht will, dass der kleine Hahn getötet wird, auch nicht für Sie. Als wir uns damals kennengelernt haben, war ich trotz meiner sechzig Jahre gut bei Fuß, hatte scharfe Augen und ahnte nicht, dass ich das Licht unseres Herrn nicht bis an mein Lebensende sehen würde. Das Übel begann eines Tages, als wir gerade einige Freunde aus der Stadt empfingen. Sie waren unerwartet eingetroffen, und da die Vorräte aufgebraucht waren, beschlossen wir, eine kleine weiße Henne zu schlachten, die wir gekauft hatten, um den Hühnerstall etwas aufzuhellen. Ich ging sie selbst holen; aber als ich sie wegbrachte, sprang ihr Hahn gegen meine Beine,

flog auf meine Hände, schrie, kratzte und schlug mit den Flügeln, als ob er genau wissen würde, was los war, dieses Biest. Ich gebe zu, ich fühlte mich komisch dabei, aber fünf Minuten später dachte ich nicht mehr daran. Abends auf dem Heimweg, bemerkte ich, dass mir Sternchen vor den Augen tanzten. Ich dachte, es sei die Müdigkeit. Doch in der Nacht tat mir der Kopf weh, und am Morgen, als es Zeit war, aufs Feld zu gehen, sah ich einen Nebel vor mir. Das dauerte fast eine Woche. Da ich dachte, die Sonne würde mich schmerzen, blieb ich zu Hause. Wenn die Hitze nachließ, ging ich in das Gehege, um mit den Tieren zu sprechen. Sie kannten mich gut, und wenn ich in den Hof ging, pickten die Hühner nach meiner Hand. Nur der kleine weiße Hahn lief vor mir weg. Sobald ich herauskam, rannte er los, schlug mit den Flügeln und versteckte sich in der Nähe der Brutkästen. Einmal sagte ich

zu meiner Frau: ‚Schau dir den kleinen Hahn an. Er sieht aus, als hätte er Angst und als hätte ihm jemand etwas Schlimmes angetan.‘

Heute erinnere ich mich daran, aber damals schenkte ich dem keine große Aufmerksamkeit. Vor allem, weil meine Augen nicht heilten. Nach zwei Monaten entschloss ich mich, einen Arzt in der Stadt aufzusuchen. Er sagte mir sofort, dass die Lage sehr ernst sei. Ich hatte Angst, verständlicherweise. Versetzen Sie sich an meine Stelle …

‚Glauben Sie, ich werde mein Augenlicht verlieren?‘

Er sagte weder ja noch nein; aber er befahl mir, mich zwei oder drei Monate lang flach auf den Rücken zu legen, ohne mich zu bewegen, nicht einmal beim Essen.

‚Werde ich zumindest wieder halbwegs gesund werden?‘, fragte ich ihn.

‚Vielleicht …‘

Zuhause angekommen weinte ich aus tiefster Seele. Ich wusste, dass er mir nicht die ganze Wahrheit sagen wollte, dass ich blind werden würde. Ich fing an, durch das Haus und den Garten zu gehen, schaute mit weit geöffneten Augen dorthin, wo die Sternchen noch tanzten, als ob ich dort alles bewahren könnte, was ich bald nicht mehr sehen würde: die Möbel, das gute Bett und die im Gehäuse tickende Uhr, den alten Hund, der unter dem Spinnrad schlief, die Bäume im Garten und die Blumenbeete, der Brunnen, aus dem im Sommer kühle Luft aufstieg, den fröhlichen Hühnerstall, in dem die Tiere zwischen den grauen Kieselsteinen mit ihren Schnäbeln herumpickten, und den kleinen weißen Hahn, der sich versteckte, wenn er mich kommen sah, den kleinen trau-

rigen Hahn mit seinen stumpfen Federn und seinem blassen Kamm …

Am nächsten Tag begann ich mit der Behandlung. Ich legte mich hin, die Fensterläden wurden geschlossen, und damit man sich in dem Raum zurechtfinden konnte, wenn man mich bediente, wurde ein Nachtlicht beim Kamin angezündet: Das war alles, was mir als Beleuchtung zugestanden wurde. Ach, was habe in diesen traurigen Tagen darüber nachgedacht und mir den Kopf zerbrochen, um herauszufinden, woher das Übel kommen könnte!

Eines Morgens brachten Nachbarn einen Heilkundigen vom Land zu mir. Erst stellte er mir endlose Fragen, dann gestikulierte er eine Zeitlang über meinem Körper und fragte dann abrupt: ‚Und Sie haben niemals Tiere gequält?‘

Sofort kam mir der kleine Hahn wieder in den Sinn. Ich hatte ihm nichts angetan, aber ich hatte ihm seine Henne genommen, er hatte sie gut verteidigt, und seitdem ging es ihm schlecht.

Von diesem Moment an war es eine fixe Idee. Jeden Morgen fragte ich nach Neuigkeiten über das Biest und bekam nur ein Achselzucken als Antwort.

‚Es ist alles in Ordnung mit ihm! Worüber machst du dir so viele Sorgen?‘

Ich wagte nicht zu sagen, woran es lag, Monsieur. Aber eines war sicher, dass der kleine Hahn nicht mehr krähte und meine Krankheit immer schlimmer wurde. Ich konnte das Licht der Nachtlampe nicht mehr so deutlich sehen wie in den ersten Tagen.

Eines Nachts lag meine Frau neben mir; ich döste ein.

Nach einer Weile wachte ich auf. Ich sah nichts mehr. Kein Licht von der Lampe, nicht ein Schimmer. Als ich mich umdrehte, wachte auch meine Frau auf.

‚Was willst du?‘, fragte sie. ‚Brauchst du etwas?‘

‚Nein.‘

‚Dann schlaf weiter, mein lieber Mann.‘

‚Ich bin nicht mehr müde. Wie spät kann es sein?‘

‚Ich weiß es nicht.‘

Wie Sie wissen, können die Menschen gemein sein, wenn sie krank sind. Ich sagte barsch zu ihr: ‚Siehst du, wie schlecht du dich um mich kümmerst? Du hast nicht einmal die Lampe angezündet! …‘

‚Was meinst du?‘

‚Nein, das hast du nicht. Es ist aus!‘

Sie schwieg für einen Moment und sagte dann mit einem seltsamen Ausdruck: ‚Stimmt … bitte um Verzeihung … soll ich aufstehen?‘

Es tat mir leid, sie angeherrscht zu haben, und ich sagte zu ihr: ‚Nein, nicht nötig, ich brauche sie nicht, schlaf weiter …‘

Ich blieb wach liegen. Ich hörte die Uhr ticken. Was für eine schlaflose Nacht! Ich vermisste den schwachen Glanz der Lampe, den ich gewohnt war.

Und allmählich kam mir ein Gedanke: Wie konnte meine Frau, die sonst so sorgsam war, nicht an das Licht denken? Was für eine seltsame Stimme hatte sie gehabt, als sie mir antwortete; vielleicht war sie noch nicht richtig wach gewesen? … Aber nein, sie hatte doch vorhin mit mir gesprochen … also …? War die Lampe an und ich konnte sie nur nicht sehen …?

Aber … wenn dem so war … dann war es vorbei …

ich war blind …

Ich rief: ‚Hallo, Mutter!'

Ich hatte es noch kaum ausgesprochen, als sie mit klarer Stimme zu mir sagte, wie jemand, der nicht schläft: ‚Was ist los, mein lieber Mann?'

‚Bist du sicher, dass die Lampe aus ist?'

Sie zögerte.

‚Ja … aber ja …'

‚Das ist nicht wahr! Ich bin blind!'

‚Mein armer Mann … Mein armer Mann …'

‚Steh auf', rief ich … ‚Öffne die Fensterläden, damit ich etwas sehen kann.'

‚Aber das bringt nichts, es ist noch nicht Tag …'

‚Doch! Doch! Steh auf! Öffne sie!'

Ich hörte, wie die Scharniere knarrten und die Fensterläden aufgestoßen wurden.

‚Siehst du', flüsterte sie, ‚es ist noch Nacht.'

Ah! Gütiger Gott! Ich atmete auf! Sie hatte mir die Wahrheit gesagt! Ich hatte gedacht, dass es schon Tag war, so lange waren mir die Stunden erschienen, ich hatte gedacht, dass die Lampe brannte und ich ihr Licht nicht mehr sehen konnte … Es war immer noch finster, sehr finster! …

Dann, Monsieur, in der Stille der Nacht, krähte der kleine Hahn, der tagelang stumm gewesen war! Er krähte, mit einer triumphierenden Stimme, die seinen Hals anschwellen lassen musste, hoch erhoben auf seinen kurzen Beinen.

Er krähte, und ich begriff, dass der Tag, von dem an ich nie wieder etwas sehen würde, gekommen war, dass die Lampe das Zimmer erleuchtete, und dass meine Frau

58

mich gnädigerweise seit Stunden belogen hatte, um den Moment hinauszuzögern, in dem mir alles klar werden würde.

Der Hahn krähte wieder, voller Freude, vielleicht weil er wusste, dass ich blind war, und ich hörte meine arme alte Frau weinen.''

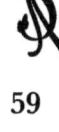

59

60

DIE STANDUHR

Etwas versteckt am Fuße eines ver-
wilderten Gartens gelegen, mit seinen
immer geschlossenen Fensterläden,
seinen bröckelnden, von der Sonne
verbrannten und von Regenschauern
verwitterten Mauern, seinem Ziegeldach
und dem Kamin, aus dem nie Rauch aufstieg, wirkte es wirklich seltsam, dieses
kleine Haus, das man auf dem Land das
„Haus des Verbrechens" nannte.

Ich wollte es mir immer schon einmal ansehen, ohne
jemals tatsächlich den Weg hinein gefunden zu haben,
als ich eines Tages ein Schild mit der Aufschrift „Zu ver-
mieten" an der Tür hängen sah.

Zuerst dachte ich, es sei ein Scherz. Keine Ahnung,
welche Neugierde mich antrieb, doch ich läutete. Unvermittelt bimmelte eine Glocke mit schrillem Ton. Ich wartete … Endlich schien ein Geräusch von der Rückseite
des Hauses zu kommen. Ich lauschte und hörte das
Schlurfen von Schritten, das Klimpern von Schlüsseln,
das Knarren von Schlössern … und dann öffnete sich die
Tür mit kreischenden Scharnieren. Ein großer alter
Mann kam auf mich zu. Seine Haltung war streng, sein
Auftreten feierlich und würdevoll, sein Gesicht teilnahmslos und sein Gang langsam; es war in der Tat der merk-
würdige Bewohner, der zu dieser seltsamen Behausung
passte.

Er überquerte die Einfahrt, öffnete das Tor und trat
zur Seite, um mich passieren zu lassen, und sagte mit ton-
loser Stimme zu mir: „Kommen Sie wegen dem Miet-

angebot, Monsieur?"

Auf gut Glück antwortete ich: „Ja."

In seinen Augen blitzte Erstaunen auf. Nachdem er das Tor sorgfältig geschlossen hatte, verbeugte er sich und murmelte: „Sehr gut. Wenn Sie mir bitte folgen wollen …"

Das Haus an sich bot nichts besonders Interessantes. Alles wirkte alt, traurig, baufällig. Die Tapeten an den Wänden waren stellenweise zerrissen und hingen lose herab, wodurch der vergilbte Putz zum Vorschein kam. Darüber hingen verglaste Rahmen mit alten Kunstdrucken, die antiken Möbel waren mit einer dicken Staubschicht überzogen, und das Laub des Gartens schirmte das Licht so stark ab, dass die Zimmer beim Öffnen der Fensterläden kaum erhellt wurden.

Der Hausherr führte mich durch die Wohnräume, schloss sorgfältig und leise die Türen und informierte mich mit wenigen Worten.

„Hier ist ein Schlafzimmer. Eine Toilette. Da, noch ein anderes Zimmer. Die Wäschekammer, die an ein Gästezimmer anschließt. Im Obergeschoss die Wirtschaftsräume und der Dachboden."

Als die Führung abgeschlossen war, bemerkte ich mechanisch, um irgendetwas zu sagen: „Ist das alles?"

Er blieb stehen und starrte mich lange an, als hätte meine Frage etwas Ungewöhnliches an sich, und dann, nachdem er einen Schlüssel aus seinem Bund ausgewählt hatte, steckte er ihn in das passende Schloss und antwortete mit einer eigentümlichen Stimme: „Nein. Da ist noch dieses Zimmer."

Ich trat ein. Es war sehr dunkel, sehr feucht. Ich

konnte ein Fenster mit dicken Gittern sehen, zwei Tritt-leitern und einen quadratischen Tisch, der an eine Wand geschoben worden war. Er öffnete die Fensterläden, und ich sah im Halbdunkel ein Seil mit einer Schlinge, das an einem Haken an der Decke hing, sowie in einer Ecke eine Standuhr, die so verstaubt war, dass sie farblos wirkte, und die trostlos und regelmäßig tickte, obwohl sie, wie alle anderen Gegenstände in diesem Haus, seit Jahren unberührt zu sein schien.

Sofort fesselte diese einfache Standuhr meine Augen und meine Gedanken mit einer solch außerordentlichen Kraft, dass die Worte des Fremden, die in diesem niedri-gen Raum nachhallten, mich nur leicht zusammenzucken ließen.

„Das hier ist das Zimmer, in dem das Verbrechen geschehen ist."

Ich drehte mich zu ihm um. Er stand regungslos da; nicht ein Muskel in seinem Gesicht hatte sich bewegt. Ich glaubte, eine Art von Ironie in seiner Stimme erkennen zu können, als er hinzufügte: „Deswegen wird dieses Gebäude das Haus des Verbrechens genannt."

Ich schaute ihn fassungslos an und hörte das Ticken der Uhr hinter mir, aber er schien weder meine Überra-schung noch meine Erblassen zu bemerken, zeigte auf eine der Stufen, setzte sich auf die andere und fuhr fort: „Ich sage Ihnen das, Monsieur, weil ich keinen Moment geglaubt habe, dass Sie hierher gekommen sind, um das Haus zu mieten … Protestieren Sie nicht! … Sie sind hierher gekommen, um etwas zu sehen … Sie haben etwas gesehen … Sie sind hierher gekommen, um etwas zu entdecken … Nun, sie werden etwas entdecken …"

Es klingt immer lächerlich, wenn ein Mann meines Alters – ich bin schon weit über achtzig – über Liebe spricht. Es ist jedoch eine Liebesgeschichte, die ich Ihnen erzählen werde. Sie reicht über ein halbes Jahrhundert zurück. Es war so: Ich habe sehr jung geheiratet – ich war noch keine dreiundzwanzig Jahre alt –, eine Frau, die ich wahnsinnig liebte, und die auch mich liebte … zumindest dachte ich das. Um niemandem die Gelegenheit zu geben, mein Glück zu stören und es in Ruhe zu genießen, habe ich dieses kleine Haus gekauft, um darin zu wohnen. Um ganz aufrichtig zu sein, gestehe ich, dass hinter dieser Art von Exil vielleicht noch etwas mehr steckte als die Absicht, meine Flitterwochen dort zu verbringen. Es war vor allem das vage Bedürfnis, meine Frau von den Versuchungen der Welt fernzuhalten, denn ich war extrem eifersüchtig. Wir lebten dort schon seit ein paar Monaten, als ich eines Tages zu meinen kranken Eltern fahren musste.

Was folgte, war die immer gleiche Geschichte vom Ehebruch. Ich kehrte früher zurück, als ich dachte – vor allem, als sie dachte. Ich öffnete ahnungslos die Tür, hörte ein verwirrtes Murmeln von Stimmen, und wie von Geisterhand gingen alle Lichter aus … Ich rannte die Treppe hinauf … Eine Gestalt war auf der Flucht … Ich stürzte mich hinterher, und dort, vor der Tür dieses Zimmers, packte ich den Flüchtenden am Kragen. Während ich ihn mit meiner Faust gegen die Wand drückte, kramte ich aus meiner Tasche ein Streichholz heraus und sah vor mir einen halbnackten, barfüßigen, aschfahlen Mann, der versuchte, sich gegen meine Umklammerung zu wehren. Im ersten Moment dachte ich, ich hätte es mit einem Dieb zu tun, aber seine unordentliche Bekleidung erregte in mir einen schrecklichen Verdacht … Ich rief ihr zu: ‚Louise! Louise!'

Nichts … Ich schob den Mann mit festem Griff um seine Kehle zum Ende des Korridors, und unter der Treppe sah ich meine Frau, zerzaust und nur im Hemd, die sogleich zu schreien anfing, als sie mich sah: ‚Gnade! Gnade! …'

Ein leicht verletzbarer und eifersüchtiger Mensch wie ich denkt selbst in den ruhigsten Stunden nicht darüber nach, was er tun würde, wenn er seine Frau in den Armen eines Liebhabers erwischen sollte. Ich hatte mir immer gesagt: ‚Ich könnte nicht anders … Ich würde sie mit Füßen treten und mit den Fäusten niederschlagen.'

Anstelle der impulsiven und heftigen Gefühlsaufwallung, die ich erwartet hatte, überkam mich aber eine beängstigende Ruhe. Kalter, planvoller Hass ließ meine Wut erstarren, und ich war klar genug bei Verstand, um zu begreifen, dass es eine schlechte Rache wäre, sie gleich zu töten, dass sie in ihrem Schrecken meine Hiebe nicht spüren würden. Entschlossen, ein Verbrechen zu begehen – aber ein geschicktes, raffiniertes Verbrechen –, packte ich sie beide wie ein Bündel Lumpen, stieß sie in dieses Zimmer, und als ich sie keuchend auf dem Boden liegen sah, beugte ich mich über sie, und reglos, ohne zu schreien, sagte ich zu ihnen: ‚Ihr wolltet eure traute Zweisamkeit genießen? Dann seid glücklich! Ich lasse euch hier. Aber passt gut darauf auf, wie viel Zeit eurer Liebe noch bleibt! Es ist jetzt Mitternacht. Um vier auf dieser Uhr hier werde ich euch wie Hunde umbringen! …'

Dann ging ich hinaus und schloss die Tür doppelt ab. Ich ging hinauf in mein Arbeitszimmer, und dort, als ich

ganz allein war, explodierte der Schmerz in mir und ich schluchzte lange mit dem Kopf zwischen den Händen vor mich hin.

Plötzlich schlug die kleine Uhr auf dem Kaminsims. Eins … zwei … drei Uhr! … Ich schaute auf das Zifferblatt. Aber nein! Es war Viertel vor vier Uhr morgens … Ich fuhr mir mit der Hand über die Augen, als würde ich aus einem Traum erwachen, und sagte laut, wie um mich selbst anzustacheln: ‚Los! Du musst sie jetzt bestrafen! …'

Ich nahm meinen Revolver aus der Schreibtischschublade und legte sechs Patronen hinein. Dann ergriff ich einen Kerzenleuchter und ging nach unten …

Mein Anblick muss beängstigend gewesen sein, aber ich schwankte nicht. Auf der Treppe lauschte ich … Das ganze Haus war so still, dass ich mich kurz fragte, ob sie entkommen und weggelaufen waren.

Ich betrat den Korridor. Ich konnte noch immer nichts hören außer dem lauten Ticken der Standuhr im unteren Raum, die den Elenden die Todesstunde schlagen würde. Ich stellte den Leuchter auf den Boden und sah nochmals auf meine Taschenuhr: Es war vier Uhr! … Entschlossen griff ich nach dem Schlüssel … als ein Gelächter, ein entsetzliches, unmenschliches Gelächter, an meine Ohren drang … Ich stand für eine Sekunde lang wie erstarrt vor Schreck da … Stille … Ich dachte, ich wäre das Opfer einer Halluzination geworden und öffnete gewaltsam die Tür.

Dann, Monsieur, sah ich etwas Furchtbares.

Der Mann schwang mit einem Seil um den Hals in der Leere, und in einer Ecke kauerte meine Frau wie ein

Tier und starrte mich aus hohlen Augen und mit den Fingernägeln zwischen den Zähnen an. Plötzlich brach sie in Gelächter aus, in dieses schreckliche Gelächter, das mich vorhin zu Eis erstarren hatte lassen. Sie lachte laut auf und verstummte dann. Auf ihrem Gesicht erschien ein Ausdruck unbeschreiblicher Angst, und mit dem Gesicht in eine Ecke des Raumes gewandt starrte sie auf etwas, das ich nicht sehen konnte, und stieß unzusammenhängende Wörter aus, wobei sie eines, stets dasselbe, immer wiederholte:

,Die Standuhr! … Die Standuhr! …'

Ich, der gekommen war, um sie zu richten, blieb verwirrt zwischen dem Erhängten und dieser Verrückten stehen, die ohne Unterlass stöhnte: ,Die Standuhr … die Standuhr! …'

Ich konnte mir dieses Geschehen nicht erklären. War es möglich, dass der Mann feige genug gewesen war, um Selbstmord zu begehen, weil er es nicht gewagt hatte, sich meiner Rache zu stellen, und seine Komplizin alleine zurückgelassen hatte? …

Das schmutzige Licht der Morgendämmerung schlich sich sanft in den Raum.

Plötzlich stieß meine Frau einen Schrei aus und streckte die Arme aus: ,Da! Da! …'

Mein Blick folgte automatisch ihrer Geste, aber vor mir sah ich nichts als die Standuhr.

Zuerst verstand ich nicht, dann fiel mir eine scheinbar ganz simple Tatsache auf: Die Uhr tickte. In dem hohen Gehäuse klang ihr Schlagen wie das eines Herzens in der Brust. Ihr großes Zifferblatt trat deutlich aus der dunklen Ecke hervor; man konnte die Zahlen darauf ablesen …

Aber dieses Zifferblatt hatte keine Zeiger! …

Und mit einem Mal dämmerte mir die Wahrheit, ich sah die schreckliche Qual der beiden Unglücklichen vor mir. Ich habe immer wieder darüber gegrübelt, ich habe es in meinen Gedanken nachvollzogen, und heute kann ich mit Gewissheit erklären, wie die Sache abgelaufen ist. Ich hatte zu ihnen gesagt: ‚Wenn es vier Uhr ist, bringe ich euch um.'

Nachdem ich die Türe versperrt hatte, versuchten sie zu fliehen, aber als sie erkannten, dass es unmöglich war, dass all ihre Bemühungen vergeblich sein würden, hörten sie in ihren vor Angst leeren Gehirnen nur noch dieses tickende Geräusch, und jeder Ton ließ einen Tropfen ihres Lebenssaftes dahinschwinden.

Dann verloren sie den Kopf – durch jenen Rest von Instinkt, der einen Verurteilten dazu bringt, sich noch am Fuße des Schafotts an seine Existenz zu klammern, wollten sie nachsehen, wie viel Zeit ihnen noch zum Leben blieb, und eilten zur Uhr … Aber die Uhr ohne Zeiger, die Uhr, die die Zeit kannte, dröhnte in ihrem unerbittlichen Tick-Tack, wollte ihr Geheimnis nicht verraten, es war in ihrem Innerem verborgen, und sie bewahrte es gut! … Und so sehr sie auch auf den Takt achteten und ihre Schläge zählten, konnten sie ihre klagende Melodie doch nicht begreifen.

Schließlich wurden die Sekunden für sie zu Stunden, Nächten, Jahrhunderten! Jedes Geräusch konnte das letzte sein … So oft das Pendel hin- und herschwang, so oft spürten sie die Qualen der bevorstehenden Hinrichtung. Mit jedem Schwung glaubten sie, die Tür aufgehen zu sehen … Sie starben hundertmal, tausendmal, zerfetzt

und in Stücke gerissen … Ach, ich hatte diese Pein nicht vorhergesehen, diese Pein, die so unerbittlich war wie das Schicksal, das langsam mit schwerer, erbarmungsloser Hand ihr Herz, ihre Haut und ihren Verstand umfasste. Kein Mensch kann eine solche Bestrafung nachempfinden, Monsieur, und in diesem Moment habe ich den Himmel gepriesen.

Natürlich wurde ich verhaftet und vor Gericht gestellt. Beim Prozess hielt ich es für sinnlos, die Ereignisse zu erklären … Mich kümmerte das Leben nicht mehr … Man kann jedoch davon ausgehen, dass meine Zeit noch nicht gekommen war, da mir, obwohl ich wegen Mordes angeklagt war, mildernde Umständen zugebilligt wurden, und man mich nur zu fünf Jahren Gefängnis verurteilte!

Dann kam ich hierher zurück. Ich habe alles an seinem Platz gelassen. Nichts lebt mehr um mich herum außer dieser Standuhr, und ich ziehe sie andächtig auf. Manchmal verbringe ich Stunden damit, ihr leeres Zifferblatt zu betrachten … Ich spreche mit ihr … Ich glaube tatsächlich, dass die Dinge eine Seele haben, denn manchmal scheint es mich anzuschauen, dieses Zifferblatt … Aber nun ist es vorbei. Die Uhr kann zur Ruhe kommen: Meine Frau ist vor zwei Tagen in einem Irrenhaus gestorben.

Andere Leute werden innerhalb dieser Mauern wohnen … Sie werden Kummer und Freude erleben … Aber niemand wird hier je nochmals die bittere Wollust der Rache schmecken, wie ich sie kenne …"

Er sprach noch lange weiter … Die Nacht brach herein … Schatten breiteten sich auf den verstaubten grauen Wänden aus. Und die Standuhr mit dem leeren Ziffer-

blatt, die Uhr, die so viele erschreckende Dinge gesehen
hatte, die Uhr weinte in ihrer hölzernen Hülle …

71

72

DER SCHLECHTE FÜHRER

Wie viele Tage, Wochen oder Monate verrottete er nun schon auf dem Grund dieses Drecksloches? Der Mann konnte es nicht sagen.

In seinen finsteren Kerker drang kein Licht. Auf seiner an der Wand befestigten Pritsche konnte er mit Knien und Händen die Decke seines Gefängnisses ertasten. Aber weder dort noch an den glatten Wänden, den feuchten Steinplatten oder der Tür mit ihren rostigen Eisenbeschlägen hatten seine Finger den kleinsten Spalt oder den geringsten Riss gefunden.

Zuerst hatte er gedacht, dass seine Augen, nachdem sie sich an die grausame Nacht gewöhnt hatten, irgendwann Gegenstände darin erkennen würden; dass seine gereizten Sinne mit Hilfe seiner Vernunft in dieser Dunkelheit ein wenig von der ungreifbaren Seele des Tages erahnen könnten, die für die Lebenden nie ganz verschwindet.

Aber seine weit geöffneten Augen hatten in der Nacht vergeblich geweint, seine Lider hatten von der nutzlosen Anstrengung geblutet. Alles war schwarz, alles blieb schwarz.

In dieser Gruft, in der sich seine Qualen scheinbar endlos hinzogen, vernahm er nur von Zeit zu Zeit die Schritte des Kerkermeisters, der ihm seine kargen Mahlzeiten brachte. Für eine Sekunde öffnete sich dann die Tür seines Verlieses. Mit seinen blinzelnden Augen konnte er nur den rötlichen Fleck einer Laterne und die blassen Konturen eines Gesichts oder einer ausgestreckten Hand erkennen, während sich der Schatten aus den Gängen mit der undurchdringlichen Dunkelheit seiner Zelle vermischte. Danach wurde die Tür wieder geschlossen. Das Geräusch der Schritte in den Gängen wurde leiser, und neuerlich herrschte totale Stille in der Finsternis.

Manchmal hörte er auch das Stöhnen des Windes und das eintönige Plätschern des Wassers in den Gräben, das gegen die Mauern des Burgfrieds schlug. Anfangs verfolgten ihn verrückte Träume von Himmel, Freiheit und Licht in seinem unruhigen Schlaf. Dann verschwand das Licht selbst aus seinen Träumen. Alles, was ihm blieb, war die Besessenheit, aus dieser Grabkammer zu entkommen; in seinem verwirrten Kopf verstrickten sich Pläne, die immer auf dasselbe Ziel hinausliefen: Flucht!

Eines Tages – oder eines Nachts, er konnte es nicht sagen – saß er auf seiner Pritsche und dachte nach, als ihn das Geräusch der Schritte des Kerkermeisters aus seiner Erstarrung weckte. Obwohl er schon lange nicht mehr die geringste Aufregung verspürte, wenn sich dieser lebendige Mensch näherte, stand er auf und begann blind herumzutasten, da sein Magen vor Hunger schrie und seine ausgedörrten Lippen ihren Durst stillen mussten.

Ein kalter Luftzug umwehte ihn mit dem sauren Geruch von feuchtem Stein. Im Licht der Laterne sah er seinen Krug und seine Schüssel auf dem Boden. Die halb geöffnete Tür wurde wieder geschlossen. Er streckte seine Hand nach dem Steingutkrug aus, doch als er danach griff, hielt er inne: Ein seltsamer Ton hatte die Stille durchbrochen. Er wartete und dachte, er hätte sich ver-

hört. Dann machte er einen Schritt, und das gleiche Geräusch ertönte nochmals vom Boden. Er kniete sich hin und formte mit seinen Lippen einen sanften Laut, als ob er einen Hund rufen würde. Keine Antwort. Auf allen vieren kriechend tastete er die Steinplatten um sich herum ab. Als er den Krug fand, nahm er ihn und trank ihn mit einem Schluck aus, dann stellte er ihn wieder in einen Winkel.

Plötzlich ließ ihn eine kalte, schleimige Berührung zusammenzucken. Unter seiner Hand schien etwas fliehen zu wollen, und wieder hörte er das seltsame Geräusch, das ihn zuvor erstaunt hatte. Er verharrte regungslos, die Faust um die klebrige Masse geschlossen, die zwischen seinen Fingern schnell und rhythmisch zu pulsieren schien. Neuerlich vibrierte das Geräusch in seinen Ohren. Das Ding versuchte, sich aus seiner Umklammerung zu befreien und zu entkommen. Dann erfasste ihn ein Hoffnungsschimmer, und trotz seines Ekels und seiner Abscheu entfuhr es ihm halblaut: „Es ist ein Tier …!"

Der Klang seiner eigenen Stimme erschreckte ihn.

Er wiederholte: „Es ist ein Tier … ein Tier …"

Mit einem Mal zitterte er an allen Gliedern, und Schweißperlen standen ihm auf der Stirn. Zweifellos: das seltsame Geräusch, der schleimige Leib … es war das Gequake und der Körper einer Kröte. Eine Kröte! … Er stellte sich vor, das widerwärtige Tier zu sehen, mit seinem gestreiften Rücken, seinem weißen Bauch und seinen großen goldenen Augen.

Seine Finger entspannten sich. Die Kröte fiel mit einem leisen Geräusch zurück auf den Boden.

Das weckte instinktive Furcht in dem Mann, und er

versuchte, sie mit einem Tritt unter seiner Ferse zu zerquetschen. Sein Fuß trat auf das schlaffe Tier. Er dachte, er hätte die Kröte getötet, aber sie war nur verletzt und nicht tot, denn sie begann wieder zu quaken. Der Mann machte sich auf die Jagd und schlug mit seinen bloßen Fäusten auf den Boden.

Sein unüberwindlicher Abscheu vermischte sich mit der zweifelhaften Reue des Peinigers. Er wollte das Tier umbringen, nicht nur, um weitere Berührungen zu vermeiden, sondern auch, um es von seinen Schmerzen zu erlösen. Es war ein hoffnungsloses Unterfangen. Das Geräusch kam einmal von hier … dann von dort … und jedes Mal, wenn er dachte, die Kröte erwischt zu haben, bekamen seine Finger nur die eisigen Steinplatten oder die raue Wand zu fassen.

Erschöpft, mit geschwollenen Knien und blutigen Handflächen, legte er sich auf seine Pritsche und schlief ein.

Als er wieder erwachte, dachte er: „Das Biest muss tot sein."

Er lauschte. Einen Moment lang hörte er nur das ferne Rauschen des Windes. Erleichtert atmete er auf. Er stand auf und machte sich, immer noch herumtastend, auf den Weg zur Tür. Vor einiger Zeit hatte er damit begonnen, mit einem alten Eisenstück, das in einer Ecke vergessen worden war, die Scharniere der Tür abzuschleifen. Geduldig nahm er seine Arbeit wieder auf und schabte leise.

Unvermittelt ertönte wieder das Quaken der Kröte.

„Ah, widerliches Vieh!", brüllte der Gefangene. „Ich werde dich zum Schweigen bringen!"

Er begann erneut nach dem Tier zu jagen, aber vergeblich. Sobald er dachte, die Kröte endlich in den Fingern zu haben, glitt sie ihm wieder aus der Hand.

Das ging tagelang so weiter. Wenn er nicht gerade damit beschäftigt war, die Tür aufzubrechen, suchte er nach der unsichtbaren Kröte. In regelmäßigen Abständen ertönte das Quaken des verletzten Tieres. Und der Gefangene, verzweifelt, schwitzend und voller Ekel, spürte zuweilen, dass sein Geist verwirrt war. Ach, was wäre es für ein Vergnügen, das Biest zu zerquetschen, es unter seinem Stiefel platzen zu sehen!

Dem Wahnsinn nahe beschimpfte und provozierte er es: „Komm schon, komm schon! … Zeig dich! … Wage es, dich zu zeigen! …"

Dann gaben nach seinen langwierigen Bemühungen endlich die Türscharniere nach, und seine Kerkertür öffnete sich mit einem Ruck.

Eine Tür! … Was war das schon im Vergleich zu den weiteren Barrieren, die er zweifellos überwinden musste, bevor er das Tageslicht wiedersehen würde … Doch eine grenzenlose Freude erfasste ihn und machte ihm Mut. Er dachte: „Da Gott es mir ermöglicht hat, das erste Hindernis mit meinen Händen zu zerstören, ist es vielleicht sein Wille, dass auch die anderen vor mir in sich zusammenbrechen."

Der Gang, der zwischen den dicken Mauern verlief, war beinahe so dunkel wie sein Verlies. Seine Augen fingen jedoch einen vagen Lichtschimmer auf, von dem er nicht wusste, woher er kam, der aber die Finsternis ein wenig erhellte. Das Herz schlug ihm bis zum Hals, und er lauschte. Kein einziger Ton. Er sagte zu sich: „Der

Kerkermeister schläft. Die Wachen sind sicher müde und schlafen auch … also los!"

Er machte einen Schritt.

„Wohin? Nach rechts? Nach links? Jede Minute ist wie ein Jahrhundert, jede Sekunde ein Vermögen wert … Ich kann es mir nicht leisten, eine einzige zu verlieren … Wo sind die Ausgänge? In welche Richtung kann ich fliehen, hinaus in die Freiheit?"

Er war überzeugt, dass er sich verirren würde, dass er keinen Ausweg finden und in den Fängen seiner Henker landen würde. Die ohnmächtige Wut trieb ihm Tränen in die Augen. Er schrie: „Ah! Mein ganzer Verstand hilft mir nicht weiter, ich brauche einen Geistesblitz!"

Er krallte die Finger in seine Haare, seine Nägel gruben sich in seine Haut.

Im selben Augenblick ertönte wieder das klägliche Quaken der Kröte. In dem schwachen Licht, das seine Augen vorhin wahrgenommen hatten, erkannte er ihren klebrigen Körper. Er starrte das verhasste Tier an, und mit einem Mal überkam ihn ein Gefühl der Zuneigung, als wäre es sein Retter. Er stellte sich auf die Zehenspitzen, um die Kröte nicht an ihrem Weg zu hindern, da er annahm, dass sie instinktiv dem Lichtschein folgte, und dass er, wenn er ihrer schmierigen Spur auf den Steinplatten folgte, das helle Tageslicht erreichen würde.

Die verletzte Kröte bewegte sich mit ungeschickten Sprüngen vorwärts. Er ließ sie nicht aus den Augen und bleib auf ihrer Fährte. Hinter ihr schlich er durch die Gänge, stieg Stufen auf und ab und murmelte gebetsmühlenartig: „Weiter … weiter … bring mich hinaus …"

Mit einem Mal strich frischer Wind über sein Gesicht,

und vor ihm tat sich ein Stück vom Himmel mit darin leuchtenden Sternen auf. In der Ferne zeigte sich ein schneebedeckter heller Fleck, der von Wolken gesäumt war. Er schlug beide Hände zusammen und weinte.

Dann unterdrückte er seinen Gefühlsausbruch und setzte ein Bein nach vorne. Er kam ins Rutschen. Auch mit dem zweiten Bein fand er keinen Halt. Der Boden schien unter ihm nachzugeben, er sank bis zu den Knöcheln ein. Er versuchte, seine Beine zu befreien, doch er versank immer schneller, er steckte schon bis zu den Knien fest. Er streckte seine Hände aus und dachte, er könne sich damit auf festem Boden abstützen, doch auch diese versanken in einem dicken Morast … Er ging unter, schneller und schneller … Er wollte um Hilfe rufen, doch seine Stimme erstarb in seiner Kehle. Der Schlamm wuchs immer höher. Er reichte ihm bis zu den Hüften … umschlang seinen Bauch, stieg hoch bis zu seinen Achseln, legte sich um sein Kinn und berührte seine Lippen …

Dann, als er mit äußerster Anstrengung seinen Mund weit öffnete, um zu schreien, hörte er wieder das Geräusch, das seine wachen Stunden durchdrungen hatte; er fühlte einen weichen Körper an seinem bleichen Gesicht, und vor ihm, mit aufgequollenem Bauch und ausgestreckten Beinen, sah er die große Kröte im stinkenden Schlamm vorbeiziehen.

Der Mann stöhnte: „Ah! Du rächst dich! ….“

Dann schloss er die Augen, röchelte noch ein letztes „Mea culpa“, und versank endgültig.

Aus dem Sumpf, der nun erwachte, ertönte ein freudiges Quaken … Der Himmel veränderte langsam seine

Farbe, und die Nacht erstarb. Im Schatten breiteten sich Wellen auf der Oberfläche des Morastes aus … dann wurde es ruhig.

Eine Nachteule flog auf der Flucht vor dem Tag mit ausgebreiteten Schwingen über den dunklen Schlick des Sumpfes, und langsam zog im grauen Regen die Dämmerung am Horizont herauf.

81

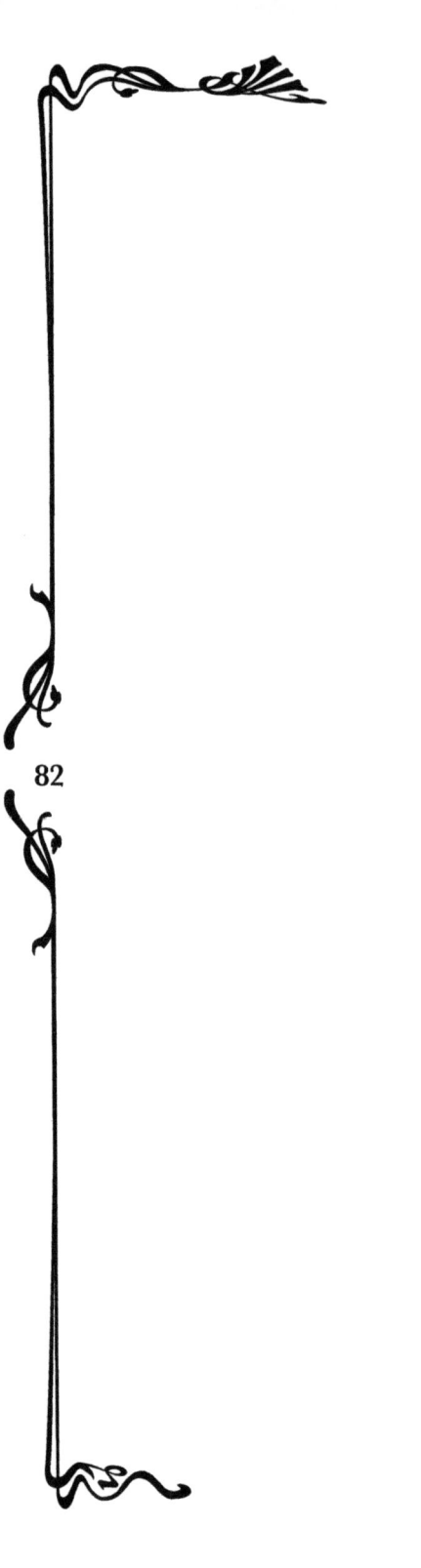

82

FASZINATION

Vor einer Stunde war ich noch ein Gefangener. Und was für ein Gefangener! Es war nicht meine Freiheit oder meine Ehre, die auf dem Spiel stand – es war mein Kopf.

Ich schlief schrecklich schlecht und hatte Alpträume von der Guillotine. Ich fuhr mir mit meinen verschwitzten Händen über den eiskalten Hals, um die schmale Bahn zu erahnen, die das Messer nehmen würde. Mich schauderte vor dem feindseligen Raunen der Menge. In meinen Ohren hörte ich sie rufen: „Stirb!"

All das war mit einem einzigen Wort verschwunden. Ich bin frei. Ich bin zurück auf der lauten Straße im Licht aus den Geschäften. Später werde ich in aller Ruhe zu Abend essen. Ich werde am Kamin sitzen und meine Pfeife rauchen, und heute Nacht werde ich beruhigt in dem warmen Bett einschlafen, das auf mich wartet.

Und doch habe ich mich noch nie so kriminell gefühlt wie soeben in dieser Stunde, in der die Richter mich freigesprochen haben. Ich frage mich, durch welchen Irrtum sie mein wahres Wesen nicht erkannt haben. Ich bin sprachlos angesichts der Macht der Verleugnung, und ich muss die Wahrheit aufschreiben, die ich drei Monaten lang mit einem solchen Zynismus verborgen gehalten habe, dass ich mich manchmal selbst bei meinen eigenen Lügen ertappe.

Denn in Wahrheit bin ich tatsächlich ein Mörder: Ich habe eine Frau getötet.

Warum? Das weiß ich noch immer nicht ganz genau. Jedenfalls nicht aus Eifersucht: Ich habe sie nicht

geliebt. Auch nicht, um sie zu berauben: Ich bin reich, und die paar Francs, die ich bei ihr gefunden habe, hätten mich nicht in Versuchung führen können. Und auch nicht aus Zorn …

Wir waren in diesem Raum. Sie stand vor diesem Spiegel; ich saß da, so wie jetzt, und las. Sie sagte zu mir: „Lass uns runtergehen … Wir machen einen Spaziergang im Wald."

Ohne mit den Augen aufzublicken antwortete ich: „Nein, ich bin müde. Lass uns hierbleiben."

Sie beharrte darauf. Ich blieb bei meiner Weigerung. Sie bestand weiterhin darauf, und ihre Stimme ging mir auf die Nerven. Sie redete in einem wütenden Tonfall, begleitet von höhnischem Lachen und Achselzucken. Mehrmals versuchte ich, sie zu unterbrechen.

„Willst du nicht endlich den Mund halten? Halt den Mund, ich bitte dich …"

Sie hörte nicht auf. Ich stand auf und ging durch das Zimmer. Dabei sah ich auf dem Kaminsims einen kleinen Revolver liegen, den ich normalerweise nachts bei mir trage. Ich ergriff ihn mechanisch. Ab dem Moment, an dem ich ihn in den Händen hielt, geschah etwas Seltsames mit mir. Die Stimme meiner Mätresse, die mich anfangs nur genervt hatte, reizte mich nun bis zum Äußersten. Es waren nicht ihre Worte, die mich rasend machten, es war ihre Stimme, ihre Stimme allein. Hätte sie unzusammenhängend gesprochen oder prächtige Verse deklamiert, ich hätte dieselbe Spannung verspürt. Ich hatte das Bedürfnis nach Ruhe, nach absoluter Stille. Wie und warum entstand in meinem Kopf eine Verbindung zwischen dem Revolver, mit dem ich hantierte, und der Stille, die mir nicht gewährt wurde? … Jedenfalls wurde diese Verbindung, diese Beziehung zueinander, immer deutlicher. Ich sah in meiner Vorstellung, wie ich die Waffe auf sie richtete und abdrückte, und ich sah, wie die Frau umfiel, ohne einen Laut von sich zu geben.

Im Allgemeinen gehen einem solch schwindelerregende Halluzinationen durch das Gehirn, ohne dass das Denkvermögen beeinträchtigt wird. Doch diesmal schien es, als hätte sich die Vision plötzlich wie im Vorübergehen in meinem Kopf festgesetzt, wie ein Fingernagel, der sich in einem Seidentuch hängenbleibt, und sie verheddert sich immer mehr, je heftiger ich versuchte, sie herauszureißen. Ich legte die Waffe auf den Tisch. Ich konnte meinen Blick nicht davon abwenden. Ich wollte meinen Kopf wegdrehen, aber meine Augen sahen immer wieder hin.

Da lag der Revolver, ein lebloses kleines Ding, mit seinem Elfenbeinschaft, seinem Lauf und seiner glänzenden Trommel. Zwei- oder dreimal näherte ich mich ihm und zog dann meine Hand wieder zurück. Ich konnte nicht anders. Ich hatte den Drang, ihn zu ergreifen, ihn zu berühren.

Manchmal wird man von solch unerklärlichen Versuchungen übermannt, auch wenn man sich der Gefahr bewusst ist. Ich erinnere mich, dass ich mich eines Tages im Parc des Buttes-Chaumont an der Brüstung der Pont des Suicidés festhalten musste, um mich nicht ins Leere zu stürzen. Auch bei anderen Gelegenheiten, vor allem, wenn ich allein in einem Zugabteil saß, verspürte ich das kranke Verlangen, das Notsignal zu betätigen. Dieser Nickelgriff lockte mich, zog mich an. Wie sehr ich mir

auch einredete, dass die Tat, die ich im Begriff war zu begehen, absurd war, dass ich schwer bestraft werden würde; wenn nicht die Möglichkeit eines plötzlichen Haltes oder das Vorbeifahren eines anderen Zuges meine Gedanken gewaltsam abgelenkt hätte, wäre ich der Versuchung erlegen, davon bin ich überzeugt.

Nun, in diesem Moment, hatte ich das gleiche anormale Gefühl. Meine Augen und meine Hände gehorchten nicht mehr meinem Willen. Es kam mir vor, als wäre ich jemand anderes und würde von diesem gesteuert, ohne zu wissen, wohin mich das führen würde.

Hat sie etwas gesagt? … Hat sie geschwiegen? … Ich weiß es nicht. Das Einzige, woran ich mich erinnern kann und was ich deutlich wahrnahm, ist, dass ich mit der Waffe in der Hand auf sie zuging, meine Faust hob und den Abzug drückte, als ich vor ihr stand. Es gab ein lautes Geräusch wie das Knallen einer Peitsche. Ich sah einen winzigen roten Fleck unter ihrem rechten Augenlid, und die Frau fiel schlaff zu Boden wie ein Unterrock, der fallen gelassen wird und sich auf dem Teppich ausbreitet.

87

Danach kehrte augenblicklich meine Vernunft zurück. Wahnsinnige Panik ergriff mich. Ich warf den Revolver weg und rannte wie ein Verrückter durch das ganze Zimmer, ohne auch nur daran zu denken, mich über mein Opfer zu beugen, und ich weiß nicht, welcher niedrige Instinkt der Feigheit mich antrieb, als ich die Tür öffnete, die Treppe hinunterstürzte und schrie: „Hilfe! Sie hat sich umgebracht!"

Zuerst dachte man, es sei Selbstmord. Doch die Spezialisten hielten das für höchst unwahrscheinlich. Ich wurde verhaftet. Die Untersuchung war langwierig. Ich

hätte mit einem einzigen Wort alles aufklären können. Ich hätte nur zu sagen brauchen: „So ist es passiert."

Ich leugnete immer noch hartnäckig. Und da man einer Straftat immer ein Motiv zuordnen muss und mir keines vorgeworfen werden konnte, wurde ich freigesprochen.

Ich sehe das alles jetzt mit ruhigem Blut vor mir und frage mich, ob es falsch war, zu lügen. Wenn ich den Geschworenen gesagt hätte, was ich hier schreibe, hätten sie mir geglaubt? Hätten Sie mich für unschuldig gehalten? Ich denke, es war richtig, alles zu leugnen. Es gibt einige Wahrheiten, die falsch sind und einer Lüge ähneln …

Mein Gott, wie schön ist es, frei zu sein, kommen und gehen zu können, wie es einem gefällt!

Von meinem Fenster aus kann ich die Straße, die Häuser und die Bäume sehen … Hier hat sich das Drama abgespielt. Sie wollten mir dieses Zimmer nicht geben. Ich habe mir Mühe gegeben, hierher zurückzukehren. Ich habe keine Angst vor Gespenstern. Schließlich ist es besser, dass ich hier bin, um diese Notizen aufzuschreiben. Es scheint, dass Erinnerungen leichter an den Orten wieder erwachen, an denen sie geboren wurden.

Tatsächlich hat mich dieses Geständnis völlig wiederhergestellt. Meine Seele ist klar und reingewaschen.

Ich werde versuchen, diesen bösen Traum zu vergessen. Ich werde aufs Land ziehen, weit weg von Paris. Schon bald wird man sich nicht mehr an meinen Namen erinnern können. Ich werde ein anderer Mann sein, mit einer neuen Existenz als Bauer … Ich werde mich selbst nicht mehr wiedererkennen.

Vor allem eine Sache will ich nicht behalten – diesen Revolver, der mir vorhin in der Gerichtskanzlei zurückgegeben wurde. Er würde mich an zu schmerzhafte Stunden erinnern. Wenn ich eine Waffe brauchen sollte, kaufe ich eine andere.

Er liegt vor mir, während ich schreibe, und sein Anblick tut mir weh. Aber das bedeutet nicht viel! … Er ist hübsch … er sieht aus wie ein Schmuckstück, wie ein niedliches Juwel … so gesehen sieht er nicht schlecht aus.

Ich werde ihn einfach in die Hand nehmen. Er ist sehr leicht und sehr angenehm zu halten. Er ist auch sehr kalt … er macht mir ein wenig Angst … er ist geheimnisvoll, dieser schlafende Revolver … bei einem Messer weiß man, wie gefährlich es ist, man braucht nur die scharfe Spitze und die schneidende Klinge zu sehen … da muss man nicht mehr darüber wissen … ich will ihn nicht behalten … ich werde ihn morgen verkaufen … oh, ihn verkaufen? Ich werde ihn verschenken … halt, nein! Ich werde ihn wegwerfen …

Aber warum eigentlich? Jedenfalls möchte ich ihn eine Weile nicht sehen. Ich sehe ihn zu oft an … das ist doch ganz natürlich, oder?... Er ist da, wie ein stummer Zeuge … ich werde ihn keine Stunde länger behalten …

Ich schreibe immer noch, mit dieser Waffe vor mir.

Menschen, die Selbstmord begehen, müssen ihren letzten Wunsch auf diese Weise kundtun. Welche Empfindungen mögen sie verspüren?... Ich kann sie mir nur vorstellen. Sie würden es zuerst nicht wagen, hinzusehen … und dann, wenn sie es doch getan haben, wer weiß, ob sie im Gegenteil den Blick von der Waffe abwenden könnten … ob sie nicht unwiderstehlich angezogen

und fasziniert sind …

Braucht es wirklich so viel Mut, sich umzubringen? Das Schwierigste muss sein, einfach die Hand auszustrecken, die Waffe zu nehmen und ihre Kälte zu spüren …

Schluss, nein! Ich halte ihn in meiner linken Hand … ich presse den Lauf gegen meine Schläfe … es ist kein unangenehmes Gefühl … ein ganz kleines Erschaudern … dann wird der Stahl beim Kontakt mit dem Fleisch heiß …

Nein, das ist nicht das Schlimmste … das Schlimmste ist die Sekunde, in der man abdrückt … der letzte Befehl, den das Bewusstsein dem Körper gibt …

Wer weiß? … Vielleicht ist auch das nicht so furchtbar? … Wenn der Rausch einen erst einmal gepackt hat, wird man unwiderstehlich davon angezogen.

Man hat ein gutes Gefühl dabei …

… man ist nichts mehr …

… man spürt nichts mehr …

… man wird vom Unbekannten gerufen …

… es lockt und überwältigt einen …

… und man drückt den Abzug …

MILDERNDE UMSTÄNDE

Françoise erfuhr aus der Zeitung von der Verhaftung ihres Sohnes.

Zunächst erschien ihr die Sache so ungeheuerlich, dass sie sie nicht glauben wollte.

Ihr Junge, ihr kleiner Junge, der so höflich und schüchtern war, der erst vor einem Monat die Osterferien mit ihr verbracht hatte; ihr Junge, ein Dieb und ein Mörder … Sie sah ihn wieder vor sich in seiner Infanteristenuniform, mit seinem gutmütigen Gesicht; sie konnte noch immer die Liebkosung seines dicken Abschiedskusses auf ihren faltigen Wangen spüren, und während sie diese zärtlichen und sanften Erinnerungen in sich wachrief, zog sie die Schultern hoch und wiederholte: „Sie haben sich bestimmt geirrt. Er war es nicht."

Und doch stand es dort in Großbuchstaben geschrieben: „Ein krimineller Soldat." Es war in der Garnison des Jungen geschehen, und sie nannten seinen Namen in voller Länge.

Sie stand fassungslos da, die Brille auf die Stirn hochgeschoben, mit zitterndem Mund und gefalteten Händen. In der drückenden Stille der Küche führte sie Selbstgespräche und blickte, ohne wirklich etwas zu sehen, auf den alten Hund, der neben der offenen Tür schlief, und auf die Uhr, die in ihrem Gehäuse mit einem schleppendem Ticken die Zeit anzeigte.

Jemand trat ein. Sie erschrak.

„Wer ist da?"

Sie erkannte, dass es eine Nachbarin war. Da sie sich ihren aufgelösten Zustand nicht anmerken lassen wollte, fügte sie hinzu: „Ich habe geschlafen … es ist so heiß …"

Obwohl sie sonst eher schweigsam und zurückhaltend war, redete sie in einem fort … sie stellte Fragen und gab auch gleich selbst die Antworten darauf, aus Angst, dass man sie aushorchen könnte, und sie fragte sich, während sie ihre weitschweifigen Sätze herunterleierte: „Weiß sie es?"

Sie verstummte, unfähig, weitere Worte zu finden. Mit einem seltsamen Gesichtsausdruck sagte die Nachbarin zu ihr: „Sie haben wohl schon lange nichts mehr von Ihrem Sohn gehört?"

„Doch … erst heute Morgen."

Sie sagte nicht dazu, was! Sogleich verspürte sie das große Bedürfnis, getröstet und beruhigt zu werden, eine andere Stimme zu hören als ihre eigene, die dagegen aufbegehrte und verkündete: „Es ist ein Fehler! Er war es nicht, wie könnte er denn auch …"

Sie deutete auf die Zeitung und bemühte sich, in einem liebenswürdigen Tonfall zu sprechen.

„Haben Sie es gelesen? Es ist lustig, nicht wahr?"

Mit trockener Kehle und Tränen in den Augen fügte sie hinzu:

„Das ist ganz schön dumm … im ersten Moment hat es mir einen richtigen Schlag versetzt … kein Wunder …!"

Die Nachbarin schwieg noch immer. Sie wiederholte: „Ganz schön komisch, nicht wahr? Wirklich komisch …"

„Ja, schon komisch, dass es zwei mit demselben

Namen im gleichen Regiment gibt.“

Mit einem tiefen Seufzen stieß die alte Frau hervor: „Das dachte ich auch! … Da … da gibt es zwei … das ist nicht meiner …!“

„Ich habe keine Ahnung“, sagte die Klatschtante. „Ich frage Sie … es ist zu hoffen … denn angenommen, er war es … man munkelt bereits, dass er hinter der Sache beim Fassbinder steckt … ja, die 300 Francs, die gestohlen wurden, als er gerade Urlaub hatte …“

Die Mutter stand auf, vollkommen bleich, und ballte die Fäuste.

„Wie können Sie so etwas sagen … Er war es nicht, nein, er war es nicht … schämt ihr euch nicht?... Was haben wir euch angetan, dass ihr alle hinter uns her seid?... Mein armer Kleiner! … Wir werden sehen …!“

Und dann lief sie zum Bahnhof, ohne die Tür hinter sich zu schließen, ohne auch nur in ihre Holzpantoffel zu schlüpfen.

Sie kam um kurz nach sieben Uhr in der Stadt an. Während sie unterwegs war, hatte sich ihr Entsetzen noch gesteigert. Sie dachte nun nicht mehr: „Das ist unmöglich!“, sondern: „Was, wenn es wahr ist?“ ... Die Strecke war ihr unendlich lang erschienen, während vor ihr die Landschaft, die Felder und die Telegraphenmasten vorbeizogen und die Drähte schwindelerregend auf und ab schwankten. Als der Zug anhielt, begann sie zu zittern und hatte das Gefühl, dass der Moment, in dem sie endlich alles erfahren würde, beinahe zu schnell kam.

Sie murmelte ein Vaterunser und ein Avemaria, und fügte zu den Gebeten, die ihr schablonenhaft über die Lippen kamen, noch flehentlich hinzu: „O Heilige Jung-

frau, das wolltest du nicht, oder? Die schönen Gebete, die ich ständig an dich richte …"

Hinter dem Tor erstreckte sich der Kasernenhof mit seinen ganz in Weiß gehaltenen quadratischen Gebäuden. Soldaten saßen draußen vor den Türen und unterhielten sich in der abendlichen Ruhe. Ihr Sohn hatte ihr die Rangabzeichen erklärt. Ganz bescheiden blieb sie stehen.

„Entschuldigen Sie, Sergeant, könnte ich Sie kurz sprechen?"

Sie zögerte, da sie es nicht wagte, ihre wahren Befürchtungen gleich auszusprechen.

„Also … es geht um meinen Sohn … Jules Michon, von der dritten Kompanie … ich würde gerne wissen, ob … ich ihn sehen könnte …"

Sie versuchte zu lächeln.

„Ich bin seine Mutter … seine Mama … Nein? Nun … wo ist er? … Er ist doch nicht krank? … Und? … Ja, ich weiß … nein, aber nein … Ich weiß es nicht … wird er bestraft? … Auf dem Polizeirevier? … Nein? … Im Gefängnis sagen Sie? … Er wird vor ein Kriegsgericht gestellt? …"

Sie verbarg ihren Kopf in den Händen.

„Heilige Jungfrau, es ist also wahr! Heilige Jungfrau! …"

Ergriffen von einem leichten Schwindel entfernte sie sich. Im Militärgefängnis sagte man ihr, der Junge sei in Einzelhaft, und dieses geheimnisvolle Wort verstärkte ihre Angst nochmals. Sie sah ihn schon für immer allein, getrennt von der Welt, eingesperrt. Man sagte ihr, sie solle einen Anwalt aufsuchen, und mit dem gleichen stocken-

den Schritt wie zuvor ging sie zum Anwaltsbüro. Durch ihn erfuhr sie die ganze Wahrheit. Es blieben keine Zweifel. Der Junge hatte getötet, um zu stehlen; man hatte das Geld – fast sechshundert Francs – in seiner Matratze gefunden. Schlussendlich hatte er gestanden.

Nachdem sie vergeblich geweint und darum gebettelt hatte, ihn sehen zu dürfen, kehrte sie in das Dorf zurück. Jeder wusste es. Aus Furcht vor Worten und Blicken schlich sie sich nachts nach Hause. Wie ein armes Tier, das sich vor Schlägen fürchtet und sich versteckt, wagte sie sich nicht mehr hinaus, hielt die Fensterläden geschlossen und zog jeden Morgen die Zeitung unter der Tür zu sich herein.

So las sie sämtliche Einzelheiten des Verbrechens und alles, was ihrem Kind vorgeworfen wurde. Die Zeugen, die vor dem Richter ausgesagt hatten, ließen alle durchblicken, dass es Michons Sohn gewesen war, der den Fassbinder bestohlen hatte. Das war bestimmt nicht wahr! Sie würde es schwören … doch dann kamen ihr auch daran Zweifel.

Einen Monat später suchte sie neuerlich den Anwalt auf. Sie bat jetzt nicht mehr darum, ihren Sohn zu sehen; nicht, dass sie aufgehört hätte, ihn zu lieben, Gott bewahre … sie schämte sich …

„Was werden sie mit ihm machen, Monsieur? Ich werde ihn nicht einfach mitnehmen können …"

„Meine arme Frau, das befürchte ich. Wenn ich nur einen mildernden Umstand finden würde …"

„Was bedeutet das? Ein mildernder Umstand … was ist damit gemeint? …"

„Damit wird etwas bezeichnet, das seine Schuld in

den Augen der Richter mindert. Nehmen wir zum Beispiel einen Dieb: Wenn man nachweisen kann, dass er von Armut getrieben wurde, dann hat er noch immer gestohlen, aber um seinen Kindern Brot zu geben … nun, das ist ein mildernder Umstand. Bei ihm ist das Gegenteil der Fall! Es war nicht einmal seine erste Tat! Dieser andere Raubüberfall – den er bestreitet –, aber … nun, ich werde alles Menschenmögliche versuchen."

Françoise kehrte nach Hause zurück, müder und schmerzerfüllter denn je, ihr Geist gequält von diesen neuen Worten: „Mildernde Umstände". Wie gerne wäre sie auf diese Ausrede gekommen, mit der vielleicht ein wenig Nachsicht verbunden war … aber nichts. Das Verbrechen blieb offensichtlich, ungeheuerlich, nichts konnte seinen Schrecken mildern …

Der Tag des Urteils kam. Sie machte sich wieder auf den Weg, um die Qual zu beenden. Im Zug betete sie, alle Heiligen anrufend, und in ihrem leeren Kopf erklangen die Worte, die sie so oft wiederholt hatte: „Mildernde Umstände … mildernde Umstände …"

Sie wartete in einem tristen Raum, in dem die Zeugen vor ihr leise flüsternd ihre Aussagen machten. Als sie an der Reihe war, trat sie mit unsicheren Schritten ein, blinzelte mit den Augenlidern im hellen Licht, und sofort richtete sich ihr Blick auf den Jungen, der mit gesenktem Kopf und einem großen karierten Taschentuch in den Fingern schluchzend weinte. Dann erstarrte sie ehrfürchtig vor den Richtern.

Sie hatte vor Gericht erscheinen wollen. In dieser Stunde fragte sie sich, warum … Sie wusste nichts, die arme alte Frau, sie hatte nichts zu sagen! … Was hatte sie dort zu suchen?... Nichts. Sie war nur die Mutter dieses Jungen. Sie hatte ihn geboren, ja … ihn gestreichelt, ja … ihn erzogen, ja … er gehörte zu ihr … aber nein, heute gehörte er ihr nicht mehr.

Auf alle Fragen antwortete sie mit Gesten oder unverständlichen Worten. Im Raum herrschte große Stille. Unendliches Mitleid für diese trauernde, von Kummer zermürbte Bäuerin war zu verspüren.

„Ist er Ihr einziges Kind?", fragte der Vorsitzende.

„Jawohl, Monsieur."

„Gab es je einen Grund zur Beschwerde, so lange er bei Ihnen war?"

„Oh nein, Monsieur!"

„Haben Sie je bemerkt, dass er schlechten Umgang hatte?"

„Niemals. Weder sein Vater, den alle liebten und respektierten, noch ich hätten das zugelassen … man könnte sagen, dass wir sehr angesehen waren …"

„Das wissen wir, das wissen wir …"

Dann wandte sie sich an den Angeklagten:

„Du wusstest es auch, und deshalb hast du den Aufenthalt im Haus deiner Mutter ausgenutzt, um zu stehlen, weil du dich hinter der Ehrbarkeit deiner Eltern sicher fühltest, den Aufenthalt im Haus deiner Mutter ausgenutzt, um zu stehlen … Wie könnte man den Sohn so guter Menschen verdächtigen? … Manche können behaupten, sie seien nur zur Hälfte verantwortlich. Die schlechten Beispiele, die ihnen vor den Augen standen, hätten sie verdorben. Du, du hast nicht einmal diese Ausrede."

Dann schien die alte Frau große Anstrengungen auf

sich zu nehmen. In ihren winzigen Augen mit den tränenbedeckten Wimpern lag ein seltsamer Glanz. Sie sprach mit gesenkter Stirn, reglos, und mit einer Stimme, die kaum zitterte:

„Verzeihen Sie mir, Monsieur. Ich muss Ihnen die Wahrheit sagen. Der Junge ist schuldig, das stimmt … aber er ist nicht der Einzige. Vorhin habe ich Ihnen gesagt, dass ich mir nie etwas vorzuwerfen hatte. Ich habe gelogen. Die dreihundert Francs des Fassbinders, die habe ich gestohlen, ich … Als mein Sohn auf Urlaub kam, habe ich es ihm gestanden … Da bekam der Junge Angst … er dachte, dass seine Mutter ihre Ehre und ihren Ruf verlieren würde … und dann stahl er seinerseits, um das Geld zurückgeben, damit sich niemand beschweren konnte … schließlich geriet er in Panik … er wurde überrascht … und das Unglück war geschehen …"

99

Sie schwieg einen Moment lang bedrückt, dann sagte sie mit leiser Stimme:

„Ich habe gelogen … Ich bin eine schlechte Frau. Ich habe ein schlechtes Beispiel gegeben … Sie müssen mich einsperren … Das ist ein mildernder Umstand für ihn, oder? Entschuldigen Sie, Monsieur …"

Mit ihrer gebeugten Haltung, den zusammengezogenen Schultern und dem gesenkten Kopf, wirkte sie klein, sehr klein …

Der Sohn wurde lediglich zu lebenslanger Zwangsarbeit verurteilt. Sie starb bald darauf, ausgestoßen vom ganzen Dorf. Man hielt eine kurze Messe für sie ab, und ihr Leichnam wurde ganz am Ende des Friedhofs in einer Ecke bestattet, in der die Kirche mit ihrem Glockenturm nicht einmal zur besten Tageszeit ihren Schatten warf.

Diese Geschichte erzählte man mir in der Nähe ihres Grabes, das nur von einem schwarzen, verwitterten Holzkreuz mit einer rostigen, verdrehten und zerbrochenen Perlenkrone geschmückt wurde, auf dem ich diese Worte lesen konnte: „Für Françoise Michon – die Richterin ihres Sohnes."

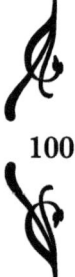

DER BRUNNEN

Der alte Mann saß mit abgewinkelten Beinen auf der Schwelle seines Hauses und schwieg, seine beide Hände ruhten auf dem Griff seines Stockes. Es war das Schweigen der Bauern, ein Schweigen, von dem man nicht sagen kann, ob es mit Erinnerungen erfüllt oder ob es dumpf und gedankenlos ist.

Der Tag neigte sich dem Ende zu. In der sanfter werdenden Sonne wurden die Tiere wieder in den Stall gebracht. Ein altes Pferd kehrte ganz von allein in seine Behausung zurück, wobei es seine Zügel auf der Straße hinter sich herschleppte.

Der alte Mann schaute ihm nach, nickte mit dem Kopf und seufzte: „Wenn ich in seinem Alter bin, wird man mich nicht mehr auf der Straße sehen …!"

„Ist es wirklich so alt?", fragte ich.

„Zwanzig Jahre mindestens. Das sind achtzig Menschenjahre."

„Und warum sollten Sie nicht so lange leben?"

„Warum? Sehen Sie mich an. Ich bin noch nicht einmal fünfzig … hätten Sie mich älter geschätzt?… Oh ja! Fünfzig Jahre, und ich kann nicht mehr arbeiten … ich kann mich kaum noch auf den Beinen halten."

„Hatten Sie eine schwere Krankheit?"

„Nein. Ich habe noch nicht einmal einen Arzt gebraucht. Nur da …", – er klopfte mit der Faust gegen seine faltige Stirn – „… da funktioniert es … man schafft es nicht bis zur Goldenen Hochzeit ohne gewisse Erinnerungen. Es gibt Stunden, die mehr zählen als Jahre. Hier ist meine Geschichte. Bilden Sie sich selbst ein Urteil.

Es ist fast fünfundzwanzig Jahre her. Auf dem Weg in die Stadt traf ich die Frau eines Bauern aus einem Nachbardorf. Der Ehemann war alt − um zwanzig Jahre älter als ich. Die Frau war in meinem Alter. Wenn man jung ist, denkt man nicht viel über die Konsequenzen nach … Und es hätte auch nichts geändert, denn wenn die Liebe das Sagen hat, verabschiedet sich die Vernunft.

Eines Nachts war ich bei ihr, ihr Mann war morgens aufgebrochen, um Ochsen zum Jahrmarkt zu treiben, als ich ein Geräusch im Haus hörte … Ich sprang auf, zog meine Schuhe und meine Jacke an, lief im Eiltempo die Stiege hinunter und durchquerte das untere Zimmer im Erdgeschoss … Ich war keine zehn Schritte weit gekommen, als in meinem Rücken zwei Gewehrschüsse abgefeuert wurden …

Instinktiv warf ich mich flach auf den Boden. Ich hatte nichts … nicht einen Kratzer. Aber als ich aufstand, sah ich den Ehemann über mir, der sein Gewehr schwang, um mich niederzuschlagen. Ich rannte los, so schnell ich konnte. Er verfolgte mich. Ich konnte ihn schreien hören: ‚Schurke! … Kanaille! … Dieb! … Haltet ihn! …‘

Auf freiem Feld hätte ich ihn schnell abgehängt, denn meine Beine waren flinker als seine, und mit zwanzig hat man bessere Lungen als mit vierzig. Aber in diesem Garten, den ich nicht kannte, war er im Vorteil. Ich stolperte wie ein Tollpatsch über Drähte, ich stieß gegen Melonen, und jedes Mal, wenn ich mich wieder aufrappelte, hörte ich seine Stimme näherkommen. Er schrie ständig: ‚Haltet ihn auf! … Haltet ihn auf! …‘

Ich schaffte es schließlich bis zur Hecke. Als ich mich hindurch schlug, riss ich mir Gesicht und Hände auf. Ich rannte den Abhang hinunter, so schnell es meine Beine zuließen. Aber er nahm eine Abkürzung und versperrte mir den Weg, gerade als ich einen verlassenen Bauernhof betrat, wo ich mich verstecken wollte. Er stürzte sich auf mich und traktierte mich mit Fußtritten und Faustschlägen. Ich schlug und trat auch um mich wie ein Irrer. Ich ergriff ihn an der Kehle. Er hörte auf, nach mir zu schlagen, und packte mich an der Hüfte. Er presste sich auf mich, um mich zu ersticken. Ich sah, wie ihm die Augen aus dem Kopf traten. Unsere Beine waren ineinander verschlungen. Er versuchte, mich zu beißen …

Doch plötzlich verloren wir den Boden unter den Füßen. Er öffnete seine Arme … ich ließ ihn los … ich hörte sowohl seinen Schreckensschrei als auch meinen … ich merkte, wie ich fiel … und fiel … und dann verspürte ich unter dem Arm, unter der Achselhöhle, einen fürchterlichen Schmerz.

Ich schien in der Luft festzuhängen … Als ich zu mir kam, hatte ich zuerst keine Ahnung, wo ich war oder was mich festhielt … Etwas riss mir das Fleisch von Schulter und Arm. Meine beiden Beine baumelten im Leeren … Ich öffnete die Augen. Unter mir glänzte etwas, etwas Dunkles und Zitterndes, und ich konnte kleine Lichter tanzen sehen. Ich versuchte die Arme auszubreiten. Aber die Bewegung auf der linken Seite ließ mich vor Schmerz aufschreien. Ich streckte meine rechte Hand aus und berührte mit meiner offenen Handfläche eine kalte, nasse, glitschige Wand. Auch meine Fersen stießen gegen eine Wand, und bei jedem Kontakt gab es ein dumpfes

Geräusch, als ob ein Stein gegen ein leeres Fass geschlagen würde.

Und dann, nachdem sich meine Augen an die Dunkelheit gewöhnt hatten, sah ich vor mir eine schwarze Masse, die an der Wand hing und zuckte, so nah, dass ich mit der Hand hätte darüber streichen können, wenn ich mich nicht dagegen gewehrt hätte.

Allmählich konnte ich in dieser wirren Masse Arme … Beine … und einen Kopf unterscheiden … einen furchterregenden Kopf mit verdrehten Augen und einem schiefen Mund … den Kopf des Mannes, mit dem ich mich vorhin am Boden gewälzt hatte …

Erst jetzt begriff ich. Während wir gekämpft hatten, waren wir auf Bretter gestürzt, die den Schacht eines seit langem stillgelegten Brunnens bedeckten. Die Bretter, die mit Sicherheit morsch waren, hatten unter unserem Gewicht nachgegeben, und bei unserem Sturz waren wir an zwei Haken hängen geblieben, Sie wissen schon, diese Haken, die früher in den Brunnen angebracht wurden, damit man das Seil nicht ganz abrollen muss, wenn man Flaschen in Körbe gibt, um sie zu kühlen.

Wir waren gefangen, aufgespießt, wie Schafe am Marktstand: Ich an der Achselhöhle, er − wie ich jetzt erkennen konnte − am Rumpf, der Bauch war aufgerissen, dem Körper hing herunter − auf der einen Seite die Beine und Schenkel, auf der anderen die Brust, der Kopf und die Arme …

Bis jetzt hatte ich keine anderen Geräusche gehört als die, die ich selbst gemacht hatte, als ich mich abmühte, mich zu bewegen. Der andere, gegenüber, begann zu röcheln, und sein Röcheln erzeugte ein Echo im Brunnen, das sich grässlich in die Länge zog … Gleichzeitig vernahm ich ein leises Plätschern … pitsch … pitsch … pitsch … wie Wasser, das Tropfen für Tropfen in eine Vase fällt. Der Mann blutete langsam aus seiner schrecklichen Wunde ins Wasser … Ich weiß nicht warum, aber dieses Röcheln zu hören, machte mir weniger Angst … Verstehen Sie, ich spürte nämlich, das irgendjemand oder irgendetwas in meiner Nähe war.

Das ging lange, lange Zeit so, und dann begann die Dunkelheit sich zu verflüchtigen. Langsam kam der Morgen … Die Dunkelheit nahm weiter ab … Der Mann röchelte in immer kürzeren Abständen. Ich sah seinen grausigen Kopf in den kleinsten Details deutlich vor mir … seine Hände mit den verkrümmten Fingern … die Kreise, die seine Blutstropfen auf der Oberfläche des toten Wassers im Brunnen verursachten. Dann verlangsamte sich das Röcheln. Ein oder zwei Zuckungen gingen durch den Körper. Es schien, als würde sich der Kopf ruckartig zu mir drehen, als würden seine Augen die meinen suchen, als würde sich der Mund öffnen, um mich erneut anzuschreien: ‚Schurke! … Kanaille! …‘ Dann nichts mehr … nicht einmal mehr das Plätschern der Blutstropfen … Stille …

Angst vor diesem toten Mann ergriff mich, schreckliche Angst. Ich spürte keinen Schmerz mehr. Ich hatte nur einen Gedanken im Kopf: Ich war dort allein, verloren. Niemand würde auf die Idee kommen, in diesem Brunnen nach mir zu suchen. Ich würde vor Schmerz und Hunger sterben. Schreien? Um Hilfe rufen? Wozu? Es war keine Rettung in Sicht … Und doch schrie ich! Ich rief um Hilfe … nichts. Niemand antwortete.

Es war nun zur Gänze Tag geworden. Die Sonne musste hoch über dem Horizont stehen. Die Ecke des Himmels, die ich sehen konnte, war von einem makellosen Blau ... Ich zitterte vor Angst und Kälte. Ich spürte jedoch, dass es auf der Oberfläche vermutlich sehr heiß war, denn es waren die ersten Tage im August.

Ich wagte nicht mehr, den leblosen Körper anzusehen. Ich wagte nicht, auch nur eine Bewegung oder eine Geste zu riskieren, denn das kleinste Zucken verursachte mir unerträgliche Schmerzen.

Dann hörte ich in meinen Ohren ein entferntes Summen, das immer deutlicher wurde und näherkam. Es schien mir, als würden Grashalme über mein Gesicht streifen. Ich öffnete die Augen. Ah, es war kein Traum, es war ein Albtraum! Ich konnte sie hören. Was um mich umschwirrte, waren Fliegen; Hunderte, Tausende von Fliegen, die in die Nähe des reglosen Körpers flogen ... in meine Nähe!

Ich weiß nicht, wie lange es dauerte. Ich weiß nur, dass ich das Gefühl hatte, ich würde verrückt werden. Soweit ich erkennen konnte, wurde es zunächst Mittag, dann ging die Sonne wieder unter ... Dann schien der Körper, um den die Fliegen tanzten, unmerklich hinabzusinken ... er rutschte ... und rutschte. Ich hörte einen Laut wie von zerreißendem Stoff ... Der Körper sackte weiter ab ... ein schleifender Ton, als würde ein Ziegel an einer Steinmauer entlang schrammen ... das Geräusch von etwas Schwerem, das ins Brunnenwasser fiel ... Wassertropfen spritzten zu mir herauf. Ich öffnete die Augen.

Die Leiche war verschwunden. An ihrer Stelle war nur noch ein roter Haken zu sehen, an dem ein Stofffet-

zen hing … Danach erinnere ich mich an nichts mehr.

Später erfuhr ich, dass ein Kind, das vorbeigekommen war und sich über den Brunnen gebeugt hatte, um Steine hineinzuwerfen, Hilfe geholt hatte. Nach meinen Berechnungen musste ich fast achtzehn Stunden dort drinnen gewesen sein.

Heute frage ich mich, ob es nicht besser gewesen wäre, mich dort sterben zu lassen. Ich bin körperlich geheilt, aber es vergeht keine Stunde, ohne dass ich die Erinnerung vor Augen habe. Fünfundzwanzig Jahre lang ist dieser Mann neben mir gehangen, fünfundzwanzig Jahre lang habe ich sein Gesicht und seinen zerfetzten Körper gesehen und die Wassertropfen aus dem Brunnen auf meinem Gesicht gespürt …"

„Und die Frau?", fragte ich.

„Verrückt", antwortete er halblaut.

Er stieß einen langen Seufzer aus.

„Ach! Ich bin alt, Monsieur, sehr alt!"

Beinahe unmerklich war die Nacht hereingebrochen. Dunst schwebte über der Landschaft. In der Ferne läutete eine Glocke …

Der Mann nahm seinen Hut ab, kniete nieder, bekreuzigte sich und sagte sehr leise:

„Genau um diese Uhrzeit ist er hinunter gefallen."

Alles wurde still. Noch einmal war ein leises Wispern am Himmel zu hören. Am Ende der Straße entfernte sich ein Liebespaar in langsamen Schritten … Der alte Mann betete und klopfte sich auf die Brust.

DAS WUNDER

Es ging alles sehr langsam. Zuerst hatte er einen Schleier vor seinen Augen wahrgenommen, dann Schatten, die zeitweise alle Gegenstände verdeckten. Zuerst war er darüber nicht beunruhigt, er fuhr sich mit den Händen über die Lider und dachte: „Ich arbeite zu viel im Licht."

Er ruhte sich eine Weile aus. Aber der Schleier verdichtete sich allmählich, die Schatten wurden immer länger und, ohne dass er es sich eingestehen wollte, bekam er Angst.

Eines Tages, nach dem Abendessen, als ihm alles im Raum trotz des großen Feuers und der angezündeten Lampe dunkel erschien, sagte er zu seiner Frau:

„Dreh das Licht auf, ich kann nichts sehen."

„Was? Du kannst nichts sehen? Aber die Lampe leuchtet doch hell genug!"

Er sagte: „Oh!", und begann zu weinen.

Fassungslos fragte sie ihn: „Was ist los mit dir?"

Er schluchzte.

„Ich werde blind …!"

Unter Tränen erzählte er ihr in wirren Sätzen alles, was er in den letzten Monaten empfunden hatte, seine anfängliche Sorglosigkeit, seine Unsicherheit, seine Ängste, das Entsetzen bei dem Gedanken, dass bald alles für ihn verschwinden würde, und dass er nie wieder etwas sehen würde … nie wieder!

Dann suchte er reihenweise Ärzte auf. Keiner von

ihnen konnte das Fortschreiten der Krankheit aufhalten, und bald war er völlig erblindet.

Seine Frau und seine Freunde waren aufmerksam und fürsorglich. Er schien sich an seine neue Existenz, diese tiefe Innerlichkeit der Blinden, zu gewöhnen. Gelegentlich erhellte ein Lächeln sein teilnahmsloses Gesicht, und es schien, als hätte er sich damit abgefunden.

Man brachte ihn dazu, Paris zu verlassen und auf das Land zu ziehen. Er fühlte sich dort wohl und träumte stundenlang auf einem Sofa, während seine Frau Musik spielte oder ihm Gedichte vorlas. Manchmal sagte er zu ihr: „Ich bin glücklich … sehr glücklich …"

Und wenn er sie zufällig seufzen hörte, suchte er ihre Hand und flüsterte leise: „Du bist hier, ganz nahe bei mir … Die Einzigen, die mich wirklich lieben, haben mich nicht verlassen … Ich bereue nichts …"

Doch tief in seinem Herzen schlummerte eine unendliche Traurigkeit. Er erinnerte sich an die Sonnentage von einst, an die Helligkeit, die er so sehr liebte, und träumte trotz seines Zustandes von einem Wunder, das sein erloschenes Augenlicht wiederherstellen würde.

Eines Tages, als er vor seiner Haustür saß, kam eine alte Frau bei ihm vorbei: „Lieber Herr, geht es Ihnen immer noch nicht besser?"

„Nein … nun ist es vorbei! Es gibt keine Hoffnung mehr …"

„Was ist mit den Ärzten, was sagen die?"

„Nichts … nur Unsinn …"

„Oh", meinte die alte Frau, „ich kenne einen Gelehrten, der Sie heilen könnte. Als mein verstorbener Mann erblindete, suchte er ihn auf, denn er hatte einen guten

Ruf im Lande, und er sagte zu ihm: ‚Ich kann Ihnen nichts versprechen, guter Mann … aber … einen Versuch ist es immer wert!' Mein Mann antworte: ‚Wenn Sie es schaffen, dass ich wieder sehen kann, gebe ich Ihnen die Hälfte meines Besitzes!' ‚Ich verlange nichts von Ihnen!', entgegnete der Arzt. ‚Komm Sie zu mir ins Krankenhaus.' Nach zwei Monaten, ja, Monsieur, begann er wieder zu sehen. Es starb dann völlig überraschend an einem Gehirnschlag. Also, wenn ich an Ihrer Stelle wäre …"

Er machte sich noch am selben Abend aufgrund dieses Ratschlags der Bäuerin auf den Weg, erfüllt von immenser Hoffnung und der Gewissheit, dass es Rettung gab.

Der Arzt untersuchte ihn eingehend und sagte dann zu ihm wie zu dem anderen Mann: „Ich kann nichts versprechen … aber es gibt eine Chance. Auch wenn es womöglich lange, sehr lange dauert …"

Er schrie auf.

„Was macht das schon? Hauptsache, ich werde geheilt!"

Als man ihn im Pflegeheim untergebracht hatte, erkundigte er sich: „Kann meine Frau bei mir bleiben?"

„Nein … Da Sie zwei Monate, vielleicht sogar länger, im Dunkeln bleiben werden, kann Ihnen Ihre Frau nicht Gesellschaft leisten. Außerdem brauchen Sie Ruhe, absolute Ruhe. Ihre Frau wird Sie jede Woche besuchen, und wenn Sie es wünschen, werden wir sie Tag für Tag über Ihren Zustand am Laufenden halten."

„Also gut", entgegnete er, plötzlich von heftigem Egoismus übermannt, der ihn bei dem Gedanken, dass er sein Augenlicht wiedergewinnen konnte, alles vergessen ließ.

Als er nach drei Monaten den geschlossenen Raum

verlassen durfte, wagte er einige Augenblicke nicht, seine Augenlider zu heben, und zögerte die entscheidende Sekunde hinaus, in der Angst, nicht geheilt zu sein. Aber als er dann jäh die Augen öffnete, stieß er einen lauten Schrei aus: „Ich kann wieder sehen! … Ich kann wieder sehen! …"

Lachend und weinend zugleich warf er einen unersättlichen Blick auf den gesegneten Tag. Er konnte noch nicht mehr als ein vages Leuchten erkennen. Es war kaum mehr als ein blasser und ungewisser Glanz in seiner Nacht, dennoch rief er: „Ich kann sehen! … Ich will raus! … Bringt mich raus! …"

„Oh!", sagte der Arzt zu ihm und klopfte ihm beruhigend auf die Schulter. „Nicht so schnell! Jetzt ist es an der Zeit, unsere Bemühungen zu verdoppeln! Wir wollen uns nicht überanstrengen … für heute reicht es."

Er ließ sich willfährig zurückführen. Er blieb die ganze Nacht wach, öffnete und schloss seine Augen sehr schnell, gerade so weit, dass er das Licht der Nachttischlampe sehen konnte.

Als er seine Freude wieder ein wenig im Griff hatte, war sein erster Gedanke, seiner Frau zu schreiben. Wie glücklich würde sie sein! Wie glücklich würden sie beide jetzt sein …!

Doch dann kam ihm die Idee zu etwas ganz anderem, etwas Exquisitem! Da er noch einige Wochen hierbleiben sollte, würde er sich nichts anmerken lassen, und eines schönen Tages, als wäre plötzlich ein Wunder geschehen, wie selbstverständlich zu ihr sagen: „Sieh mal an! Das Kleid steht dir gut!" Oder: „Das ist aber ein schöner Hut!"

Sie würde denken, er sei verrückt geworden, und dann

würde er sie küssen: „Nein! Ich bin nicht verrückt! Ich kann sehen!"

Er unterrichtete den Arzt, die Krankenschwestern, und alle, die sich um ihn kümmerten, und belehrte sie mit kindlicher Freude.

„Ist das klar? Nicht ein Lächeln, nicht ein Wort …"

Sie versprachen es ihm. Nach und nach lernte er wieder, Gegenstände zu erkennen, Menschen und Gesichter zu unterscheiden. Er tastete nicht mehr herum, seine Bewegungen wurden präziser. Doch nach und nach machte sich auch große Ungeduld in ihm breit. Er konnte nicht mehr länger stillhalten.

„Doktor, ich bin wieder völlig in Ordnung … Lassen Sie mich gehen …"

„Nein … noch nicht …"

„Wann?"

„Bald. Wir dürfen es nicht riskieren, für ein paar Tage alles aufs Spiel zu setzen."

Als das Warten ihn fiebrig und übermäßig emotional werden ließ, wurde er entlassen. Er verlangte, dass niemand es erfuhr. Er wollte in einen Wagen steigen und den ganzen Weg allein nach Hause fahren.

Auf der Türschwelle gab ihm der Arzt seine letzten Ratschläge.

„Vergessen Sie nicht, jede Woche wiederzukommen, und nehmen Sie Ihre Sonnenbrille nicht ab, wenn die Sonne scheint. Die Sonne ist Ihr größter Feind. Wenn Sie einen Rückfall haben …"

„Oh! Machen Sie sich keine Sorgen!"

Er ging hinaus.

Es war ein wunderschöner Junimorgen. Er hatte die

Krempe seines Hutes heruntergebogen, um sich vor dem Licht zu schützen. Der Weg erschien ihm endlos. Schließlich erschienen die ersten Häuser des Dorfes in seinem Blick. Das Auto überquerte die Hauptstraße, den Marktplatz. Am Fuß des Hügels forderte er den Fahrer auf, anzuhalten.

„Sind wir da?"

„Ja, Monsieur, sehen Sie, geradeaus vor Ihnen."

Am Ende des Hanges stand das weiße Häuschen in dem sonnenverbrannten Garten, vollkommen in Licht getaucht. Sogar der Schatten selbst war golden, und das Sonne floss fröhlich an den Wänden entlang. Da er sehr aufgewühlt war, war er ein bisschen wackelig auf den Beinen. Auch die nahende Mittagshitze machte ihn schwindelig. Er stieg langsam den Hang hinauf. Er schob seine Hand zwischen die Gitterstäbe des Tores, hob den Riegel an und ging auf Zehenspitzen vorwärts, da er fürchtete, dass seine Schritte auf dem Kies Geräusche machen würden. Es war so heiß, dass der Hund, der im Zwinger schlief, ihn nicht hörte. Die Fensterläden waren geschlossen. Er sah dies alles zum ersten Mal und fühlte sich wie zu Hause. Er sagte zu sich selbst: „Oh! Dieses hübsche, glückliche kleine Haus!"

115

Er stellte sich die Einrichtung vor, die komfortablen und kühlen Räume. Er murmelte: „Mein Gott, ist das schön! Ist das schön!"

Er wollte schon ausrufen: „Jeanne! Ich bin es! Komm!" Aber er hielt sich zurück. Um die Überraschung perfekt zu machen, würde er an die Tür klopfen, und ihr, wenn sie sie öffnete, die Arme entgegenstrecken. Er hatte so oft von dieser Minute geträumt, dass er sie bis ins Detail hätte

beschreiben können. Und nun war der Traum Wirklichkeit geworden, eine in Licht und Freude getauchte Wirklichkeit … wie im Traum …!

Direkt unter dem Fenster stand eine Bank an das Haus gelehnt. Nachdem ihn der Spaziergang und die Aufregung ein wenig außer Atem gebracht hatten, setzte er sich hin, um zu verschnaufen. Ein Gemurmel von Stimmen drang an sein Ohr. Sie redeten und lachten hinter den Fensterläden … Er lauschte … Worte ohne Unterbrechung … zwei Stimmen.

„Sieh mal. Mit wem spricht meine Frau da? Ah! Es ist mein Freund Sournize … Worüber reden sie? Sie scheinen sehr fröhlich zu sein … Wissen Sie es vielleicht schon? …"

Er stand auf und schaute durch den Schlitz der Fensterläden in das Zimmer. Die Stimmen verstummten, dann wurde das Gespräch wieder aufgenommen. Seine Frau sagte: „Komm schon, sei so gut und lass mich den Tisch decken."

Plötzlich sah er sie beide in hellem Licht. Sie, mit zurückgeworfenem Kopf, die Hände voller Wäsche, ließ sich lachend in die Arme seines Freundes fallen, der ihren Hals, ihre Augen und ihre Lippen liebkoste, mit langen Küssen, unter denen sie erbebte.

Er prallte zurück und riss den Mund auf, um zu schreien. Alles begann sich um ihn zu drehen. Mit der Hand tastete er nach der Bank und ließ sich darauf fallen …

Was für eine entsetzliche, grauenvolle Sache! Das war es also, was seine Rückkehr für ihn bereithielt! Während er qualvoll erblindete, hatten seine Frau und sein bester

Freund nichts Besseres zu tun. Die Elenden! … Sie wussten, wie sie ihm ins Gesicht lügen und seine leeren Augen verhöhnen konnten …

Er stand auf, erfüllt von schrecklichem Zorn, mit erhobenen Fäusten, bereit zu töten. Aber in dem Moment, als er sich gegen die Tür werfen wollte, spürte er, wie seine Beine nachgaben. Eine schattenhafte Vision der zwei Jahre, in denen er so ruhig, zuversichtlich und frei von Zweifeln gelebt hatte, zog an ihm vorüber. Und auch seiner Schwäche wurde er sich bewusst, seines körperlichen und moralischen Verfalls, des Gefühls, dass er nicht geheilt war, dass er früher oder später sein Augenlicht für immer verlieren würde! Dann würde er alleine dahinvegetieren müssen, wie ein wildes Tier, das sich zum Sterben versteckt! Dieser furchterregende Gedanke ließ ihn frösteln … Nein! Nein! Alles, nur das nicht! … Musste er all diese Blicke sehen, die nicht für ihn bestimmt waren? Die Küsse der Verräter hinter seinem Rücken? … Niemals!

Was hielt ihn davon ab, einfach einzutreten und so zu tun, als hätte er nichts gehört oder gesehen? Er schlug sich gegen den Kopf: „Ich will nicht! Ich könnte mich nicht verstellen. Und dann?"

Dann, als aus dem Dorf aus zwölf Schläge zu hören waren, die die Mittagsstunde ankündigten, als die Sonne am Höhepunkt stand und ihr gleißendes Licht und ihre glühende Hitze aussandte, setzte er sich.

Langsam nahm er seinen Hut und seine Brille ab, und mit weit geöffneten Augen, das Gesicht dem Himmel zugewandt, badete er seine Augen im Sonnenlicht.

Zuerst war er geblendet, dann legte sich eine große

rote Scheibe auf sein Gesicht … Es erschien ihm so, als würde sich etwas in sein tiefstes Inneres brennen. Eine Sekunde lang wollte er Widerstand leisten. Er streckte die Hand nach seiner Brille aus … er konnte sie nicht mehr sehen …

Die sanfte, beruhigende Nacht, an deren Peripherie der Hass vergeht, brach über ihn herein, wie jene müden Wellen mit ihren trägen Schaumkronen, die abends bei Ebbe auf dem goldenen Sand der Küsten ersterben …

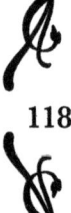

118

DER VERMISSTE

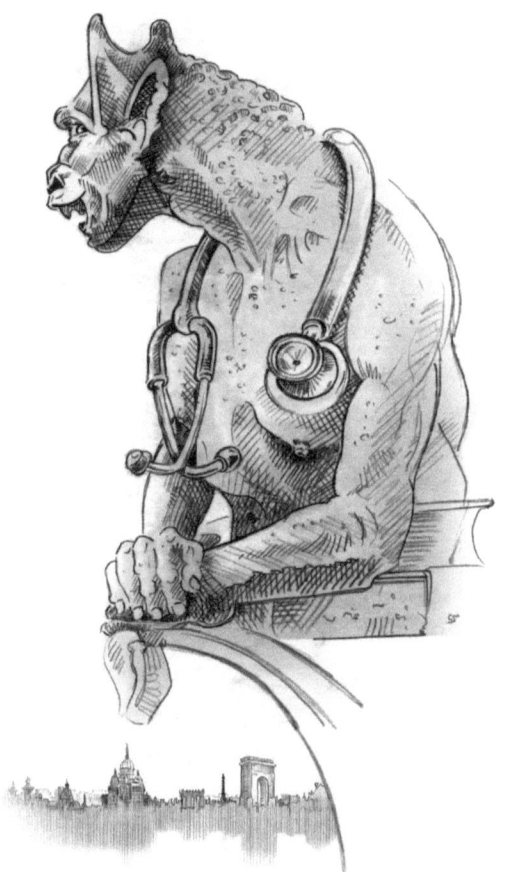

Seit acht Tagen war Gaspard, ein Hilfsarbeiter, verschwunden. Eine Personenbeschreibung war an sämtliche Dienststellen übermittelt worden. Man hatte vergeblich die Ufer der Seine erkundet, die heruntergekommenen Plätze, wo nächtens schrill und unheimlich die Pfiffe der Herumtreiber ertönen und die Spelunken, in denen sich die Gauner und leichten Mädchen treffen, um ihre Verbrechen zu planen.

Alles, was man in Erfahrungen bringen konnte, war, dass Gaspard zwei Monate lang im Krankenhaus zur Behandlung gewesen war, dass man ihn am Montag gegen Mittag entlassen hatte, und dass er einige Stunden später mit einem Unbekannten in einem Lokal des Viertels gesehen worden war. Doch von diesem Moment an verlor sich jede Spur von ihm und seinem Begleiter. Da er weder Geld noch Schmuck bei sich hatte, und er ein guter Arbeiter, Ehemann und Vater war, stellte sich die Suche als fast unmöglich dar. Der Fall stand kurz vor dem Abschluss, als eines Morgens ein Mann auf eine Polizeistation kam und den Kommissar sprechen wollte.

„Monsieur", sagte er, „Sie suchen einen Mann namens Gaspard, der seit acht Tagen nicht nach Hause zurückgekehrt ist. Ich kann Ihnen sagen, was aus ihm geworden ist, wenn Sie mir nur ein paar Minuten Ihrer Aufmerksamkeit schenken. Zunächst muss ich Ihnen einige Dinge erzählen, die Ihnen unnötig erscheinen werden, die ich aber für unverzichtbar halte.

So wie ich jetzt vor Ihnen stehe, schlecht angezogen,

mit fleckiger Kleidung und einem ungepflegten Bart, bin ich weder ein hungernder Erfinder noch ein beschäftigungsloser Arbeiter, der im Winter ins Gefängnis gesteckt werden will, um eine Unterkunft zu finden.

Ich bin einfach ein Medizinstudent, der durch die Voreingenommenheit, Gemeinheit oder Dummheit eines böswilligen Prüfers ins Elend gestürzt wurde.

Als ich mein Studium begann, waren meine Eltern, wenn schon nicht reich, so doch zumindest wohlhabend genug, um mich zu unterstützen. Kurz hintereinander verlor ich sowohl meine Mutter als auch meinen Vater. Nachdem ich alle Angelegenheiten geregelt hatte, fand ich mich alleine, ohne einen Freund wieder. Ich verfügte noch über ein bisschen Geld, das es mir erlauben würde, meinen Abschluss zu machen, wenn ich so genau wie möglich kalkulierte, mich beeilte und keine einzige Prüfung verpasste. Einmal im Besitz meines Doktortitels, hätte ich in irgendeiner abgelegenen Ecke eine Position gefunden, die mir vorübergehend das Auskommen gesichert hätte. Alles war also gut und klug durchdacht.

Vor einem Monat trat ich zu meiner letzten Prüfung an. Es handelte sich um eine klinische Untersuchung, eine von denen, die als reine Formalität angesehen werden. Wenn man jahrelang im Krankenhaus gearbeitet hat, muss man schon sehr ungeschickt sein, um diese nicht zu bestehen. Entgegen allen Erwartungen fiel ich durch.

Meinem Prüfer zufolge hatte ich eine ernste Fehldiagnose gestellt. Egal wie lange ich diskutierte und versuchte, meine Einschätzung zu verteidigen, indem ich mich auf Erfahrungen berief, indem ich auf alle Symptome und Anzeichen hinwies: Es war nutzlos, ich scheiterte. Für jeden anderen, auch für mich selbst, wäre dieser Misserfolg ein paar Monate früher nichts weiter als eine kleine Beeinträchtigung des Selbstwertgefühls gewesen, eine Verzögerung von einigen Wochen. In meiner Situation nahm er die Ausmaße einer Katastrophe an. Ich hatte nur noch fünfzehn Francs in der Tasche – das war mein gesamtes Vermögen. Dass ein Goldregen über mich niedergehen würde, konnte ich auch nicht erwarten. Meine früheren Freunde hatten sich längst verabschiedet. Es war eine absolute, vollständige, unüberwindbare Notlage.

Ich verließ den Untersuchungsraum mit der Überzeugung, dass mein Patient tatsächlich an dem litt, was ich diagnostiziert hatte, dass der Professor entschieden im Irrtum war, dass ich richtig lag, obwohl ich durchgefallen war! Ich schloss mich in mein Zimmer ein. Die ganze Nacht lang blätterte ich meine Notizen und medizinische Abhandlungen durch, was mich in meiner Gewissheit bestärkte.

Am nächsten Tag ging ich zurück ins Krankenhaus. Im Zimmer Ambroise-Paré, Bett 27, sah ich meinen Mann. Er lag da, dünn, abgemagert, ausgemergelt. Sein Kopf, an dem die Wangenknochen hervortraten, versank in dem weißen Kissen. Das Haar hing schütter, stumpf und feucht über seiner verschwitzten Stirn. Die halbgeöffneten Lippen enthüllten sein blasses Zahnfleisch und seine Zähne, die in einem ständigen Zittern klapperten, während sich seine geweiteten Nasenflügel in kleinen schnellen Stößen hoben und senkten, um die entfliehende Luft einzusaugen.

Der Patient erkannte mich und lächelte. Ich befragte

ihn ein zweites Mal. Er antwortete mir mit der gleichen gebrochenen Stimme, die ich am Tag zuvor gehört hatte. Ich untersuchte ihn ein zweites Mal: Ich fand die gleichen Symptome, und meine Überzeugung wurde noch stärker.

Ich dachte: Der Andere hat sich geirrt. Aber ich bin durchgefallen. Sollte ich Einspruch beantragen? Was würde das bringen? Wann hat je ein Kandidat gegen seinen Prüfer Recht bekommen?

An zwei oder drei Tagen hintereinander kehrte ich ins Hospital zurück, und jedes Mal verließ ich es mit gestiegener Sicherheit. Zwar konnten die beobachteten Symptome unterschiedlich interpretiert werden, doch der Verlauf der Erkrankung verlieh meiner Diagnose eine noch größere Wahrscheinlichkeit. Offen gesagt würde mein Patient bedingt durch die Umstände zwangsläufig sterben. Selbst ein Wunder konnte ihn nicht heilen, sondern nur sein Leben verlängern. Darüber hinaus wurde mein Patient zusehends schwächer und verlor an Kraft – es war nur noch eine Frage von Tagen.

Ich bin kein schlechter Mensch, das versichere ich Ihnen. Ich habe um meine Eltern getrauert, ihr Tod war nie eine Erlösung für mich. Aber in diesem Fall kann ich gestehen, dass ich mit unbändiger Freude das Fortschreiten der Krankheit beobachtete, dass ich mich mit wahrem Vergnügen diesem tödlichen Leiden zuwandte.

Warum? … Es ging nicht einmal mehr darum, ein Urteil zu revidieren, das mein Studium gestoppt hatte, ein Urteil, das unanfechtbar war. Ich wurde von einer schrecklichen, wilden Neugier angetrieben. Nur ein Kind, ein Mörder oder ein Wissenschaftler konnte solch zwie-

123

spältige Gefühle haben, und ich war zu allen dreien auf einmal geworden.

Zwei Tage lang röchelte der Mann vor sich hin. Aus seinem Mund kamen heisere Laute, die Luft strömte schnarchend durch seine Brust, und seine Finger zogen mit einer langsamen Bewegung die Laken bis zum Kinn hoch – auf dem Land soll dies ein Zeichen des Todes sein. Er hatte die letzte Ölung erhalten. Seine Nachbarn beugten sich aus ihren Betten, um ihn zu beobachten, wie er schnaufend nach Atem rang: Ich triumphierte! …

Eines Morgens fragte ich die Oberschwester wie an jedem Tag: ‚Also, was macht unsere Nummer 27?'

Sie antwortete: ‚Es sieht so aus, als würde es wieder aufwärtsgehen.'

Ich zuckte mit den Schultern. Der Mann lächelte mich aus seinem Bett sogar ein wenig an, das Gesicht weniger hohl, der Blick klarer, der Atem nicht mehr so klamm. Zum ersten Mal kamen Zweifel in mir auf.

Konnte der Andere zufällig doch Recht haben? … Nein, das war unmöglich! … Aber am nächsten Tag, und an den folgenden Tagen, wurde die Verbesserung des Zustandes immer deutlicher. Das Fieber fiel, der Appetit kehrte zurück, das Wunder war vollbracht: Es war eine Auferstehung von den Toten.

Zorn überkam mich. Trotz der offensichtlichen Klarheit des Sachverhaltes waren meine zwischenzeitlichen Zweifel wieder verflogen. Entgegen den Tatsachen war ich mir sicher, dass ich mich nicht irrte: Er würde sterben, es war unmöglich, dass er nicht starb!

Ich war wie blindwütig zwischen den Fakten und meiner Überzeugung hin- und hergerissen. Eine Zeit lang

hatte ich das Gefühl, dass mein Kopf verwirrt war. An meinem Fenster glaubte ich, die ironischen Grimassen des Prüfers und des sterbenden Mannes zu sehen, die an der Scheibe klebten, um mich zu verspotten. Als der Tag anbrach, eilte ich ins Krankenhaus.

‚Nummer 27?‘

‚Wird heute Morgen entlassen.‘

Ich wäre beinahe umgefallen.

Immer noch abgemagert und entkräftet, aber lebendig stand der Mann in seiner zerknitterten Kleidung vor mir und sagte: ‚Ah! Ich bin von weit drüben zurückgekehrt! Ist es nicht so, Monsieur? Ich werde nicht vergessen, wie sehr Sie sich in den letzten Wochen um mich gekümmert haben.‘

Ich musste mich dazu zwingen, das Aufblitzen meiner Augen zu unterdrücken.

Dieses auferstandene Wesen war für mich eine Art unlösbares Problem, ein lebendes Rätsel, das mich fortan Tag und Nacht verfolgen sollte. Eine Woche lang hatte ich kaum etwas gegessen. Allein die zerebrale Aufregung hielt mich aufrecht und ließ mich weitermachen.

Vor der Tür des Hospizes wartete ich auf ihn.

‚Lassen Sie uns gehen, guter Mann, und trinken Sie etwas mit mir‘, lud ich ihn ein.

Er folgte mir, wollte mich aber nicht bezahlen lassen; außerdem wäre das für mich auch unmöglich gewesen, ich hatte kein Geld mehr.

‚Möchten Sie nicht zu mir mitkommen?‘, fragte ich ihn nochmals. ‚Ich werde Sie in aller Ruhe untersuchen.‘

‚Gewiss, Monsieur!‘

Kaum waren wir in meinem Zimmer, als mich ein

schrecklicher Gedanke überkam. Dort, unter einer Schicht von ein paar Millimetern Haut, unter Knochen und Muskeln, in der Lunge dieses Wesens, lag der Schlüssel zu dem Geheimnis verborgen, das mich verfolgte. Wissen! Ich wollte es wissen! Ich könnte ihn …

Als ich mein Ohr an seine Brust legte, konnte ich das Schlagen seines Herzens hören, das Rasseln seines kurzen Atems, und ganz oben zwischen seinen Schultern ein Rauschen wie aus einer großen Muschel. Hinter meinen geschlossenen Augenlidern konnte ich sehen, was meine Ohren hörten: die kollabierte Lunge, bläulich-grau, mit Löchern wie ein Bienenstock, stellenweise gesprenkelt mit perlmuttfarbenen oder weißen Punkten und rau wie ein Tischtuch mit Krümeln von hartem Brot darunter …

Ich richtete mich auf. Mit einem Sprung war ich nah bei dem Mann. Ich ergriff ein Skalpell von meinem Tisch und schnitt ihm mit einem Streich die Kehle durch.

Er fiel ohne einen Laut um.

Danach streckte ich ihn auf den Boden aus und führte eine Autopsie an dem zuckenden Körper durch.

Nun, Monsieur, ich hatte Recht! Der Mann litt an Tuberkulose! Durch welches Wunder er überlebt hatte? … Ich weiß es nicht. Aber das war es schließlich auch nicht, wonach ich gefragt worden war. Ich hatte mich nicht geirrt.

Ich arbeitete eine Woche lang den ganzen Tag, die ganze Nacht und so weiter.

Heute Morgen habe ich die Leiche in einen Koffer gelegt. Ich ließ ihn mit Hilfe meines Hausmeisters auf einen Wagen laden, der vor der Tür auf mich wartete. Sie werden sehen, ordentlich vernäht. Das Einzige, was

ihm fehlt, ist seine Lunge. Die behalte ich.

Was den Mann betrifft, so handelt es sich um Gaspard, die vermisste Person, die Sie suchen. Das, Monsieur, ist seine und meine Geschichte."

127

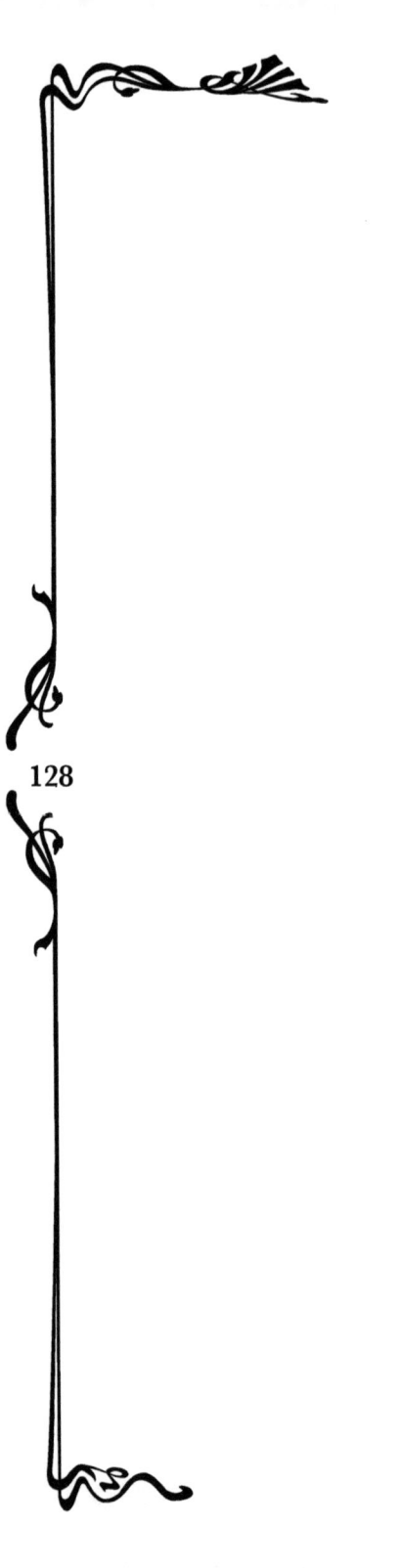

128

DER KUSS

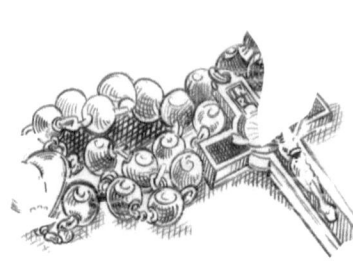

„„Ja, Schwester, er hat sich das wegen einer Frau angetan, mein armer Junge! Seit er sie kennengelernt hat, ist er nicht mehr derselbe. Früher war er sanft und höflich, aber jetzt ist er gemein und schroff geworden. Er hat mir immer irgendwelche Geschichten erzählt, damit er mir samstags seinen Lohn nicht geben musste. Manchmal habe ich bis zwei Uhr morgens auf ihn gewartet, bis ich hörte, wie er die Tür schloss, und wenn ich dann langsam und auf leisen Sohlen in sein Zimmer ging, damit er keinen Verdacht schöpfte, dass ich ihn beobachtete, konnte ich sehen, dass seine Augen geschwollen waren und er im Schlaf weinte.

Zuerst dachte ich, er hätte Probleme im Geschäft. Ich suchte seinen Chef auf, und der meinte zu mir: ,Nein. Aber wir haben auch mitbekommen, dass etwas mit ihm nicht stimmt und er nicht mehr so viel arbeitet wie früher. Er muss schlechten Umgang haben.' Also spionierte ich ihm nach, wobei ich darauf achtete, dass er nichts bemerkte, und kam dahinter, dass er mit einem Mädchen aus der Nachbarschaft zusammen war, einem leichten Mädchen, einer Straßendirne – entschuldige Sie bitte! –, die nachts auf dem Bürgersteig herumspazierte und nach Männern Ausschau hielt.

Wenn ich wie er arbeiten könnte, hätte ich sie trotzdem heiraten lassen, aber ich bin alt und brauche das, was er verdient, zum Leben. Also ging ich los, um sie zu finden. Ich sage ihr, sie solle ihn mir lassen, er sei alles,

was ich habe. Sie warf mich unter Beschimpfungen hinaus … und auf der Treppe hörte ich, wie sie mir nachschrie: ‚Ihn dir wegnehmen? Nun, du wirst schon sehen, ob ich ihn zu dir zurückschicke …‘

Am nächsten Tag brachten sie meinen Jungen auf einer Bahre zu mir. Er hatte eine Kugel in der Brust. Soweit ich verstand, hatte er sich mit ihr gestritten, zuerst wegen mir, und dann, weil er ihr nicht genug Geld gab. Als ihm klar wurde, dass sie ihn nicht mehr wollte, dass sie ihren Spaß mit ihm gehabt hatte und nicht an seinen Schmerz oder an mich oder an irgendetwas anderes dachte, verlor er den Verstand und versuchte, sich umzubringen. Ah, das ist eine Menge Ärger in meinem Alter!“

Die Ordensschwester stand am Bett des Verletzten und hatte zugehört, ohne ein Wort zu sagen. Der Patient war bewusstlos und atmete ruckartig und stoßweise. Die Mutter fuhr zitternd fort: „Also, was hat der Arzt gesagt? Gibt es noch Hoffnung?“

„Es ist sehr ernst, arme Frau, aber Sie dürfen nicht verzweifeln. Er ist jung … gehen Sie jetzt nach Hause. Er wird sicher nicht in der Verfassung sein, Sie zu sehen, wenn er aufwacht. Keine Sorge, man wird sich gut um ihn kümmern. Sie können morgen und an den nächsten Tagen wieder für eine Weile kommen.‘

Die alte Frau weinte noch lauter, biss sich aber auf die Lippen, so dass man ihr Schluchzen von den anderen Betten aus nicht hören konnte, und ging dann weiter, wobei sie sich bei jedem Schritt zu der gleichförmigen Reihe der weißen Betten umdrehte.

Im Saal herrschte totale Stille. Die Nacht brach langsam herein. Der Lärm und das Geflüster, das durch die

Einlieferung eines Neuankömmlings entstanden war, hatte sich allmählich gelegt. Es war Zeit für die müden Kranken, sich schlafen zu legen. Die Schwester setzte sich ans Bett des Verletzten.

Sie war sehr jung. Ihr Blick war klar, und in ihren Augen lag ein Ausdruck kindlichen Staunens. Ihr Mund hatte noch nicht jene Falten bekommen, die ununterbrochen geflüsterte Gebete auf den Lippen hinterlassen. Ihr Gesicht war rosig und zart; die Haare, die unter ihrer Flügelhaube auf ihre Stirn fielen, verliehen ihm einen goldenen Schimmer. Doch trotz ihres mädchenhaften Lächelns wusste sie, mit welchen Worten man den Schmerz lindern konnte. Wenn sie mit den Kranken sprach, hatte ihre Stimme den zärtlichen Tonfall einer Mutter oder einer älteren Schwester.

Mitten in der Nacht kam der Verletzte wieder zu Bewusstsein. Die Schwester war bei ihm geblieben. Er wollte Fragen stellen. Sie gebot ihm, zu schweigen. Folgsam gehorchte er und schlief wieder ein.

In den ersten Tagen sah er sie fast ständig neben sich sitzen. Er sprach wenig und wirkte ängstlich, fast beschämt, und lag stundenlang regungslos da, mit geschlossenen Augenlidern, die er nur hob, wenn sich die Tür öffnete, um sie dann sofort wieder zu schließen und in seine Erstarrung zurückzufallen.

Ein- oder zweimal sagte er in diesen kurzen Momenten schüchtern: „Schwester …"

Und wenn sich die Schwester zu ihm hinab beugte und fragte: „Was ist, mein Sohn?", krümmte er sich plötzlich zusammen und flüsterte: „Nichts … nichts …"

Eines Morgens wurde er mutiger: „Sagen Sie mir,

Schwester, ist niemand gekommen, um nach mir zu fragen, seitdem ich hier bin?"

„Aber ja, deine Mutter, das weißt du doch."

„Ja ... aber außer ihr?"

„Nein, niemand."

Er nickte mit dem Kopf, und seine Wimpern wurden feucht.

„Mein Sohn, du musst nicht weinen."

Aber gerade jetzt, nachdem er lange geschwiegen hatte, überkam ihn das starke Bedürfnis, seinen Schmerz jemandem anzuvertrauen.

„Es ist nicht richtig ... Ihnen kann ich alles erzählen, Sie bist gut zu mir ... und ich werde mich besser fühlen, wenn ich mit Ihnen rede ... Mama weiß es nicht, sie denkt, ich habe mich durch einen Unfall verletzt ... Nun! Das ist nicht wahr. Ich wollte Selbstmord begehen ..."

Die Schwester machte eine beschwichtigende Geste.

„Sie weiß es ..."

„Ah!"

Dann verstummte er und schüttelte den Kopf.

„Meine arme alte Mutter! ... Ich habe ihr viel Kummer bereitet! Sie müssen mir verzeihen ... es ist nicht meine Schuld ... ich war so unglücklich. Als mich diese Frau verließ, dachte ich, ich könnte nicht mehr weiterleben. Ich habe sie so sehr geliebt! ... Sie hätte mit mir machen können, was immer sie wollte ... und wie Sie sehen, geht es mir schlecht wegen ihr, sehr schlecht ... sie besucht mich nicht einmal. Als ich die Tür knarren hörte, hatte ich sie erwartet ... ich hatte darauf gehofft. Jetzt bin ich sicher, dass sie nicht kommen wird ... das ist mir auch lieber so ... Ich werde nicht mehr an sie denken ... ich

werde sie nicht mehr lieben ... nein, ich liebe sie nicht mehr ..."

Die Tränen, die ihm über die Wangen liefen, widersprachen seinen Worte.

Er dachte nach und fuhr dann fort: „Es ist eine große Sünde, Selbstmord begehen zu wollen, nicht wahr, Schwester?"

„Eine sehr große Sünde. Die größte."

„Aber wenn man vollkommen unglücklich ist ... Sie haben immer zum lieben Gott gebetet, Sie kennen das nicht ..."

Sie senkte den Kopf, faltete die Hände, ihre Schultern schienen zu zittern, die Flügel ihres Kopfschmuckes flatterten, und ihre Stimme war so leise, dass es schien, als würden ihr die Tränen herunterlaufen: „Sei jetzt still ... überanstrenge dich nicht ... ruh dich aus, mein Sohn ..."

134

Die Nacht begann gut. Gegen zwei Uhr wurde der Patient unruhig.

„Was ist los?", fragte die Schwester, die geweckt worden war. „Wollen wir nicht vernünftig sein?"

Er antwortete mit unzusammenhängenden Worten, seine Aussprache war rau und stoßweise.

Sie hatte eine seiner Hände in die ihre genommen, mit der anderen wischte sie sein verschwitztes Gesicht ab und versuchte, ihn zu beruhigen.

Diese zarte Berührung besänftigte ihn. Seine Stimme klang weniger scharf, seine Worte nicht mehr so abgehackt, und ihre Bedeutung wurde klarer. Zum Teil war sein Tonfall wütend.

„Ah! Du bist hier? ... Aber ja. Das nächste Mal werde ich früher kommen. Ich war ziemlich weit unterwegs, um dir Blumen zu bringen … sind die nicht hübsch? … Wenn du willst, gehen wir am Sonntag zusammen aus. Wir werden am Flussufer mittagessen, und abends früh zu Bett gehen. Wenn du wüsstest, wie sehr ich dich liebe … Ich liebe deine Augen, deine Haare, deine duftende Haut."

Er sagte das alles mit einer flehenden Stimme, leidenschaftlich und andächtig.

Dann fing er wieder an, schnell zu reden und die Worte durcheinanderzubringen.

Die Schwester hörte sich mit leerem Blick alle diese Sätze an, ohne ihn zu unterbrechen, und es war, als würde ein Liebeslied das Gebet übertönen, das ihre Lippen mechanisch murmelten.

Der Patient stöhnte. Plötzlich, als er schon einzudösen schien, richtete er sich abrupt auf.

„Was sagst du da? … Ich soll weggehen? … Und nie mehr zurückkommen? …"

Er keuchte, sein Atem klang ruckartig, beschwerlich und heiser, ein Röcheln, das die Nonne zusammenzucken ließ.

Sie nahm eine Lampe und hielt sie nahe zu ihm hin.

Er sah leichenblass aus, seine Augen waren vor Zorn getrübt. Große Schatten zogen sich von seinen Wangen bis zu seinen Mundwinkeln hinab. Seine Schläfen schienen eingefallen zu sein. Sein schweißnasses Haar klebte ihm in Strähnen an der Stirn, und seine Nasenflügel blähten sich unter heftigen Bewegungen, die sich über das ganze Gesicht zogen.

Ah! Wie gut kannte sie diesen schrecklichen, gequälten Gesichtsausdruck während des Todeskampfes; es

schien, als ob die Seele in einer Sekunde ihr ganzes Leben noch einmal durchleben wollte …

Leise, um die anderen Patienten nicht zu stören, sagte sie zu einer Krankenschwester: „Schnell … beeilen Sie sich … holen Sie den diensthabenden Arzt und den Kaplan … dem Mann in Bett 6 geht es schlecht …“

Sie kniete neben dem Bett nieder.

„Mein Gott! Dein Wille geschehe, aber vergib diesem Kind.“

Der Sterbende hatte ihre Hände in die seinen genommen und delirierte wieder, mit einer Stimme, die von ganz weit weg zu kommen schien …

„Bleib bei mir … ich gebe dir alles, was du willst … solange du mich nicht verlässt … wenn du mich verlässt, sterbe ich … komm …“

Mit einer schwerfälligen Bewegung zog er die Schwester zu sich heran.

„Komm …“

Er stützte sich auf die Ellbogen und richtete sich auf.

„Komm … komm …“

Sein Kopf berührte die Stirn der Nonne. Mit ausgestrecktem Hals beugte er sich zu ihr hoch.

„Komm … ich liebe dich abgöttisch …“

Er strich sanft über ihre Augen und ihre Wangen … er fuhr hinunter bis zu ihren Lippen.

Sie zuckte zusammen, versteifte sich und wollte ihn wegstoßen.

Doch er hatte sie an den Schultern gepackt und folgte seinem Traum bis an die Schwelle der Ewigkeit. Er flehte sie an: „Oh! Bleib … ich liebe dich …“

Sie schloss ihre Augen und senkte den Kopf. Der Ster-

bende presste seine Lippen auf ihren Mund und gab ihr lautlos einen tiefen Kuss, einen jener grandiosen Küsse, bei denen zwei Wesen verschmelzen, einen Kuss, wie er ihn in den Armen der Prostituierten gelernt hatte.

Durch die zärtliche Liebkosung hatten sich die Lippen der Schwester geöffnet und erbebten – unter einem letzten Gebet oder einem ersten Schaudern? –, nachdem sie, vielleicht in Erinnerung an eine vergangene Liebe, ihr jungfräuliches Fleisch dieser Illusion des Abschieds hingegeben hatte.

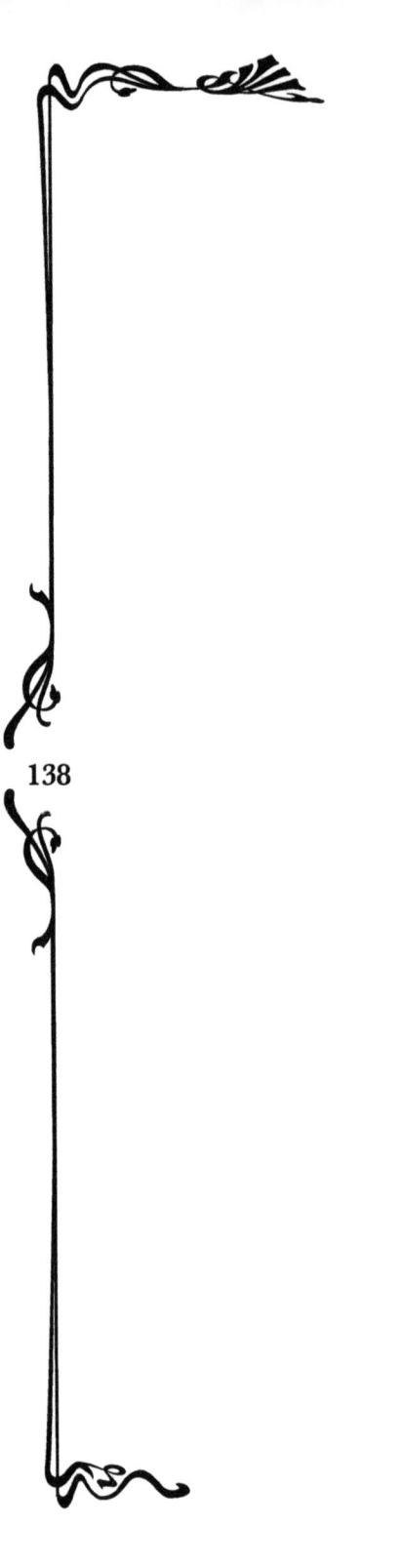

138

DER SCHNELLZUG
UM 10 UHR 50

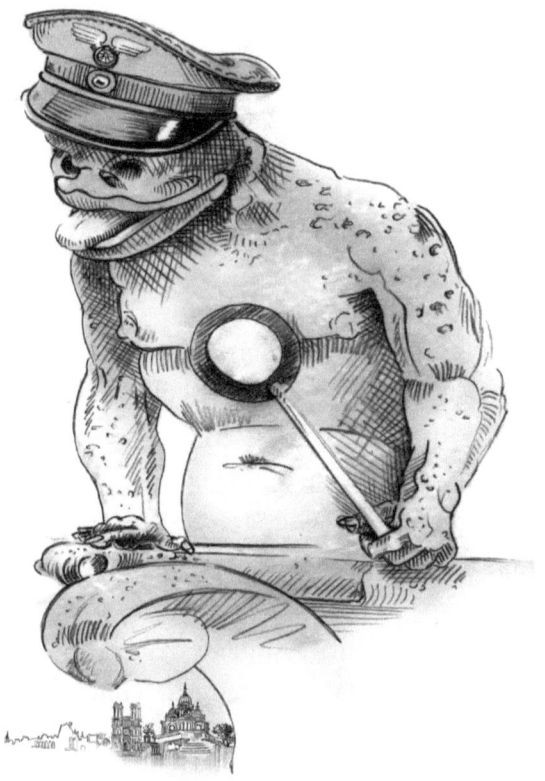

 „„**W**ie, Sie verlassen uns?"", fragte der Invalide.

„Es geht nicht anders. Ich muss am Montagmorgen in Marseille sein. Ich nehme heute Abend den Schnellzug um 10 Uhr 50 Uhr am Bahnhof in Lyon. Es ist eine gute Verbindung ... Aber Sie werden sie kennen – wenn ich mich nicht irre, waren sie früher bei der PLM* angestellt?"

Er schloss seine Augen, wurde plötzlich ganz blass und murmelte: „Ja ... Ich kenne sie ... oh, ja ..."

Große Tränen liefen über seine Wangen. Er schwieg einen Moment lang und fuhr dann fort: „Niemand kennt sie besser als ich ..."

Im Glauben, dass nur die Erinnerung an seinen früheren Beruf diese Gemütsregung bei ihm hervorgerufen hatte, sagte ich zu ihm: „Ah! Das ist eine schöne Tätigkeit. Eine intelligente Tätigkeit!"

Er zuckte zusammen, sein gelähmter Körper spannte sich wie unter einer gewaltigen Anstrengung an. Seine trockenen Augen waren voller Angst, und er protestierte: „Oh! Monsieur! Sagen sie das nicht! Eine schöne Tätigkeit? Sie meinen eine Tätigkeit voller Entsetzen und Tod ... eine Tätigkeit voller Schrecken und Albträume ... Sie kennen mich nicht, aber tun Sie mir einen Gefallen ... nehmen Sie jeden Zug, den Sie wollen, aber nicht den um 10 Uhr 50 ..."

* Abk. für „Compagnie Paris-Lyon-Méditeranée" – ehemals die größte private Eisenbahngesellschaft Frankreichs, Anmerkung des Übersetzers

„Warum?", erkundigte ich mich lächelnd. „Sind Sie abergläubisch?"

„Ich bin nicht abergläubisch … ich bin nur der Lokführer, der den Schnellzug 17 am 24. Juli 1894, dem Tag der Katastrophe, gefahren hat. Und es ist eine derjenigen Erinnerungen aus meinem Leben, die nichts jemals aus meinem Gedächtnis löschen kann …

Wir hatten den Bahnhof von Lyon zur vorgeschriebenen Zeit verlassen und waren seit etwa zwei Stunden unterwegs. Es war ein schwüler Tag. Auf dem Führerstand der Lokomotive wehte uns trotz der beachtlichen Geschwindigkeit, mit der wir fuhren, der Fahrtwind schwer und drückend ins Gesicht. Ein richtiges Gewitterwetter …

Plötzlich wurde der Himmel so dunkel, als hätte man den Schalter einer elektrischen Lampe umgelegt. Kein Stern war mehr zu sehen. Auch der Mond nicht. Große Blitze zuckten grellweiß durch die Nacht, so dass die Finsternis dahinter so dicht wie Tinte schien.

Ich sagte zu meinem Heizer: ‚Da haben wir's! Gleich wird es regnen!'

‚Es wird auch Zeit! In dieser Gluthitze ist es nicht auszuhalten. Wir müssen ja auch noch auf die Signale achten.'

‚Keine Angst! Ich halte die Augen offen!'

Es donnerte so laut, dass ich das Rattern der Räder und das Zischen der Lokomotive nicht mehr hören konnte.

Noch regnete es nicht, aber das Gewitter näherte sich rasch. Wir fuhren genau in die Richtung, aus der es kam. Man hätte meinen können, wir rasten ihm hinterher.

Selbst wenn man kein Feigling ist, kann einem bei einem solchen Donnerwetter ganz schön mulmig werden, wenn man in diesem stählernen Ungetüm wie verrückt dahinbraust.

Keine hundert Meter voraus schlug ein Blitz in den Boden ein, und er loderte immer noch vor mir, als eine schreckliche Detonation ertönte, und dann noch eine, so markerschütternd, dass ich die Augen schloss und auf die Knie fiel.

Ich lag ein paar Sekunden verwirrt und wie betäubt da, in dieser Art von Erstarrung, in der sich Leute nach einem gewaltigen Schlag in den Nacken befinden müssen.

Schließlich kam ich wieder zu mir. Ich lag noch immer auf den Knien, mit dem Rücken an die Wand des Führerstands gelehnt. Es kam mir so vor, als wäre ich hunderte Meilen weit gelaufen. Ich versuchte aufzustehen. Es ging nicht. Meine Beine fühlten sich schlaff und kraftlos an. Ich dachte, ich hätte mir bei meinem Sturz etwas gebrochen. Doch ich spürte nicht den geringsten Schmerz. Ich wollte mich mit Hilfe meiner Hände aufrichten … meine Arme hingen unbeweglich an meinen Seiten hinab!

Da geriet ich in Panik, durch dieses wahrhaft ungewöhnliche Gefühl, dass meine Arme und Beine nicht mehr die meinen waren; dass ich ihnen nichts mehr befehlen konnte … oder dass sie mir nicht mehr gehorchen wollten … dass sie leblose Dinge waren, genau wie meine Bekleidung, die sich leicht im Wind bewegte … ich weiß nicht, welches Gefühl oder welche Kraft mich daran hinderte, die Augen zu öffnen.

Wir waren mit voller Geschwindigkeit gefahren. Das

Unwetter toste noch immer, aber nicht mehr so heftig und schon weiter entfernt. Es regnete in Strömen. Ich konnte es auf dem Stahl prasseln hören und spürte lauwarme Tropfen auf meinem Gesicht.

Eine große Ruhe überkam mich. Ich fühlte mich wirklich gut, sehr gut sogar, nur ein bisschen müde. Der Gedanke an meine Pflicht, an meine Arbeit, weckte mich jedoch aus meiner Schläfrigkeit, und da ich noch nicht begriff, durch welches seltsame Phänomen ich wie gelähmt war, rief ich meinen Heizer, um mir beim Aufstehen zu helfen.

Keine Antwort!

Eine laufende Lokomotive macht überwältigenden Lärm. Ich rief noch lauter nach ihm: ,Francois! He, Francois! Hilfe!'

Nichts! Dann packte mich der Schrecken. Ich hatte Angst. Angst vor wem? Wovor? ... Ich wusste es nicht ... Ich öffnete die Augen und begann zu schreien – ja, ich schrie vor Entsetzen.

Der Führerstand war leer. Mein Heizer war verschwunden!

In dieser Sekunde erfasste ich mit erstaunlicher Geschwindigkeit und Klarheit alles, was seit dem Donnerschlag geschehen war.

Der Blitz hatte uns getroffen und meinen Heizer getötet, der wahrscheinlich auf das Gleis gestürzt war. Und ich war gelähmt ...

Nein, Monsieur, selbst ein Gelehrter würde nach den richtigen Worten suchen, kein Wort der Welt kann Ihnen eine Vorstellung von dem Schrecken geben, der mich ergriffen hatte.

Unter Beschuss sehen die Soldaten ihre Kameraden um sich herum fallen, und doch bleiben sie mit den Waffen in den Händen auf ihrem Posten. Aber sie wissen, woher der Angriff kommt. Sie sehen die zusammengebrochenen Körper. Sie fürchten die Kugel, und dennoch erwarten sie sie. Mir hingegen war mein Kollege wie durch Magie entrissen worden … er war einfach weg, spurlos verschwunden! …

Das war jedoch noch gar nichts. Kaum hatte diese erste Überlegung Gestalt angenommen, tauchte auch schon eine zweite auf, die so furchtbar war, dass ich sie mir nicht ohne zu zittern vergegenwärtigen kann.

Hinter mir in den Waggons befanden sich zweihundert Passagiere, die friedlich schliefen oder plauderten; zweihundert Menschen, die in schwindelerregender Fahrt dahingetragen wurden; zweihundert, die dem Tod entgegen rasten, denn sie hatten nur einen kraftlosen Lokführer, der sich nicht mehr bewegen konnte, der unfähig war, auch nur einen Arm auszustrecken, einen Gelähmten … einen Krüppel … mich!

Und je weniger mein Körper fähig war zu handeln, desto mehr standen Vorstellungen und Erinnerungen im Mittelpunkt meines Denkens.

Zuerst stand die Streckenführung vor meinen Augen. Vor mir sah ich die Schienen im Mondlicht glänzen. Wir sausten dahin! Ich erinnere mich an dieses Gefühl der Geschwindigkeit, das man für gewöhnlich vergisst! Der Zug fuhr schnell wie der Blitz durch einen kleinen Bahnhof. Trotz des überbordenden Tempos konnte ich in einem Büro auf dem Bahnsteig einen Beamten sehen, der neben dem Telegraphen schlief. Ein oder zwei Vibratio-

nen auf der Drehscheibe; das Quietschen der Kupplung; der verschlungene Schienenstrang, der plötzlich breiter und dann wieder schmaler wurde … ein tiefer Graben, neuerlich die nächtliche Fahrtstrecke …

Danach ging es in einen Tunnel, der uns schnell wie ein Orkan verschlang … und schließlich hatten wir wieder freie Bahn. Jetzt, da ich wusste, wo wir waren, dachte ich: ‚Diesmal werden wir entgleisen. In zwei Minuten kommen wir zu einer Kurve, die so scharf ist, dass bei dieser Geschwindigkeit die Räder aus den Schienen springen werden …‘

Der liebe Gott wollte zweifellos nicht, dass wir überlebten. Die Lokomotive und der ganze Zug neigten sich zur Seite … die Schienen kreischten unter den durchdrehenden Rädern … und wir passierten die Kurve …

Vor dieser Stelle hatte ich mich am meisten gefürchtet. Ich atmete auf. Die Lichter gingen aus … die Lokomotive hielt an … der Bremser lief nach vorne zur Spitze des Zuges … ich erzählte ihm, was passiert war … er schlug vorne und hinten Alarm … wir waren gerettet! …

Aber meine Beruhigung währte nicht lange! Wir näherten uns gerade mit Volldampf einem Bahnhof, als ich etwas sah, das mir die Haare zu Berge stehen ließ: Die Weiche war geschlossen. Das Gleis, auf dem wir uns befanden, war nicht frei …

Warum ich ab diesem Moment nicht durchgedreht habe, weiß ich nicht. Stellen Sie sich vor, was im Gehirn eines Mannes vorgeht, der mit mehr als hundert Meilen pro Stunde auf einer Lokomotive unterwegs ist, und der gewarnt wird, dass ihm ein Hindernis den Weg

versperrt! …

In mir existierte nur noch ein Gedanke: ‚Wenn wir nicht anhalten, wird unser ganzer Zug zermalmt werden! Es braucht nur eine Handbewegung, um diese fürchterliche Sache zu vermeiden! Die einfache Bewegung, den Hebel zu ergreifen, der fünfzig Zentimeter von dir entfernt ist … aber zu dieser Bewegung bist du nicht imstande … und du wirst alles sehen … du wirst Zeuge des Dramas sein … du wirst diese Qual erleben, die hundertmal schrecklicher ist als jeder Tod, vor dir das Hindernis zu sehen, das dich zerschmettern wird … zu sehen, wie es größer wird … wie es auf dich zukommt! …‘

Ich wollte meine Augen schließen … aber ich konnte es nicht. Es war stärker als ich, stärker als alles andere. Und ich sah es, ja, Monsieur, ich sah es! Ich kannte das Hindernis, bevor es überhaupt auftauchte. Bald war kein Zweifel mehr möglich … es war ein kaputter Zug, der die Strecke blockierte. Ich konnte seine Umrisse und seine Rücklichter sehen! Er kam näher und näher. Deshalb begann ich zu schreien; ‚Hilfe! Anhalten!‘

Konnte mich jemand hören? Er kam näher. In mir war alles tot, außer im Kopf. Und dieser lebte von dem erschreckenden Bild, das sich meinen Augen bot, die in der Nacht sahen, und von meinen Ohren, die alle Geräusche unter dem Dröhnen der Räder wahrnahmen; von meinem Willen, der mir wirre Befehle gab, wie ein Kommandant, der versucht, seine versprengten Soldaten zu retten.

Das Hindernis kam immer näher! … Nur noch fünfhundert Meter … nur noch dreihundert … dunkle Schatten fielen über die Schienen … noch hundert Meter …

146

hundert Meter, so schnell wie der Blitz! … Das war das Ende! … Der Aufprall … das Massengrab … die Vernichtung! …

Ah, Monsieur, wer das nicht mitangesehen hat! …

Ich kam unter einem Trümmerhaufen wieder zu mir. Grauenhafte Schreie hallten durch die Nacht. Ich konnte beobachten, wie Menschen mit Laternen über die Felder liefen, andere trugen Verletzte in den Armen … und dazu das Schreien … das Weinen …

Ich sah und hörte alles. Ich hatte keine Schmerzen. Ich war nicht imstande zu denken … ich rief nicht um Hilfe …

Zwischen zwei Balken, die sich über meinem Kopf kreuzten, so nahe, dass meine Lippen sie beinahe berühren konnten, war ein kleines Stück des milden und klaren Himmels zu erkennen, in dem ein winziger Stern hell und lieblich flackerte … und ich freute mich …"

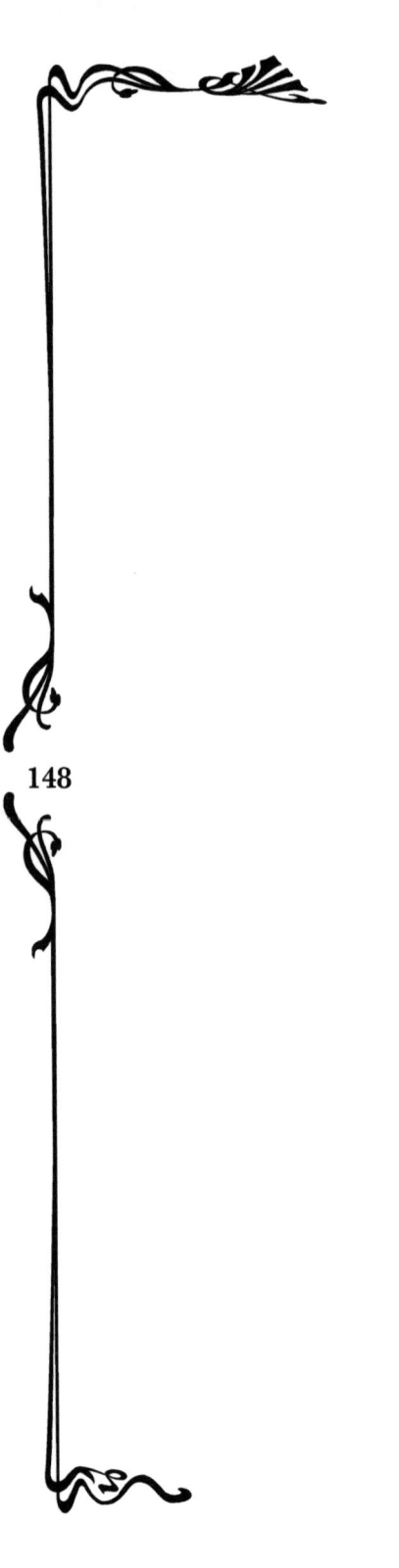

148

ILLUSION

Bleich vor Kälte und den Kopf eingezogen, damit ihm der Wind weniger anhaben konnte, ließ sich der Bettler durch die Menschenmenge treiben. In seiner Tasche befanden sich nur die wenigen Groschen, die er gesammelt hatte, seit sich morgens die Türen geöffnet und wieder geschlossen hatten. Er war zu erschöpft, um die Passanten anzuflehen, und zu durchfroren, um seine nackte Hand aufzuhalten.

Der Schnee fiel schräg in winzigen Flocken herunter, die in seinem Bart kleben blieben oder in seinem Nacken schmolzen. Er bemerkte es nicht und dachte: „Wenn ich reich wäre, nur für eine Stunde … Ich würde mir einen Wagen wünschen …"

150

Er hielt inne, dachte ein wenig nach, schüttelte den Kopf und entgegnete sich selbst: „Und was dann?"

Er versank wieder in seinen Träumen. Aber kaum hatte er sie in Worte gefasst, zuckte er mit den Schultern.

„Das ist es nicht! Ist es wirklich so schwer, eine Minute wahren Glücks zu finden …?"

Als er so weiterging, sah er unter der Veranda eines Hauses einen anderen Bettler, der schlotternd und mit ausgestreckter Hand um Almosen bat. Seine Gesichtszüge wirkten kraftlos, und seine Stimme war so traurig und schwach, dass sie im Lärm der Straße unterging.

Er hatte einen Hund bei sich, einen armen Hund mit nassem Fell, der erstarrt und mit zitternden Pfoten dasaß,

ganz leise kläffte und mit dem Schwanz wedelte. Der Hinzukommende blieb stehen. In Gegenwart dieses Leidensgenossen bellte der Hund lauter und stieß seinen Besitzer mit seiner Schnauze an.

Er betrachtete den anderen Bettler, seine Lumpen, seine abgetragenen Schuhe, seine vor Kälte blauen dünnen Hände, sein teilnahmsloses bleiches Gesicht mit den geschlossenen Augen, und das graue Schild auf seiner Brust mit der Aufschrift „Blind".

Als der Blinde bemerkte, dass ein Mann neben ihm stehengeblieben war, wiederholte er einmal mehr seinen klagenden Refrain: „Haben Sie Erbarmen, Monsieur … eine milde Gabe …"

Der Bettler verharrte regungslos. Die Passanten beschleunigten ihre Schritte und wandten ihre Köpfe ab. Eine in Pelze gehüllte Frau durchquerte schnellen Schrittes auf Zehenspitzen das Torgewölbe, gefolgt von einem Diener in Livree, der sie mit einem Regenschirm beschützte, hielt sich ihren Muff vor den Mund und stieg eilig in ihren Wagen.

Der blinde Mann murmelte immer noch mit seiner eintönigen Stimme: „Eine milde Gabe … bitte …"

Aber niemand nahm Notiz davon. Da nahm der Bettler ein paar Groschen aus seiner Tasche und reichte sie ihm. Der Hund, der die Bewegung sah, bellte vor Freude. Der blinde Mann schloss seine zitternden Finger und sagte: „Danke, Monsieur … Der liebe Gott möge es Ihnen vergelten …"

Als er hörte, dass er ‚Monsieur' genannt wurde, hätte der Bettler beinahe ausgerufen: „Nein, nicht Monsieur, mein Lieber! Ich bin ein armer Schlucker wie Sie."

Aber er schwieg, und da er wusste, wie man mit den Notleidenden spricht, antwortete er: „Gern geschehen, mein Herr …"

„Sie sind ein guter Mensch, Monsieur … Es ist so kalt, und Sie haben die Hand aus der Tasche genommen, um mir etwas zu geben. Es ist keine gute Zeit für Bedürftige … wenn Sie wüssten …"

Unermessliches Mitleid erfüllte das Herz des Bettlers, und er stotterte: „Ich weiß … ich weiß …"

Dann, als er angesichts dieses Elends sein eigenes Unglück vergaß, fügte er hinzu: „Sind Sie von Geburt an blind?"

„Nein, es ist mit dem Alter gekommen. Als ich um die Fünfunddreissig war, hat man mir gesagt, es sei eine Alterserkrankung. Grauer Star haben sie es genannt, glaube ich. Aber ich weiß sehr gut, dass es nicht nur am Alter liegt. Es kommt vom Leiden, vom Weinen. Ich habe zu viel geweint …"

„Sie waren also sehr unglücklich …?"

Der Blinde schlug die Hände zusammen.

„Oh! Monsieur! … Innerhalb eines Jahres habe ich meine Frau, meine Tochter und meine beiden Söhne verloren … alle, die ich liebte … alle, die mich liebten … Ich wäre selbst fast gestorben, dann erholte ich mich … Aber ich konnte nicht mehr arbeiten … Dann kam das Elend … großes Elend … Ich kriege nicht jeden Tag etwas zu essen … Seit gestern habe ich nichts mehr gehabt als ein Stück Brot, und die Hälfte davon habe ich meinem Hund gegeben … Mit dem, was ich von Ihnen bekommen habe, werde ich mir etwas für heute Abend und morgen kaufen."

Während er ihm zuhörte, schüttelte der Bettler das Kleingeld in seiner Tasche. Er berührte und betastete es und unterschied so die großen von den kleinen Münzen. Er zählte dreiundzwanzig. Daraufhin sagte er: „Kommen Sie mit. Es ist zu kalt hier. Ich lade Sie zum Essen ein."

Der blinde Mann errötete vor Freude und stammelte: „Oh! Monsieur … Sie sind zu gut …"

„Kommen Sie mit!"

Er nahm ihn am Arm und vermied es, ihn mit den Ärmeln zu berühren, damit der andere den zu dünnen und nassen Stoff nicht spürte, und sie brachen auf. Der Hund zog abrupt an seiner Kette und bahnte ihnen mit seinem Geruchssinn und seinem scharfen Gehör den Weg zwischen den Fußgängern und den Autos. Sie gingen eine Zeit lang dahin, bis sie vor einem kleinen Restaurant in einer dunklen Straße anhielten.

Der Bettler öffnete die Tür und sagte zu dem Blinden: „Treten Sie ein!"

Anschließend suchte er sich einen Tisch nahe beim Ofen, und sie setzten sich nebeneinander hin.

Arbeiter aßen schweigend von kleinen, schweren Tellern. Der blinde Mann löste die Leine seines Hundes, streckte die Hände zum Feuer hin und seufzte: „Es ist schön hier …"

Der Bettler rief das Serviermädchen herbei und bestellte dem Blinden eine Suppe mit gekochtem Rindfleisch.

Die Kellnerin fragte: „Und für Sie …?"

„Nichts."

Als die nach Gemüse und Fleisch duftende Suppe vor ihm stand, begann der Blinde zu essen, langsam und ohne

zu sprechen. Der Bettler sah ihm zu und schnitt dabei kleine Brotstücke ab, die er dem Hund unter dem Tisch gab. Als der Blinde mit der Suppe und dem Fleisch fertig war, sagte er zu ihm: „Trinken Sie etwas, das wird Ihnen guttun!"

Dann rief er der Kellnerin zu: „Wie viel?"

„Ein Franc und fünf Sous."

Er bezahlte, hinterließ zwei Sous als Trinkgeld und half seinem Begleiter, aufzustehen.

Als sie wieder auf der Straße waren, fragte er: „Ist es weit bis zu Ihrer Wohnung?"

„Wo sind wir?"

„In der Nähe des Bahnhofs Saint-Lazare."

„Na dann … Ich schlafe in einem Schuppen auf der anderen Seite des Flusses."

„Gut! Ich werde Sie ein Stück weit begleiten."

Der Blinde bedankte sich nochmals. Er antwortete: „Nein … nein … das ist nicht der Mühe wert …"

Ohne erklären zu können, warum, fühlte sich der Bettler glücklich, zutiefst glücklich, glücklicher, als er seiner Erinnerung nach je gewesen war. Er ging in seine Träume versunken weiter, ohne daran zu denken, dass auch er seit dem Vortag nichts gegessen hatte, dass er keine Unterkunft hatte, in der er schlafen konnte, und dabei vergaß er sein Elend, seine Lumpen und die Tatsache, dass er ein Bettler war. Ab und zu erkundigte er sich leise bei dem Blinden: „Bin ich zu schnell? Sind Sie nicht müde?"

Der blinde Mann antwortete demütig und dankbar: „Nein … oh nein, Monsieur …!"

Er lächelte darüber, so genannt zu werden, eingelullt

von der Illusion, dass er dem anderen etwas gab und von diesem etwas zurückbekam, dass er ein glücklicher, reicher und wohltätiger Mensch war …

Auf den Docks sagte der blinde Mann, der die Kühle des nahen Wassers spürte, zu ihm: „Jetzt finde ich selbst den Weg. Ich habe ja meinen Hund."

„Ja, ich werde Sie verlassen", sagte der Bettler mit ernster Stimme.

Denn soeben war ihm ein merkwürdiger Gedanke gekommen: War diese Fata Morgana, die er sich so oft gewünscht hatte, nicht gerade Wirklichkeit geworden? Hatte er nicht für einige Augenblicke die Illusion des Glücks gehabt? … Hatte ihm nicht die Strecke, die er mit diesem sehr bescheidenen Mann gegangen war, das verschafft, was ihm in seiner Vorstellung weder Luxus, noch gutes Essen oder Liebe hatten bieten können? … Konnte dieser Blinde ahnen, dass er sich auf den Arm von jemand stützte, der ein Bettler war wie er selbst? Konnte er sich nicht reich fühlen, und würde er jemals wieder die tiefe, ungetrübte Freude des heutigen Abends empfinden …?

155

Während er darüber nachdachte, schien sein Traum zu verschwimmen. Die Realität kehrte zurück. Er sagte noch einmal: „Ja, ich werde Sie verlassen."

Sie hatten die Mitte der Brücke erreicht. Er blieb stehen und durchsuchte erneut seine Taschen, um zu sehen, ob sich noch ein paar Groschen darin befanden … nichts mehr …

Dann nahm er die Hand des Blinden, drückte sie lange, und als der andere zu ihm sagte: „Danke, Monsieur … Geben Sie mir Ihren Namen, damit ich ihn in meinen Gebeten wiederholen kann", flüsterte er sehr

leise: „Es ist nicht der Mühe wert. Gehen Sie jetzt … ich bin sehr glücklich … auf Wiedersehen!"

Er trat ein paar Schritte nach vor, blieb stehen, starrte auf das Wasser hinunter, und sagte nochmals mit fester Stimme: „Auf Wiedersehen …!"

Unvermittelt sprang er über die Brüstung …

Ein lautes Platschen im Wasser … Schreie ertönten: „Hilfe! … Lauft zum Ufer!"

Der Blinde, der bewegungslos dastand und von den herbeieilenden Menschen angerempelt wurde, rief: „Was ist das? … Was ist los? …"

Ein Junge, der ihn beinahe umgerannt hätte, antwortete ohne stehen zu bleiben: „Ein Bettler, der gerade in den Fluß gesprungen ist!"

Schließlich zuckte er mit einer müden Geste die Schultern und murmelte: „Der hier hatte wenigstens den Mut dazu …!"

Danach stieß er seinem Hund mit der Fußspitze leicht in die Seite, tastete den Boden mit seinem Stock ab und machte sich mit gebeugtem Rücken wieder auf den Weg, das Gesicht dem Himmel zugewandt … ohne begriffen zu haben, dass es sich um seinen Gönner handelte …

EIN GELEHRTER

Nadal, der große Nadal, Professor an der medizinischen Fakultät, Mitglied des Instituts, Großoffizier der Ehrenlegion, stand kurz vor dem Tod.

Vierzig Jahre lang war er der Ruhm und Stolz seines Berufsstandes gewesen. Als Arbeitersohn war er allein durch seine herausragenden Fähigkeiten zu höchsten Würden aufgestiegen. Die strengsten Kritiker verneigten sich vor seiner wissenschaftlichen Redlichkeit, die Bedürftigsten vor seiner unerschöpflichen Güte. Er hätte Millionär sein können und lebte doch nur in einer bescheidenen Wohnung am linken Ufer der Seine. Bei jedem Wetter, im Sommer wie im Winter, ging er zu Fuß in die stark bevölkerten Viertel und setzte sich ans Lager der Ärmsten.

Mit ihm verschwand eine edle Persönlichkeit, eines jener seltenen Beispiele von Menschlichkeit, die uns über die ganze Hässlichkeit des Lebens hinwegtrösten. Sein Leben war das eines Gelehrten und Weisen gewesen. Sein Ende hatte die ruhige Harmonie eines schönen Abends.

Als er spürte, dass sein Ende nahe war, rief er seine Lieblingsschüler zu sich.

Als sie alle um sein Bett versammelt waren, winkte er sie heran, streckte die Arme nach vorne, umklammerte mit den Fingern die Bettdecke und schwieg einen Augenblick lang. Sein Körper wirkte wie in zwei Hälften gefaltet. Von seiner riesigen Stirn fielen bereits graue Schatten auf die bleichen Gesichtszüge.

In einer Ecke stand ein alter Mann, der leise weinte.

Die anderen waren still und gefasst.

Er öffnete die Augen, und sprach mit dieser schönen, vollen und tiefen Stimme, die den Armen, die er getröstet hatte, und seinen Jüngern, deren Denken er geformt hatte, so vertraut war: „Meine lieben Freunde, ich danke euch sehr, dass ihr gekommen seid, um die letzten Ratschläge eures alten Meisters zu hören."

Er hielt inne und suchte nach Worten. Seine Stimme, die einen Moment lang lebendig und klar gewesen war, versagte. Die Sätze, die ihm einst ausdrucksstark, leicht und präzise über die Lippen gekommen waren, schienen zu entschwinden.

Einer seiner Schüler sagte sehr leise zu ihm: „Meister, Sie dürfen sich nicht überanstrengen …"

Er hob den Kopf, fuhr sich mit den Fingern über die Schläfen und entgegnete: „Ich bin nicht müde … Es ist noch nicht der Tod, der meine Stimme erstickt und meine Aussprache beeinträchtigt … es ist die Angst …!"

Alle sahen sich bei diesem Wort, das er noch niemals ausgesprochen hatte, bestürzt an.

Er fügte hinzu: „Ja … die Angst … die Angst vor dem, was ich euch jetzt erzählen werde, denn es ist so furchtbar, dass sich mir schon beim bloßen Gedanken daran, es euch zu offenbaren, die Haare sträuben, und dass auch ihr vor Schreck erstarren werdet, wenn ihr es hört …!

Kommt näher … es ist mein ganzes Leben, das ich vor euch ausbreite … all meine Verbrechen, für die ich büßen werde.

Ich habe Mörder gesehen … Ich habe Leute gesehen, die ihren Vater oder ihre Mutter umgebracht haben … Es gibt keinen einzigen der berüchtigtsten Verbrecher,

dem ich dort unten nicht wieder begegnen werde … Hört mir zu …

Ihr alle wisst, weil wir oft zusammengearbeitet haben, welchen Forschungen ich mein Leben gewidmet habe. Ihr alle wisst, wie hartnäckig ich das Wesen des Krebses ergründen wollte, seine Behandlung, seine Heilung … Ich habe mich Tage und Nächte in mein Labor eingeschlossen, um Zellkulturen zu analysieren. Ich habe alle Qualen der Entdecker durchgemacht … und ihr habt sie mit mir geteilt. Dann, eines schönen Tages, als wir durch harte Arbeit, Berechnungen, und Tests zu einem Ergebnis gekommen waren, habe ich − Sie erinnern sich! − mein Serum zum ersten Mal angewendet.

Ich hab euch um euer Ehrenwort gebeten, keiner lebenden Seele ein Wort davon zu sagen. Gott ist mein Zeuge, dass ich damals keine bösen Absichten hatte. Ich wollte einfach nur in aller Ruhe meine Studien fortsetzen. Ihr habt nicht einmal danach gefragt, welcher Art meine Experimente waren, und keiner von euch wollte es wissen."

Er nahm seinen Kopf in die Hände, schlug die Augen nieder, als wolle er eine vorübergehende Vision unterdrücken, und fuhr mit lauter Stimme fort.

„Also gut! Der von mir behandelte Patient war geheilt! … Da ich anfangs an reinem Zufall glaubte, zögerte ich, euch davon zu erzählen. Also führte ich ein zweites Experiment durch, ein drittes … zehn … zwanzig … dreißig! … Alle waren erfolgreich! …

Da ich weder den Kranken noch ihren Angehörigen sagte, an welcher Krankheit sie litten, konnten sie nicht mit dem wunderbaren Heilmittel hausieren gehen. Und

ich war der einzige Mensch auf der Welt, der wusste, welch großartige Sache ich entdeckt hatte …!"

Zum zweiten Mal verstummte er und seufzte: „Es ist furchtbar! Jeder andere an meiner Stelle hätte vor Freude gejubelt. Grenzenloser Stolz hätte sein Herz überflutet … Ich nicht! Mit mir geschah etwas Ungewöhnliches … Es schien mir, als hätte sich in meinem Leben eine große Leere aufgetan, als wären plötzlich das Ziel und der ganze Sinn dahinter verloren gegangen.

Stellt euch vor, dass ich dreißig Jahre lang jeden Tag, in all meinen wachen Stunden, von diesem einen Problem heimgesucht wurde: dem Heilmittel für Krebs! Und nun wusste mein Verstand auf einmal nicht mehr, woran er sich festhalten sollte, welchem Tätigkeitsfeld ich mich zuwenden sollte!

Ich hatte mich um diese schreckliche Krankheit gekümmert wie ein geduldiger Gärtner um eine Knospe, deren Blätter sich allmählich öffnen. Natürlich nahm ich Anteil am Schmerz der Menschen, aber jetzt wurde mir klar, dass ich mich viel mehr für die Krankheit als für die Patienten interessierte.

Wie furchtbar! Ich empfand mehr Freude, mehr Vergnügen daran, die Plage zu studieren, als sie zu bekämpfen! …

Nun war es vorbei. Vorbei waren die langen, unbeschwerten Stunden, während denen ich arbeitete wie ein Dichter, der seiner Berufung folgt. Anstelle der Anstrengungen eines jeden Tages, der Qualen einer jeden Sekunde; anstelle der Empfindungen eines Spielers, der auf einer Rennbahn mit seinen Augen aus der Ferne das galoppierende Pferd beobachtet, auf das er sein Vermö-

gen gesetzt hat, anstelle von all dem … ein paar Kubik-
zentimeter Flüssigkeit unter die Haut, und dann die
sprunghafte Genesung … „wie stupide!" …

Ihr wagt es nicht, mich anzusehen! Ihr dreht den Kopf
weg … Doch ihr wisst noch nicht alles, und ich möchte
euch alles erzählen …"

Seine Stimme wurde schwächer. Der Schweiß stand
ihm auf der Stirn. Er bat um etwas zu trinken und leerte
das Glas Wasser, das ihm gereicht wurde. Mit dem Ärmel
wischte er sich die Lippen ab und fuhr rasch fort.

„Ich muss mich beeilen, ich spüre, dass es mit mir zu
Ende geht. Ihr alle, die ihr hier seid, erinnert euch an den
Tag, an dem ich traurig zu euch gesagt habe, dass unsere
Studien nichts gebracht haben … nicht den Hauch eines
Resultats … dass man nochmals von vorne beginnen
muss … Ihr habt mir geglaubt. Ach! Ihr habt mich bemit-
leidet, und ich habe gelogen! Das ist der entsetzlichste
Teil meiner schändlichen Untat."

Langsam drehte er seinen Kopf zu dem alten Mann,
der eben noch leise geweint hatte.

„Hör zu, Dornoy, komm her … komm näher … Das
war der Moment, in dem deine Frau an Krebs gestorben
ist … deine Frau, die dir ihr ganzes Leben lang eine treue
Gefährtin war … diejenige, die an deiner Seite die här-
testen Prüfungen durchgemacht hat und die du über alles
geliebt hast … Du warst eines Abends in meinem Haus,
in diesem Zimmer, schluchzend, weil du wusstest, dass
sie verloren war, und du hast gesagt:

,Warum habe ich so viel geforscht, wenn alles, was ich
herausgefunden habe, die Gewissheit ist, dass keine
Macht der Welt sie retten kann?'

Als ich dir so zuhörte, überkamen mich teuflische Gedanken. Ich hatte diese übermenschliche Macht, ich hatte sie! Aber die böse Stimme, die abscheuliche Stimme der unerbittlichen wissenschaftlichen Neugier, schrie so laut in meinen Ohren, dass ich die Stimme meines Gewissens nicht mehr hören konnte. Ich kämpfte dagegen an. Ich wollte gerade rufen: ‚Da! Hier ist es! Nimm es! Deine Frau ist gerettet …!‘ Dann deine gemurmelte Bitte: ‚Gib mir etwas von deinem Serum … keiner soll sagen, dass ich nicht alles versucht habe …‘ Und plötzlich fühlte ich mich wie versteinert. Nicht eine Faser meines Herzens erbebte, und ich antwortete dir: ‚Was soll das bringen? Es würde ihr Leiden nur verlängern …!‘

Als du gegangen warst und die Tür hinter dir geschlossen hattest, rannte ich in mein Labor, und um sicher zu sein, dass ich nicht der Versuchung erliegen würde, zerbrach ich meine Röhren, ich zertrümmerte die Behältnisse mit meinen Kulturen, zerriss alle meine Papiere, damit, solange ich lebte, niemand meine Entdeckung zurückverfolgen konnte … und die Spur meines Verbrechens. In der Gewissheit, dass mein Geheimnis für immer begraben war, dass ich von nun an immer noch diese schrecklichen Krankheit studieren und ihre Entwicklung beobachten konnte, nahm ich meine Untersuchungen wieder auf, mit anderen Grundlagen … erneut getrennt von der Welt durch den egoistischen Rausch des Forschens!

Aber – und das war der Anfang der Sühne! – ich fand mich immer wieder zurück an meinem Ausgangspunkt versetzt. Andauernd sah ich vor mir, was ich glaubte, zerrissen zu haben, und von dem nichts vernichtet war, denn

mein Denken konnte sich nicht mehr davon lösen. Die Forschung hatte für mich keinen Reiz mehr, denn sobald das Problem vor mir stand, wusste ich auch schon die Lösung … Zum ersten Mal in meinem Leben musste ich aufhören zu arbeiten!"

Er nahm sich einen Moment Zeit, um nach Luft zu ringen, sein Atem ging keuchend und stoßweise.

„Das ist mein Verbrechen, das schrecklichste aller Verbrechen, denn es ist ein Verbrechen gegen die gesamte Menschheit. Damit meine Bestrafung vollständig ist, müsst ihr wissen, was das Heilmittel ist. Ihr werdet es veröffentlichen. Aber ich befehle euch, meinen Namen da herauszuhalten. Diesen Ruhm verdiene ich nicht."

Er war am Ersticken. Jemand versuchte, ihn in seinem Bett aufzurichten. Er stieß ihn weg, und mit verzerrtem Gesicht und starren Augen keuchte er mit solcher Autorität, dass alle gehorchten: „Schreibt! Die Herstellung meines Serums basiert auf der Tatsache, dass eine Lösung …"

Er fiel plötzlich nach hinten, den Mund weit aufgerissen, das Gesicht erdfarben. Unmerklich rutschte er in die Kissen zurück; mit schwerfälligen Bewegungen zerknitterten seine Hände das Laken, ein Schaudern erschütterte ihn …

Dann beugte sich derjenige, der gerade geweint hatte, derjenige, dessen Frau er hatte sterben lassen, zu ihm hinunter, legte die Finger über die gebrochenen Augen, schloss die Lider und sagte leise, mit einer Stimme ohne Zorn, die nur ein wenig zitterte, zu den anderen: „Es ist vorbei … geht … Ich bleibe bei ihm …"

MEIN
AUGENSTERN

Die kleine Patientin stand bewegungslos am Fußende ihres Bettes. Das weite Krankenhaushemd, das sie trug, ließ sie noch dünner aussehen.

Sie hatte eine schlanke Figur und bläuliche Augen, die so groß waren, dass sie ihr ganzes Gesicht zu erleuchten schienen: schmerzerfüllte, tiefe und glasige Augen. Spuren von Tränen liefen über ihre beiden bleichen rotgefleckten Wangen.

Als der Assistenzarzt vor ihr stehen blieb, senkte sie den Kopf.

„Nun, meine Süße, was höre ich da? Sie wollen hinaus?"

Sie antwortete leise: „Ja, Monsieur."

„Das ist unvernünftig. Sie sind erst seit weniger als einer Woche halbwegs wieder auf den Beinen! Bei dem Wetter werden Sie wieder krank. Warten Sie noch. Es geht Ihnen hier doch gut … Oder bereitet Ihnen jemand Probleme …?"

Sie antwortete nochmals in demselben bescheidenen und sehr sanften Ton: „Nein … oh nein, Monsieur!"

„Also …?"

Diesmal sagte sie mit etwas festerer Stimme: „Ich muss hinaus."

Als Sie fortfuhr, sprach sie schnell und nahm die Frage nach dem Warum vorweg. „Heute ist Allerheiligen. Ich habe versprochen, Blumen zum Grab meines Freundes zu bringen … Ich habe es geschworen … Außer mir gibt

es niemanden … Wenn ich nicht hingehe, wird keiner kommen … Ich habe es geschworen …"

Eine Träne quoll ihr unter dem Augenlid hervor. Sie wischte sie mit dem Finger weg.

Etwas berührt von diesem furchtbaren Schmerz, vielleicht aus Neugier, vielleicht auch gewohnheitsmäßig oder um nicht zu schweigen und ohne ein Wort des Mitleids zu gehen, erkundigte sich der Arzt: „Wie lange ist er schon tot?"

„Fast ein Jahr."

„Wissen Sie, woran er gestorben ist?"

Sie wirkte plötzlich viel kleiner, die Schultern eingefallener, die Hände blasser, und mit halb geschlossenen Augen und zitternden Lippen murmelte sie: „Er wurde hingerichtet …"

Der Arzt biss sich auf die Lippen und sagte sehr leise: „Oh! Das tut mir leid, Sie armes Ding. Wenn Sie unbedingt wollen, gehen Sie … Erkälten Sie sich nicht. Und kommen Sie morgen zurück."

Als sie durch das Krankenhaustor hinaustrat, fröstelte sie.

Es war ein düsterer Herbstmorgen. Auf den Wänden lag Feuchtigkeit. Alles war grau: der Himmel, die Häuser, die kahlen Bäume und der neblige Horizont mit den Menschen, die sich beeilten, der Tristesse der Straßen zu entkommen.

Da sie mitten im Sommer krank geworden war, trug sie nur einen sehr dünnen Rock und eine armselige, leichte Leinenbluse. Das zerknitterte Band um ihren schmalen Hals ließ sie noch bedauernswerter aussehen. Eine Bekleidung − Rock, Mieder, Band −, mit der man

lächelnd in die Sonne hinaustreten konnte, die aber an einem Tag wie diesem zum Weinen war …

Sie ging unentschlossen los und blieb alle paar Minuten außer Atem und mit schwerem Kopf stehen. Die Leute, die an ihr vorbeikamen, drehten sich für ein paar Sekunden um. Sie schien zu zögern, wollte etwas sagen, dann schaute sie ängstlich nach rechts und links und setzte ihren Weg fort … So durchquerte sie halb Paris. An den Ufern der Seine blieb sie regungslos stehen und betrachtete den trägen und schlammigen Fluss. Eine starke Erkältung schüttelte sie, und da sie fürchtete, nicht mehr weitergehen zu können, setzte sie sich wieder in Bewegung.

Nachdem sie den Place Maubert und die Avenue des Gobelins hinter sich gelassen hatte, fühlte sie sich wieder fast wie zu Hause in ihrem Viertel. Bald traf sie Bekannte, Menschen, die sie vorbeigehen sahen und sagten: „Aber … Ist das nicht die Geliebte von Vandat? Sie hat sich ziemlich verändert!"

168

„Welcher Vandat?"

„Na der Vandat, den man hinge..."

Sie eilte weit und presste die Hände vor das Gesicht, damit sie das Ende des Wortes nicht hören musste.

Der Tag neigte sich schon dem Ende zu, als sie bei dem heruntergekommenen Hotel ankam, in dem sie vor ihrer Krankheit gewohnt hatte. Sie trat ein. Zuhälter und Freudenmädchen spielten in dem kleinen Café im Erdgeschoss Karten. Als sie sie erblickten, riefen sie sogleich: „Schaut! Da ist ‚Mein Augenstern'!" (So nannte man sie früher.) „Möchtest du etwas, ‚Mein Augenstern'? Setz dich doch …"

Sie hustete, beinahe erstickt vom dichten und beißenden Rauch, errötete ein wenig vor Rührung und antwortete: „Nein … Ich habe keine Zeit … Ist die Chefin da?"

„Ja. Dort drüben ist sie."

Sie lächelt verlegen: „Madame, ich würde gerne ein paar Kleider holen. Mir ist ein bisschen kalt in diesen …"

„Wir mussten deine Sachen auf den Dachboden bringen, ich weiß nicht genau, wo sie sind. Bleib hier und wärme dich auf, bis wir sie gefunden haben."

„Nein, ich habe keine Zeit … Ich komme später wieder."

Sie ging auf die Tür zu. Ein Mann spottete: „Schon wieder bei der Arbeit? Du verschwendest keine Zeit!"

Sie ging nach draußen, und die Kälte schien ihr jetzt noch durchdringender zu sein, nachdem sie im Warmen gewesen war. Auf dem Gehsteig schlenderten Leute mit Blumensträußen und Kränzen in den Armen vorbei; Trauernde mit gemessenen Schritten; andere in ihren Sonntagskleidern, die ebenfalls Sträuße tragen, aber plauderten und lachen und ohne viel Emotion zum Friedhof gingen, so wie man eine Pflicht erfüllt, die mehr mit Gewohnheit verbunden ist als mit echtem Empfinden. Nur wenn man diese Männer, Frauen und Kinder genauer ansah, war zu erahnen, wer diejenigen waren, die ihre Trauer noch nicht überwunden hatten und deren Schmerz noch nicht abgeklungen war.

Entlang der Straße konnte man an kleinen Ständen Blumen kaufen. Chrysanthemen mit hängenden Köpfen lagen bündelweise über Rosen, hier und da fiel der goldene Blütenstaub von Mimosen auf Veilchen. Näher

beim Friedhof, bevor man zu den Steinhauern kam, waren Blumentöpfe aufgereiht, die alle gleich traurig aussahen; Spindelbäumchen mit dunklen Blättern, welkende Stiefmütterchen, und weiter hinten, Strohblumen und große Kränze mit Glasperlen.

Sie betrachtete das alles mit einem neidvollen Blick an und stellte sich vor: „Wenn ich doch nur etwas davon zu ihm bringen könnte! In den hintersten Winkel des Friedhofs, zu diesem kümmerlichen, tristen und verlassenen Platz, wo er ohne ein Kreuz und ohne einen Gedenkstein ruht!"

„Ein Mörder!"

Sie hatte kaum je darüber nachgedacht. Es war ihr Angebeteter, der dort lag, ihr Geliebter, der ihren Körper, ihre ganze Seele besessen hatte … In einem Moment des Wahnsinns hatte er getötet … Und hatte er nicht einen furchtbaren Preis für seine Schuld bezahlt? …

An dem Tag, an dem er ihr genommen worden war, hatte sie geschworen, dass sie nie wieder einem anderen gehören würde, dass sie ihr Dasein als Strichmädchen aufgeben würde, dass sie wieder arbeiten und ein ehrliches Leben führen würde, dass sie die Vergangenheit hinter sich lassen würde … War es nicht genug, dass sie sich an alles erinnerte?

Sie schaute immer noch auf die Blumen. Der Verkäufer fragte sie: „Ein Strauß? Chrysanthemen? Rosen?"

Sie ging weiter, ohne zu antworten, weil sie keinen Groschen hatte.

Dann verfestigte sich eine fixe Idee in ihr: „Blumen. Ich brauche Blumen … Ich muss ihm etwas geben … Ich habe es geschworen …"

Sie brach vor Müdigkeit und Hunger beinahe zusammen, aber sie achtete kaum darauf. Sie dachte nur an die kahle Erde dort drüben, an die Erde, die ein ärmlicher Strauß für ein paar Stunden freundlicher gestalten würde …

„Ja, aber das Geld!" … Wie von selbst kam ihr ein Gedanke, der nicht einmal an ihrem Schamgefühl rührte, das seit ihrem Gelübde, wieder ehrlich zu werden, zurückgekehrt war.

Wie ein guter Handwerker, der in die Werkstatt geht, um sein Werkzeug und seinen Tagesauftrag abzuholen, öffnete sie mit einer mechanischen Geste ihren Haarknoten, schnürte ihr Mieder fest, und machte sich auf den Weg durch die Straßen, in denen sie so oft, während ihr Mann im Kabarett gespielt hatte, abends herumspaziert und ohne Traurigkeit oder Freude ihrer Arbeit nachgegangen war …

Sie flanierte mit wachsamen Augen dahin, wölbte ihre Taille provozierend nach vorne und pfiff den Männern zwischen den Zähnen hindurch zu: „Psstt! … Hör mal her …"

Aber alle, die sie in dieser mitgenommenen Verfassung sahen, gingen eilig weiter. Denn weder ihr verwüstetes Gesicht noch ihr ausgezehrter Körper oder ihre Brüste, die unter den hervorstehenden Schultern aus dem leichten Stoff hervorlugten, schienen dazu angetan, Vergnügen zu bereiten.

Früher, als sie noch attraktiv gewesen war, als man sie ‚Mein Augenstern' genannt hatte, hatte sie nie lange Ausschau halten müssen, aber jetzt! …

„Psstt! … Hör mal her! … Psstt! Hübsche Blondi-

ne …"

Sie gingen alle vorbei, ohne auch nur den Kopf nach ihr zu drehen. Der Tag verging rasch. Während sie auf dem Gehsteig auf und ab lief, dachte sie: ‚Sie werden schließen, bevor ich Blumen kaufen kann …'

Ein leichter Nebel fiel ein, undurchdringlich und lautlos, und die Konturen versanken bereits im Schatten. In ihrem eingefallenen Gesicht konnte man nicht viel mehr als ihre Augen sehen, ihre beiden großen, schmerzerfüllten, stechenden Augen.

An der Ecke zu einer einsamen Straße kam ihr ein Mann entgegen den Mantelkragen hochgeschlossen, die Hände in den Taschen. Sie pirschte sich an ihn heran und flüsterte mit verschleierter Stimme, in die sie die ganze Kraft ihres Begehrens legte: „Hör mal her … Komm mit mir mit …"

Er sah sie einen Moment lang an. Sie stand ganz nah vor ihm, ihren Blick in den seinen versenkt, einen ergründlichen Blick, der nicht mehr der verheißungsvolle eines jungen Mädchens war.

Er nahm ihren Arm. Also führte sie ihn zu dem heruntergekommenen Hotel, in dem sie zuvor gewesen war. Sie öffnete rasch die Tür und bat nach ihrem Schlüssel und einer Kerze.

Die Chefin raunte ihr mit halblauter Stimme zu: „Nummer 23, zweiter Stock, dritte Tür."

Sie antwortete im gleichen Tonfall: „Ich weiß …"

Die Zuhälter und die Mädchen verneigten sich, und als sie die Treppe hinaufstieg, hörte sie die ganze Zeit Beifallsrufe und Gelächter.

Als sie wieder herunterkam, war es schon fast dunkel.

Sie warf ihrem kurzzeitigen Begleiter ein schnelles „Auf Wiedersehen!" zu und lief los. Sie blieb vor dem Blumenverkäufer stehen, griff wahllos nach einem Strauß und warf dem Verkäufer die beiden hellen Münzen zu, die sie in der Hand hielt.

In höchster Eile lief sie zum Friedhof. Die Menschen kamen in Gruppen heraus. Sie bangte: „Hoffentlich bin ich noch rechtzeitig da …"

Vor dem Tor sagte ein Wärter zu ihr: „Zu spät. Wir schließen gleich!"

Sie bettelte: „Oh! Monsieur! Geben Sie mir zwei Sekunden, um hineinzugehen!"

„Also gut, kommen Sie, aber beeilen Sie sich!"

Sie rannte die Reihen entlang, wobei sie immer wieder gegen Grabsteine stieß. Es war ein langer Weg. Sie konnte kaum noch atmen und hatte ein brennendes Gefühl in der Brust. An der Klagemauer blieb sie stehen, fiel auf die Knie und verstreute ihre Blumen auf dem Boden. Große Tränen liefen ihr über die Wangen und die Handflächen, in denen sie ihr Gesicht verbarg. Sie versuchte zu beten, aber sie kannte keine Gebete mehr, und mit den Lippen auf der Erde schluchzte sie: „Oh, mein Liebling! Mein Liebling …!"

Sie war müde, so müde, dass sie ihre Beine nicht mehr spürte, doch sie stand mit ein wenig Freude im Herzen auf und ging.

Sie lächelte den Wärter an: „Sehen Sie, ich habe nicht lange gebraucht."

Nun, da sie ihren Geliebten besucht hatte, verspürte sie erst so richtig ihre Müdigkeit und die Kälte. Sie lehnte sich gegen die Mauern und schleppte sich hustend

173

weiter.

Als sie im Hotel ankam, öffnete sie die Tür. In dem viel zu heißen, verrauchten Raum spielten die Mädchen und die Zuhälter immer noch. Sie stand reglos auf der Schwelle und sagte: „Hallo!"

Die Gespräche verstummten. Sie bemühte sich, zu lachen.

Im Hintergrund lehnte sich eine Frau in ihrem Stuhl zurück und rief: „Sag mal, ‚Mein Augenstern', du hast bei deiner Rückkehr ja einen schönen Fang gemacht!"

Sie zuckte mit den Schultern. Die andere fuhr fort: „Weißt du nicht, wer das war?"

„Nein …"

„Na so was! Es war der Scharfrichter!"

‚Mein Augenstern' stammelte: „Was sagst du da? Der …"

Das Mädchen trank einen Schluck, nahm ihr Spiel wieder auf und antwortete: „Ja, der Scharfrichter … der Henker …"

DER
INKASSOBEAMTE

Ravenot, der seit zehn Jahren als Inkassobeamter in derselben Bank arbeitete, war ein vorbildlicher Mitarbeiter. Nie hatte jemand auch nur das Geringste an ihm auszusetzen gehabt, nie hatte jemand den kleinsten Fehler in seinen Abrechnungen gefunden.

Er lebte allein, vermied sorgfältig neue Beziehungen, ging nie ins Café, hatte keine Geliebte, und schien wunschlos glücklich zu sein. Wenn manchmal jemand zu ihm sagte: „Es muss verlockend sein, mit so großen Summen umzugehen!", antwortete er nur: „Warum? Vermögen, das einem nicht gehört, ist kein Vermögen."

Er galt in seinem Viertel als integrer Mann und als unparteiisch bei heiklen Fragen.

Eines Abends kam er nicht zur üblichen Zeit nach Hause. Dass er eine strafbare Handlung begangen haben könnte, kam denjenigen, die ihn kannten, nicht einmal in den Sinn. Die einzig mögliche Hypothese war, dass er einem Verbrechen zum Opfer gefallen sein könnte. Die Polizei überprüfte seine letzte Tour. Er hatte termingerecht seine Papiere vorgelegt und den letzten Betrag gegen sieben Uhr in der Nähe der Porte de Montrouge einkassiert. Die Summe, die er an diesem Tag eingenommen hatte, belief sich auf mehr als zweihunderttausend Francs. Danach verlor sich seine Spur. Man durchstöberte die an die Festungsanlagen angrenzenden brachliegenden Grundstücke. Man durchsuchte die vereinzelten verwahrlosten Hütten in der Militärzone: nichts. Der guten Ordnung halber sandte man Telegramme in alle

Richtungen, an alle Grenzstationen. Doch sowohl für die Bankdirektoren als auch für die Sicherheitsstellen gab es keinen Zweifel daran, dass ihm Herumtreiber gefolgt waren, ihn ausgeraubt und ins Wasser geworfen hatten. Gewisse Indizien deuteten sogar darauf hin, dass der Coup von Berufsverbrechern über einen langen Zeitraum hinweg geplant worden war.

Nur ein Mann in Paris zuckte mit den Schultern, als er davon in den Zeitungen las. Dieser Mann war Ravenot.

Um die Zeit, zu der sich für die besten Spürhunde der Präfektur seine Fährte verlor, hatte er über die Ausfallsstraßen die Seine erreicht. Unter einem Brückenbogen hatte er die Alltagskleidung angezogen, die er bereits am Vortag dort deponiert hatte, und die zweihunderttausend Francs, die er einkassiert hatte, an sich genommen. Dann hatte er seine Uniform in seine Aktentasche gesteckt, das Bündel mit einem großen Stein beschwert in den Fluss geworfen und war unbemerkt nach Paris zurückgekehrt. Dann hatte er friedlich in einem Hotel geschlafen. Innerhalb weniger Stunden war er zu einem geschickten Dieb geworden.

Er hätte seinen Vorsprung nutzen können, um einen Zug zu nehmen und die Grenze zu überqueren. Aber er war zu klug, um zu glauben, dass ein paar hundert Kilometer Entfernung ihn vor der Festnahme durch die Gendarmerie bewahren würden, und machte sich keine Illusionen über das Schicksal, das ihn erwartete. Man würde ihn erwischen, daran bestand kein Zweifel. Seine Überlegungen waren ganz andere.

Als der Tag anbrach, steckte er die zweihunderttau-

send Francs in einen Umschlag, den er mit fünf Siegeln verschloss, und begab sich damit zu einem Notar.

„Monsieur", sagte er, „es geht um Folgendes. Ich habe in diesem Umschlag einige Wertsachen, einige Papiere, die ich sicher aufbewahren möchte. Ich gehe auf eine lange Reise und weiß nicht, wann ich zurückkehren werde. Ich möchte Ihnen diesen Umschlag anvertrauen. Es spricht, denke ich, nichts dagegen, ihn zur Verwahrung in Ihre Hände zu legen."

„Überhaupt nichts. Ich werde Ihnen einen Pfandschein ausstellen."

Er nickte, dann dachte er nach. Einen Pfandschein? Wohin damit? Wem sollte er ihn geben? Wenn er ihn bei sich behielt, machte die ganze Verwahrung keinen Sinn.

Er zögerte, da er diese Komplikation nicht vorhergesehen hatte, und entgegnete dann in möglichst unverfänglichem Tonfall: „Mein Gott, ich bin allein auf der Welt, ohne Familie, ohne Freunde. Die Reise, die ich unternehme, ist sehr … gefährlich. Mein Pfandschein würde Gefahr laufen, verloren zu gehen … Da ich nicht weiß, ob ich die Reise überleben oder sterben werde … Könnten Sie diese Papiere der guten Ordnung halber auch so bei sich aufbewahren? Sollte ich zurückkehren, würde es mir genügen, entweder Ihnen oder Ihrem Nachfolger nur meinen Namen zu sagen …"

„Es ist so, dass …"

„Vermerken Sie auf dem Pfandschein, dass er nur in dieser Form geltend gemacht werden kann. Kurz gesagt, wenn es ein Risiko gibt, bin ich der Einzige, der es eingeht …"

„Also gut – so soll es sein! Bitte sagen Sie mir Ihren Namen."

Er antwortete, ohne zu zögern: „Duverger, Henri Duverger."

Als er draußen auf der Straße war, atmete er erleichtert auf. Der erste Teil seines Planes war abgeschlossen. Man konnte ihn am Kragen packen – seine Beute war sicher.

Er hatte kühl kalkuliert: Nach Ablauf seiner Strafe würde er das deponierte Geld wieder abholen. Niemand konnte ihm den Besitz daran absprechen. Noch vier oder fünf schlechte Jahre, und er würde reich sein. Das war in jedem Fall besser, als sich ein Leben lang abzurackern! Er würde aufs Land ziehen und dort leben. Er würde für alle Monsieur Duverger sein. Er würde als ehrlicher und guter Mensch in aller Ruhe und ohne Gewissensbisse alt werden.

Er wartete weitere vierundzwanzig Stunden, um sich zu vergewissern, dass man die Nummern der Banknoten nicht kannte, und als er sich in diesem Punkt sicher war, ging er mit einer Zigarette zwischen den Lippen in die nächste Polizeistation, um sich verhaften zu lassen.

Ein anderer an seiner Stelle hätte sich irgendeine Geschichte ausgedacht. Er zog es vor, die Wahrheit zu sagen und den Diebstahl zu gestehen. Wozu Zeit verschwenden? Aber weder während der Untersuchungen noch während der Gerichtsverhandlung konnte man ihm ein Wort dazu entlocken, was mit den zweihunderttausend Francs passiert war. Er sagte nur: „Ich weiß es nicht. Ich bin auf einer Bank eingeschlafen … Ich wurde ebenfalls ausgeraubt."

Dank seiner untadeligen Vergangenheit wurde er nur zu fünf Jahren Gefängnis verurteilt. Er akzeptierte das Urteil, ohne mit der Wimper zu zucken. Er war fünfunddreißig Jahre alt. Mit vierzig würde er frei und reich sein. Er betrachtete die Haft als notwendiges kleines Übel.

In dem Gefängnis, in dem er seine Strafe verbüßte, war er das Vorbild für die anderen Insassen, so wie er früher auch das Vorbild für die Bankangestellten gewesen war. Er ließ die Tage ohne Ungeduld vorübergehen und war nur um seine Gesundheit besorgt … Endlich kam der Tag seiner Entlassung! Man händigte ihm einen kleinen Betrag zum Start in die Freiheit aus, aber er wollte direkt zum Notar gehen. Wie lange hatte er von dieser Stunde geträumt! In seinen Gedanken sah er die Szene vor sich, wie sie sich abspielen würde: Wenn er ankam, würde man ihn in das große, würdevolle Büro bringen. Würde der Notar ihn wiedererkennen?

Er betrachtete sich in einem Spiegel. Er war wirklich ziemlich gealtert und kahl geworden … Nein, natürlich würde der Notar ihn nicht wiedererkennen. Ha! Ha! Das würde es nur noch lustiger machen!

„Sie wünschen, Monsieur?"

„Ich bin wegen einer Wertsache hier, die ich vor fünf Jahren bei Ihnen hinterlegt habe."

„Welche Wertsache …? Auf welchen Namen?"

„Auf den Namen von Monsieur …"

Er verstummte abrupt an und murmelte: „Das ist ein starkes Stück …! Ich kann mich nicht mehr an den Namen erinnern, den ich angegeben habe!"

Er überlegte und überlegte … nichts! Er setzte sich auf eine Bank und versuchte, sich zu beruhigen, als er spürte, dass ihn die Aufregung übermannte: „Entspann dich! Monsieur … Monsieur … mit welchem Buchstaben hat der Name begonnen …?"

Eine Stunde lang durchstöberte er fieberhaft sein Gedächtnis, um einen Anhaltspunkt zu finden, einen Hinweis … aber alle Anstrengungen waren umsonst. Der Name tanzte vor ihm, um ihn herum; er sah die Buchstaben vor sich auf- und ab hüpfen und die Silben entschwinden … Die ganze Zeit über hatte er das Gefühl, sie festhalten zu können, den Namen vor den Augen und auf der Zunge zu haben … nein!

Zuerst war es nur ärgerlich; dann wurde es lästig, bohrend … intensiv und beinahe körperlich schmerzhaft …! Hitzewallungen liefen von seinem Nacken bis in seine Lenden hinunter. Seine Muskeln spannten sich an, er konnte nicht mehr ruhig bleiben. Seine Hände begannen zu zittern. Er biss sich auf die trockenen Lippen. Auch wenn ihm zum Weinen zumute war, wollte er nicht aufgeben. Doch je mehr er seine Aufmerksamkeit zwanghaft darauf richtete, desto mehr schien der Name zu verblassen. Er stampfte mit dem Fuß, stand auf und sagte: „Was bringt es, krampfhaft danach zu suchen …? Ich werde nicht dahinterkommen. Ich darf nur nicht darüber nachdenken, dann wird es mir von alleine wieder einfallen!"

Aber eine fixe Idee bringt man nicht so einfach aus dem Kopf. Wie sehr er auch die Passanten anstarrte, vor den Auslagen stehenblieb, den Geräuschen der Straße lauschte, zuhörte, ohne etwas zu verstehen, und beobachtete, ohne etwas zu sehen, am Ende blieb immer die gleiche Frage offen: „Monsieur … Monsieur …?"

Die Nacht brach herein. Die Bürgersteige leerten sich.

Müde und erschöpft betrat er ein Hotel, fragte nach einem Zimmer und warf sich angezogen auf sein Bett. Er war immer noch auf der Suche nach dem Namen. Im Morgengrauen schlief er ein. Es war schon heller Tag, als er erwachte. Er streckte sich lange und zufrieden aus, aber mit einem Schlag war die Besessenheit, die kurz verschwunden gewesen war, wieder da: „Monsieur … Monsieur …?"

Zu seiner Seelenqual kam ein neues Gefühl hinzu: Angst! Die Angst, sich an diesen Namen nie wieder erinnern zu können. Er stand auf, verließ das Haus, lief stundenlang ziellos durch die Straßen und schlich um das Haus des Notars herum. Zum zweiten Mal brach die Nacht herein. Er grub sich die Nägel in den Schädel und stöhnte: „Das macht mich noch verrückt!"

Ein erschreckender Gedanke stieg in ihm hoch. Ihm gehörten zweihunderttausend Francs in Banknoten, zweihunderttausend Francs, unredlich erworben zwar, natürlich – aber er hatte keinen Zugriff darauf! Um sie in seinen Besitz zu bringen, hatte er fünf Jahre im Gefängnis gesessen, und jetzt kam er nicht an sie heran! Er konnte sie direkt vor seinen Fingerspitzen sehen, und ein Wort, ein einfaches Wort, das ihm nicht einfallen wollte, ließ ihn alles verlieren! Er spürte, wie sein Verstand ins Wanken geriet, schlug sich mit den Händen gegen den Kopf, stieß gegen Gaslaternen, stürzte wie ein Betrunkener auf der Straße nieder und prallte gegen die Bordsteine. Es war nicht mehr nur Besessenheit und Schmerz, es war eine Raserei seines ganzen Wesens, seines Denkens und seines Fleisches! Er war sich jetzt sicher, dass ihm der Name nicht mehr einfallen würde. In seinen Ohren vermeinte

er eine höhnische Stimme zu hören, die Passanten schienen mit dem Finger auf ihn zu zeigen. Er begann zu laufen, einfach geradeaus, rempelte Leute an und wich den Kutschen nicht mehr aus. Er wünschte sich, dass jemand die Hand gegen ihn erhob, damit er zurückschlagen konnte, dass ein Pferd ihn zu Boden stieß und auf ihm herumtrampelte …

„Monsieur …? Monsieur …?"

Zu seinen Füßen floss die Seine, glitzernd unter dem Sternenhimmel. Er schluchzte: „Monsieur …? Oh, dieser Name …! Dieser Name …!"

Er stieg die Stufen zum Ufer hinunter und legte sich quer zur Strömung flach auf den Bauch, um seine Hände und sein Gesicht zu kühlen. Er keuchte … das Wasser zog ihn an … es benetzte seine Augen … seine Ohren … seinen ganzen Körper … Er spürte, wie er abrutschte, machte aber keine Anstalten, sich an der Bank festzuhalten … und glitt in den Fluss …

Die Kälte umfasste ihn … er kämpfte dagegen an … streckte die Arme aus … hob den Kopf … ging unter … kam wieder an die Oberfläche und schrie plötzlich mit geweiteten Augen, in verzweifelter Anstrengung: „Ich hab's! Zu Hilfe! Duverger! Du …"

Der Kai war menschenleer. Das Wasser plätscherte gegen die Brückenpfeiler, und aus dem Brückenbogen hallte der Name als Echo wider … Der Fluss schlängelte sich träge dahin; weiße und rote Lichter tanzten darauf … Eine etwas stärkere Welle schlug in der Nähe der Halteringe gegen das Ufer … Dann wurde alles still …

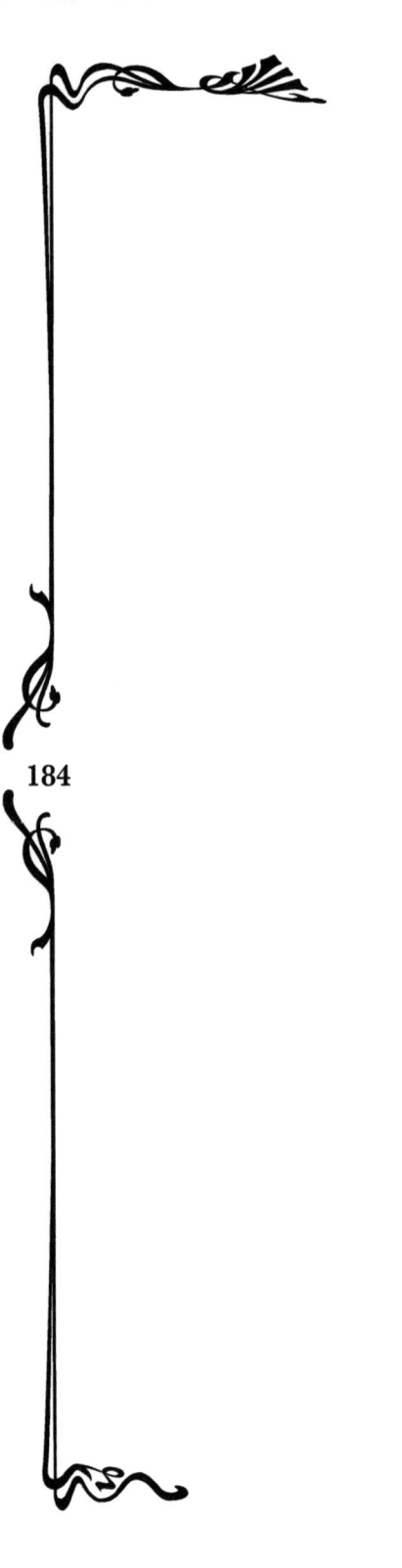

184

DIE KRÄHEN

Als er seine Suppe aufgegessen hatte, schob der alte Camus seinen Teller weg, stützte sich mit den Ellenbogen auf dem Tisch, und starrte mit den Fäusten unter dem Kinn auf den Kamin, um den Lichtschein und die Schatten zu betrachten, die das Feuer im Kamin verbreitete.

Im hinteren Teil des Zimmers rührte seine Frau in den Schüsseln um und räumte das Geschirr ab. Ein Lichtstrahl aus der kleinen Lampe mit dem grünen Schirm schwebte zwischen dem Boden und dem Plafond mit den dunklen Holzbalken und beleuchtete nur ihren Rock und ihre Hüften. Sie verschloss die Anrichte, schob die Schubladen hinein und fragte: „Möchtest du noch etwas anderes?"

„Nein", erwiderte Camus.

Und er begann, zwischen seinen Zähnen eine Melodie zu pfeifen. Die Frau schob einen Vorhang beiseite, drückte ihre Stirn gegen das Glas, kehrte zum Tisch zurück und setzte sich.

„Du sagst gar nichts … Worüber denkst du nach?"

Er sah sie mit einem abwesenden Blick an und sagte langsam: „Worüber denke ich gerade nach …?"

Dann veränderte sich seine Stimme und er beendete das Gespräch in einem abgeklärten Tonfall: „Ich denke, dass es mir gefallen würde, hier im Warmen zu bleiben, aber es dauert nicht mehr lange, bis es neun Uhr ist, und ich muss gehen, wenn ich meinen Zug nicht verpassen will."

Er nahm seinen Mantel, setzte seine Mütze auf, ergriff seinen Stock, der in einer Ecke lehnte, und blieb einen Moment lang auf der Türschwelle stehen.

„Hast du keine Angst, so ganz alleine?"

Sie begann zu lachen. Er schlüpfte schulterzuckend in seinen feuchten Mantel.

„Dann gehe ich. Ich werde wahrscheinlich nicht vor morgen Abend zurück sein."

Es war eine klare und ruhige Nacht. Die schneebedeckte Straße verlief sich in den Feldern. Anstatt geradeaus hinunter in Richtung des Dorfes zu gehen, dessen Lichter in der Talsohle leuchteten, nahm er einen Weg, auf dem er sich von Zeit zu Zeit zu seinem Haus umdrehte, das immer kleiner zu werden schien, während er den Abhang hinabstieg. Zuerst verschwand die Veranda, dann waren auch die Fenster nicht mehr zu erkennen, und das Strohdach verschmolz mit dem Boden. Der Rauch, der gerade aufstieg, wurde dünner, er erschien ihm wie eine Wolke oder ein Schatten, und er konnte, soweit das Auge reichte, nichts anderes sehen als die weiße Landschaft mit Hügeln und Bäumen, deren Äste sich unter der Schneelast bogen, als ob sie köstliche schwere Früchte tragen würden.

Dann blieb er stehen, um sich zu vergewissern, dass der Boden nicht rutschig war, er betastete ihn mit der Spitze seines Stockes und setzte vorsichtig einen Fuß nach dem anderen vorwärts. Steine knirschten unter seinen Schuhen. Er trat einen Schritt zurück und lauschte. Er vernahm ein leises Geräusch, als würde ein Kieselstein durch das Eis brechen, dann murmelte er: „Ich bin auf dem richtigen Weg." Er setzte sich auf einen Holzhaufen,

legte seinen Mantel über die Knie und dachte nach.

Schon seit drei Tagen beschäftigte ihn derselbe Gedanke mit einer solchen Intensität, dass seine Überlegungen immer wieder an derselben Stelle einsetzten, so wie man sein Lieblingsbuch auf jener Seite aufschlägt, die man schon hunderte Male gelesen hat.

Seine Frau betrog ihn, seine Frau, die er bei sich aufgenommen hatte, obwohl sie keinen Groschen besaß; sie betrog ihn mit dem Kuhhirten Pierre. Zuerst war er davon überzeugt, dass es sich nur um eifersüchtige Verleumdungen handelte, aber dann, nachdem er den nicht unterschriebenen Brief gelesen hatte, in dem die beiden angeprangert wurden, begann er schließlich zu zweifeln … und daran zu glauben. Natürlich war es falsch gewesen, sie zu heiraten, so schön, so kräftig und so jung wie sie war – und er fünfundzwanzig Jahre älter als sie. Sie waren nicht unglücklich gewesen, er hatte alle ihre Launen befriedigt und ihr jeden Wunsch erfüllt. Sie war die reichste und bestgekleidete Frau im Dorf, und das war nun seine Belohnung …

In seinem Gedächtnis tummelten sich tausende Erinnerungen: Schweigen, schlechte Laune ohne Grund, kleine Anzeichen, die zunächst unerklärlich scheinen und die so klar werden, wenn man Bescheid weiß … Trotz allem zögerte er noch, und um sicher zu sein, hatte er sich unter einem Vorwand auf die Reise gemacht und diesen Weg genommen, an dem der Galan nicht vorbei konnte, wenn er ihm nicht auf der Straße begegnen wollte.

Aus der Ferne schien er das Geräusch von Schritten zu hören, die vom Schnee gedämpft wurden. Er duckte sich und versuchte, sich zu sammeln. Das Geräusch kam

näher, ein Schatten, der rasch größer wurde, bewegte sich auf dem Weg auf ihn zu. Als der Schatten direkt vor ihm war, richtete er sich abrupt auf.

„Halt!"

Der Schatten blieb stehen. Camus sah einen Mann, erkannte dessen Gesichtszüge, packte ihn am Kragen und brüllte: „Ah! Diesmal hab ich dich erwischt, du Halunke!"

„Sie irren sich", stotterte der Mann, „Sie …"

Camus brach in ein schreckliches Gelächter aus.

„Ah! Ah! Ich irre mich! Du bist vielleicht gar nicht Pierre, der Kuhhirte …? Dann erzähl mir, was du um diese Uhrzeit hier verloren hast … Du antwortest nicht …? Ich sag's dir: Du willst zu meiner Frau, zu mir nach Hause!"

„Aber nicht doch …"

Der alte Mann knirschte mit den Zähnen.

189

„Halt's Maul, du Lügner! Du willst zu ihr …! Du willst sie sehen? Nun gut, ich bringe dich hin! Mach schon, gehen wir!"

Er trieb ihn mit aller Kraft an und rief, als wolle er ein widerspenstiges Pferd zum Laufen bringen: „Komm schon! Vorwärts! Hü!"

„Ich habe es Ihnen doch schon zu verstehen gegeben!", wiederholte der andere mit halb erstickter Stimme. „Ich werde nicht mit Ihnen mitkommen …"

„Los!"

„Ich sage es Ihnen noch einmal …"

Während sie stritten, rutschte der Mann aus und fiel rückwärts zu Boden. Wutentbrannt begann Camus, ihn mit Händen und Füßen zu traktieren, als er so vor ihm dalag. Der Kerl sprang mit einem Satz auf, wischte sich

das blutverschmierte Gesicht mit dem Handrücken ab und schrie: „Also gut! Ich gehe zu deiner Frau! Bist du jetzt zufrieden? Und ich gehe zu ihr, weil sie dich nicht mehr will, sie erträgt dich schon lange nicht mehr …"

Er öffnete den Mund, um weitere Beleidigungen auszustoßen, doch da schlug ihm der alte Mann mit seinem Stock auf den Kopf. Er schrie laut auf, trat zwei Schritte zurück und … verschwand im Dunkeln …

Eine halbe Sekunde lang war es beängstigend still, nur ein paar Kieselsteine kollerten hinunter … dann war ein Geräusch zu hören, weit unten …

Camus hielt seinen Stock mit geweiteten Augen in der Hand und lauschte … nichts rührte sich … nichts um ihn herum war lebendig …

Er stammelte: „Ich habe ihn in die Schlucht gestoßen!"

Und plötzlich, mit der Angst im Nacken, schwitzend vor Entsetzen und Schrecken, begann er zu laufen.

Als er sein Haus sah, beruhigte er sich wieder ein wenig, und eine Art von Stolz erfasste ihn. Er fühlte sich stärker, weil er so hart zugeschlagen hatte. Er wollte gerade seine Faust erheben, um an die Fensterläden zu pochen, als die Tür aufging. Auf der Schwelle sah er seine Frau in gebückter Haltung mit einer Lampe in der Hand, die mit sanfter Stimme fragte: „Bist du das, mein Schatz?"

Er war kurz davor, ihr an die Gurgel zu gehen und vor Genugtuung zu brüllen: „Dein Schatz! Du kannst ihn gerne ins Grab begleiten!"

Aber er riss sich zusammen: „Ich bin's, Camus!"

Der Lichtkreis, den die Lampe über dem Schnee verbreitete, begann zu tanzen, und die Frau wich zurück. Er trat ein. Ohne ein Wort zu sagen, zog er seinen Mantel

auf, warf seine Mütze auf den Tisch, zog seine Schuhe aus und setzte sich. Er fröstelte vor dem glühenden Herd und sagte leise: „Ich habe meinen Zug verpasst ... Die Straße ist so schlecht ..."

Er erhob sich.

„Warum gehen wir nicht schlafen?"

Im Bett fing er wieder an zu zittern. Er spürte seine Frau ganz nahe bei sich, er hörte ihren Atem, beobachtete ihre Bewegungen und dachte mit wilder Freude: „Sie schläft nicht! Sie fragt sich, warum er nicht gekommen ist, ob er mich gesehen hat ... ob ich etwas bemerkt habe ... und sie hat Angst ...! Und niemand wird jemals die Wahrheit erfahren. Sollte eines Tages die Leiche gefunden werden, wird man sagen, der Kuhhirte ist vom Weg abgekommen und in die Schlucht gestürzt."

Aber nach und nach überfiel ihn Panik: Was, wenn er nicht tot war? Wenn er verletzt und blutüberströmt wieder auftauchen und ihn beschuldigen würde: „Camus hat mich hinuntergestoßen."

Bei diesem Gedanken sah er in seinem Geist bereits die Gendarmen und Richter vor sich, und er vergrub seinen Kopf im Kissen.

Am Morgen stand er müde und zerschlagen auf. Der Schnee fiel ohne Unterlass. Den ganzen Tag saß er am Fenster, sein Blick verlor sich zwischen dem wolkenbedeckten Himmel und der weißen Landschaft. Manchmal kam seine Frau herein und ging wieder hinaus. Ihre Wangen waren blass, ihre Augenlider flatterten, und sie zuckte bei jedem Knacken eines Zweiges und bei jedem entfernten Bellen eines Bauernhundes zusammen. Sie begann wortlos zu nähen, ließ Nadel und Garn aber bereits wenig

später wieder auf ihren Schoß fallen … Die Dämmerung setzte ein … Es wurde Nacht. Camus brach zum ersten Mal das Schweigen.

„Woran denkst du? Du kannst nicht mehr nähen, es ist schon finster …"

Sie flüsterte: „Das stimmt!", und schaltete die Lampe ein. Er bemerkte, dass große Tränen eine glänzende Spur auf ihren Wangen hinterlassen hatten; er wandte seinen Kopf ab.

Die ganze Nacht hindurch tat er kein Auge zu, und bei Sonnenaufgang nahm er wie am Vortag seinen Platz nahe am Fenster wieder ein, den Blick starr auf denselben Punkt am Horizont gerichtet, an dem er unter dem immer höheren und weißeren Teppich den Abgrund vermutete, in den der andere gestürzt war.

Das ging fünf Tage lang so, bis er eines Nachmittags, als der Schnee aufgehört hatte zu fallen und Sonnenschein die Wolken durchbrach, eine Schar Krähen kreisen sah. Die Krähen bildeten eine tiefschwarze, sich ständig verändernde Formation am trüben Himmel. Ab und zu ließ sich einer der Vögel nach unten fallen, um gleich wieder hinaufzuziehen, andere stießen im Sinkflug hinab, und danach wieder andere …

Zuerst beobachtete er monoton den Reigen der Krähen, dann schoss ihm plötzlich, als ihr Krächzen die Stille durchbrach, ein Gedanke durch den Kopf: „Sie kreisen über der Schlucht! … Etwas zieht sie an … eine mögliche Beute … der Körper des anderen …!"

Er schob seinen Stuhl so heftig zurück, dass seine Frau zu ihm aufschaute und, seinem Blick folgend, die schwarzen Krähen am fahlen Himmel sah. Er neigte den Kopf

zur Seite, seine Augen glühten vor Hass. Er verzog sein faltiges Gesicht zu einer Grimasse, rückte seinen Stuhl wieder zurecht und rieb sich die Hände. Dann zündete er seine Pfeife an, setzte sich hin und begann zu rauchen, die Hände in den Taschen, die Beine ausgestreckt.

Die Frau verharrte regungslos und betrachtete die Vögel. Einer von ihnen flog höher als die anderen und hatte einen Fetzen im Schnabel. Der alte Mann grinste höhnisch; und die Frau schlug mit weit aufgerissenen Augen die Hände zusammen und verbarg den Kopf in ihrer Schürze.

Der Tag neigte sich seinem Ende zu. Schatten krochen von den Deckenbalken auf den Boden hinab. Die zahllosen Krähen flogen nun schwerfälliger auf und ab, ihr Krächzen klang weniger schrill, und allmählich, geheimnisvoll und ruhig, legte sich das Dunkel der Nacht über den düsteren Himmel.

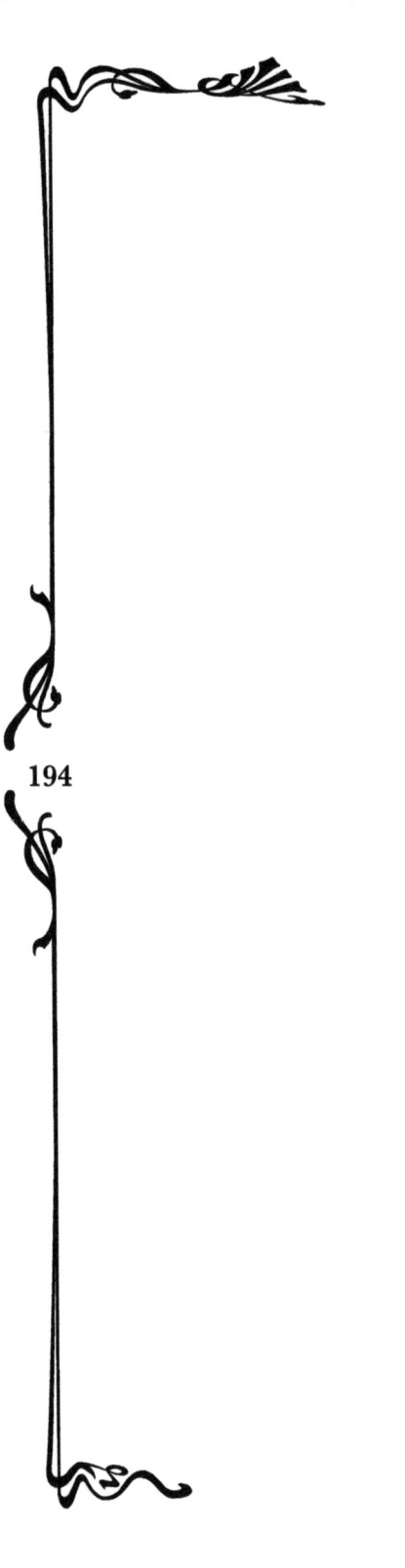

194

EINE
RUNDE PIQUET?

Als Ranaille hörte, dass er zum Tode verurteilt wurde, zog er mit einer abrupten Bewegung die Schultern zusammen, presste die Kiefer aufeinander und betrachtete mit einem undefinierbaren Blick seine enormen, jetzt nutzlosen Hände. Aber diese Gefühlsaufwallung währte nicht lange, und als aus dem staubigen und schwülen Dunst im hinteren Teil des Raumes Bravorufe ertönten, begann er zu schreien: „Ihr Heuchler! Ihr Feiglinge!!!"

Er biss und trat halb wahnsinnig in einer derart rasenden Wut um sich, dass er von seiner Bank gezerrt werden musste.

Am Abend verweigerte er jegliche Nahrung, und bis zum Morgen hörten seine Bewacher, wie er sich in der Zwangsjacke wand und versuchte, seine Fesseln zu lösen. Schließlich schlief er vor Erschöpfung ein, und am nächsten Tag traf ihn sein Anwalt in gelassener, spöttischer und großspuriger Stimmung an. Als er sich wieder beruhigt hatte und sich nicht einmal mehr an seine Krise zu erinnern schien, wurden ihm im Laufe des Tages die Fesseln abgenommen. Er streckte seine kräftigen Arme aus und fuhr sich mit der Hand über den Stiernacken, wo die Schere bereits eine kalte Spur durch seine Haare gezogen hatte. Er erschauderte kurz wie ein Mann, der bei Sonnenaufgang in einem Zug erwacht, und sagte zu seinem Wärter: „Wie wär's mit einer kleinen Runde Piquet?"

Draußen war ein schöner Tag, und die Sonnenstrahlen, die trotz der hohen Mauern des Gefängnisses zwischen den Gittern hereinströmten, warfen goldene Flecken sowie herumwandernde rötliche Streifen in die Zelle. Sie verliehen den grauen Wänden und dem großen Tisch mit den Bechern, Flaschen und Karten darauf den Hauch einer Atmosphäre wie in einem Ausflugslokal an einem Sommertag.

Nachdem er gewonnen hatte, lehnte er sich leicht auf seinem Schemel zurück und lachte: „Na, alter Knabe, noch ein Spiel?"

„Ja, noch eines", antwortete der Wärter.

Ranaille mischte langsam die Karten, nahm den Daumen vom Stapel und sagte beiläufig: „Es bleiben nicht mehr als vierzig Tage?" Ohne auf eine Antwort zu warten, fügte er hinzu: „Mir ist es jedenfalls egal. Ob hier oder in der neuen Welt …"

Er dachte nicht einen Moment daran, dass seine Begnadigung abgelehnt werden könnte. Mit seinen kolossalen Muskeln, seiner Tobsucht und seiner Dreistigkeit hatte er monatelang die ganze Nachbarschaft so in Angst und Schrecken versetzt, dass er sich wunderte, wie sie es gewagt hatten, ihn zu verhaften, und nun stellte er sich vor, dass sie „zweimal hinschauen" würden, bevor sie ihn auf das Schafott schickten. Gelegentlich, wenn ihm Zweifel kamen, bewunderte er seine Arme, ballte seine Fäuste, ließ seinen Bizeps hervortreten, bis sein Hemd sich darüber spannte, und tat diese dann mit einem Schulterzucken ab, beruhigt durch den Anblick seiner Stärke. Er schmiedete Pläne, träumte von einer Hütte in den Tropen, von einem erholsamen Nickerchen im Schatten der Palmen, und von einem ruhigen Dasein, das zwar vielleicht ein wenig eintönig war, aber fröhlich gestimmt durch die Möglichkeit zu entkommen, vergaß er seine Strafe und das drohende Ende. Er schlief gut und verbrachte die dritte Woche rauchend, singend und ohne Angst.

Aber mitten in der zweiundzwanzigsten Nacht hatte er einen Albtraum, erwachte schweißgebadet und leichenblass, und rief: „Hilfe!"

Als er gefragt wurde, was los sei, schüttelte er nur den Kopf und antwortete mit erstickter Stimme: „Nichts … nichts …", und starrte hasserfüllt auf die Wände, den Wärter und auf seinen eigenen Körper. Er fixierte mit seinen Augen beharrlich die Tür, auf die das fahle Licht der Morgendämmerung fiel, und schlief erst wieder ein, als es schon hell war.

Von dieser Nacht an war er nervös und gereizt. Zwischen seinen Wärtern und ihm stand etwas, worüber er nicht sprach, etwas Schreckliches, das ihn manchmal plötzlich mitten im Satz verstummen und mit trockener Kehle stundenlang zittern ließ. Er hörte auf zu singen und drohte in einem plötzlichen cholerischen Anfall, alles kaputt zu schlagen und jemanden zu töten, er ballte seine Fäuste und schrie wütend: „Er geht um ein Menschenleben. Sie haben kein Recht dazu!" Und dieser Satz „Sie haben kein Recht dazu!" schien die Antwort auf einen Gedanken zu sein, der sich hartnäckig in seinem Gehirn festgesetzt hatte, denn er wiederholte ihn unaufhörlich, im Zusammenhang mit allem und nichts, voller Zorn oder niedergeschlagen, er unterbrach sich mitten im Wort oder einer Bewegung, um in störrischem Tonfall andauernd zu leiern: „Sie haben kein Recht dazu! Sie haben kein Recht dazu …!"

Eines Tages, als es noch schwermütiger war als sonst, schlug ihm sein Wärter eine Runde Piquet vor. Er sagte ohne Begeisterung zu und spielte geistesabwesend. Nach und nach schien er sich aber für das Spiel zu erwärmen. Als sie fertig waren, besprach er einen Spielzug mit seinem Gegner, erklärte ihm, warum er schlecht gespielt hatte, und fragte: „Noch eine Runde?"

Er gewann wieder. Die schöne Unbeschwertheit der ersten Tage in der Zelle war zurückgekehrt. Er lachte, pfiff leise vor sich hin, und alle seine Gedanken konzentrierten sich auf die zwölf Karten, die er in der linken Hand hielt. Wie das Spiel ausgehen würde, lag in den Karten, die er ablegen wollte, und die er mit der rechten Hand in die Luft schwenkte. Nach einer letzten kurzen Überlegung sagte mit einer entschiedenen Geste: „Los geht's!"

Aber die Glückssträhne, die er anfangs gehabt hatte, war vorbei. Er pfiff immer noch vor sich hin, nun aber verärgert. Als sein Wärter sechzig Punkte anschrieb, warf er seine Karten weg und verlor die Beherrschung: „Was soll ich mit einem solchen Blatt machen?"

Er verlor und erklärte: „Ich höre auf."

Obwohl der Wärter seinen verdrossenen Gesichtsausdruck bemerkte, wagte er, zu sagen: „Komm schon … eine kleine Partie noch?"

Ranaille blieb mürrisch sitzen und verlor wieder. Dann wurde er furchtbar zornig: „So kann man nicht zählen! Das ist nicht fair!"

Er überprüfte die Punkterechnung; seine Wut steigerte sich noch mehr. Er spuckte seine Zigarette aus, schrie, seine Augen traten hervor, die Adern an seinen Schläfen schwollen bis zum Bersten an. Wie am ersten

Tag musste man ihm die Zwangsjacke anlegen, und wie am ersten Tag bäumte er sich in seinen Fesseln auf wie ein Tier, das in einer Falle gefangen ist, bis er schließlich zu bitten und betteln begann: „Sie haben kein Recht dazu … lasst mich frei …"

Am nächsten Tag fragte er vorsichtig: „Eine Runde Piquet?"

Beim Kartenspielen kehrte etwas von seiner guten Laune zurück. Aber wenn die Partie nicht gut für ihn lief, biss er die Zähne zusammen und ballte die Fäuste. Erst als man ihm wieder mit der Zwangsjacke drohte, beruhigte er sich und spielte weiter, wobei er am Tisch kratzte und zwischendurch Beleidigungen knurrte und fluchte. Sein Hass richtete sich auf den Wärter, er verfolgte jede von dessen Bewegungen mit den brennenden Augen eines Tigers, der nur auf den richtigen Moment wartet, um sich auf seine Beute zu stürzen, so dass ihm, um ein Drama zu vermeiden, ein neuer Wärter zugeteilt wurde.

Zunächst betrachtete er auch diesen mit Argwohn. Obwohl er den ersten mit Freude erwürgt hätte, hatte er sich irgendwie an seine Art gewöhnt, an seine manchmal schroffe, manchmal scherzhafte Sprache; aber vor allem hatte er sich daran gewöhnt, ihn zu hassen, und das vermisste er. Als der Neuankömmling ihm jedoch eine Runde Piquet anbot, nahm er an. Zu diesem Zeitpunkt war er bereits den dreißigsten Tag in der Zelle; er fing an, sich wirkliche Sorgen zu machen, und wälzte sich bis zum Morgengrauen in seinem Bett hin und her.

Er gewann, sie spielten eine zweite Runde, er gewann wieder, und so ging es weiter, bis es Abend wurde. Noch nie in den letzten vier Wochen war der Tag für ihn so

schnell vergangen. Er liebte das Spiel, weniger weil es ihm Spaß machte, sondern um des Gewinnens willen, und er wagte kaum, sich einzugestehen, dass jedes gewonnene Spiel für ihn ein Erfolg war und jede Niederlage ihn zugleich ärgerte und fassungslos machte. In dieser Nacht schlief er gut. Sobald er aufgestanden war, fragte er nach den Karten und begann wieder zu spielen und zu gewinnen.

Der Wärter, den man zuvor instruiert hatte, setzte alles daran, zu verlieren. Ranaille war beruhigt und dachte an nichts weiter. So vergingen die Stunden und Tage langsam und einönig. Nach einer Woche, in der das Glück ihm stets hold war, schöpfte er Verdacht. Mehrmals hatte der Wärter wie ein Anfänger gespielt und vergessen, einen Quart oder einen Vierersatz zu zählen, wie um ihn absichtlich in Führung gehen zu lassen. Er beobachtete ihn, wollte es ihm sagen, aber schließlich, als er sich dessen sicher war, dachte er nicht: „Er verliert absichtlich", sondern: „Er fürchtet sich davor, zu gewinnen", und da er einen gewissen Stolz empfand, ihn selbst in Ketten in Angst versetzen zu können, schwieg er zufrieden; denn Angst ist eine Huldigung für den brutalen Rohling, sie stärkt sein Selbstbewusstsein.

So vergingen noch einige Nachmittage, doch als der vierzigste Tag näher rückte, wurde der Verurteilte wieder von seinen nächtlichen Panikattacken eingeholt. Das Spiel reichte nicht mehr aus, um seine Gedanken zu betäuben. Nach zwei oder drei Spielen schob er die Karten mit flackerndem Blick und versteinerter Miene weg.

„Ich habe genug."

Und man musste ihn bitten: „Komm schon … mach

weiter … ich will mich revanchieren, nur ein Spiel noch …"

Er spielte weiter, gewann erneut, und dachte, als er sich des Sieges sicher war, desinteressiert an etwas anderes, starrte den Wärter plötzlich in stummer Pein an und versuchte, in dessen Augen den Hinrichtungstermin zu erraten, gequält von einem Verdacht: „Vielleicht weiß er es …"

Und nachts, als er versuchte, die schreckliche Vision wie eine lästige Fliege zu verscheuchen, ging ihm nur dieser eine Gedanke durch den Kopf: „Mein Wärter wird einen Tag vor mir wissen, einen ganzen Tag … den letzten … wir werden uns gegenüberstehen, und er wird mir nichts sagen. Er wird es vor mir verbergen, wenn es aus und vorbei ist …"

Er begegnete nun allen höflich, unterwürfig und sanft, als ob jeder einen kleinen Teil dazu beitragen könnte, damit ihn der Präsident begnadigte. Dennoch starrte er mit wachsender Furcht alle an, die sich ihm näherten, und suchte in ihren Gesichtern und in ihrer Haltung nach einem Zeichen, das ihn Bescheid wissen lassen würde, und er wünschte sich dieses Zeichen ebenso herbei, wie er sich davor fürchtete.

Während der dreiundvierzigsten Nacht schlief er nicht, er konnte die Glieder nicht bewegen und lauschte auf die Geräusche der Straße, wobei er so laut mit den Zähnen klapperte, dass er sein Kinn gegen seine Brust drücken musste, um sich nicht selbst in die Lippen zu beißen. Er schaffte es nicht, einzuschlafen, bis der Tag anbrach, und er streifte seine Hose über, weil er dachte, dass er am darauffolgenden Tag im Morgengrauen das

Gleiche tun würde, vielleicht umringt von Männern, die gekommen waren, um ihn zur Hinrichtung zu bringen. Als er sich aufgerichtet hatte, schaute er dem Wärter in die Augen. Aber er sah nichts als den gewohnten Gesichtsausdruck und sagte zu ihm, während er sich fertig anzog: „Das dauert lange, großer Gott, das dauert lange!"

Der andere antwortete: „Das ist ein gutes Zeichen. Eine Runde Piquet?"

Er sagte „Nein" und ging bis zum Mittagessen in seiner Zelle umher. Er aß wenig, legte sich auf sein Bett und blieb reglos liegen. Um etwa drei Uhr fragte er nach einem Spiel und bot seinem Wärter eine Zigarette an. Der Wärter sah zu Boden und lehnte ab. Er hörte auf, die Karten zu mischen, und stotterte: „Was hat das …"

Er beendete die Frage nicht und begann mit zusammengebissenen Zähnen zu spielen, sehr bleich und mit zitternden Händen. Auch der Wärter sprach nicht; alles, was man hören konnte, war das dumpfe Geräusch der Karten, die flach auf das Holz fielen. Beide fixierten mit zusammengezogenen Brauen hartnäckig ihre Karten, ohne einander anzusehen. Sie spielten schnell und nervös und achteten nicht mehr auf ihre Ablagen.

„Bist du fertig?", fragte Ranaille plötzlich.

„Nein", antwortete der Wärter, als wäre er gerade aus einem Traum erwacht, „nein …"

Ranaille zählte zusammen: „Ich habe zwei abgelegt und drei genommen, plus zwei ergibt fünf, und vier macht neun, plus vier ist dreizehn, und fünf dazu ist achtzehn, und sechs macht vierundzwanzig … vierundzwanzig … du hast gewonnen. Du hast …"

Und dann stammelte er mit weit aufgerissenen Augen:

„Das war's … Ich bin erledigt … Du weißt es … Sie haben es dir gesagt …"

„Was? … Was meinst du? … Ich? … Aber nein", erwiderte der Wärter, der ebenso zitterte wie er.

Aber Ranaille hatte sich mit den Fingern in den Ohren auf seinem Bett zusammengerollt und schluchzte: „Das war's, ich sage es dir … das war's … Ich habe es in deinem Gesicht gesehen … Und dann hast du vergessen, zu verlieren …"

Der Wärter öffnete die Tür und sagte halblaut zu seinen Kameraden im Gang: „Kommt mal kurz her … jetzt weiß er es …"

Ranaille wimmerte: „Das war's … Sie haben kein Recht dazu … kein Recht … kein Recht …"

Die Wärter schwiegen regungslos. Aus einem Innenhof war Hufgeklapper zu hören. Von der Straße drangen die gedämpften Geräusche des Abends herein … Die Sonne ging langsam am friedlichen Himmel unter und hinterließ ein wenig Rot am Horizont.

UNTERWEGS

Der Landstreicher hatte sich am Straßenrand niedergelassen.

Zwei Tage lang war er aufs Geradewohl unter der drückenden Sonne dahingewandert, hatte sich nachts im Schutz eines Mühlsteins ausgeruht, und war in der Morgendämmerung wieder aufgebrochen. Wenn die Frauen auf den Türschwellen der Häuser sein wildes Gesicht sahen, seinen ungepflegten Bart und die Lumpen, die seinen Körper bedeckten, drückten sie die Kinder, die sich an ihre Röcke schmiegten, fest an sich. Wenn er auf den Feldern um Arbeit bat, egal welcher Art, wurde er barsch zurückgewiesen. Mit leicht gesenktem Kopf und dem Stock in der Hand, schleppte er sich dann resigniert weiter. Erst wenn er einige Schritte gegangen war und sich versichert hatte, dass man ihn nicht beobachten konnte, wischte er sich mit seinem Handrücken die großen Tränen ab, die ihm über die Wangen liefen.

Dabei stieg Empörung in ihm auf, jene Empörung, die ein hungriger Bauch hervorruft, und gegen seinen Willen entschlüpften seinen Lippen trotzige Worte: „Das ist nicht fair! … Es gibt keinen Gott!"

Er nahm fluchend seinen Stock, aber als er ihn auf dem Boden aufsetzte, sah er, wie ein glänzendes Ding hochhüpfte und mit einem deutlich vernehmbaren Geräusch wieder zu Boden fiel.

Er erhob sich und begann, im Staub zu suchen: „So ein Zufall!"

Er entdeckte eine Goldmünze und hob sie auf. Er

drehte und wendete sie zwischen den Fingern und machte vor Freude einen Luftsprung, da er nicht gewagt hätte, an einen solch unverhofften Glücksfall zu glauben.

„Ein Louis … ein echter! Es ist lange her, seit ich zuletzt einen in der Hand gehalten habe! Jetzt kann ich mich satt essen, meinen Durst löschen und in einem Bett schlafen … Damit kann ich mich auf den Weg zurück in die Stadt machen … Dort werde ich immer zurechtkommen."

Aber dann überlegte er: „Dieses Geld gehört mir nicht! … Was, wenn mich jemand gesehen hat?" Er blickte sich um. Aber da war niemand. Er war ganz allein auf der Straße.

Rechter Hand voraus schien in der Ferne am Horizont ein Dorf zu liegen, halb verdeckt von goldenen Weizenfeldern. Er konnte nur die strohgedeckten Dächer und den spitzen Glockenturm erkennen. Er bog in einen Feldweg ein und sang fröhlich vor sich hin, während die langen Ähren seine Gliedmaßen streiften.

Vor einem Gasthaus blieb er stehen: „Hallo, Wirtschaft!"

Die Wirtin stellte sich in die Tür und fragte: „Was willst du?"

„Ich möchte etwas essen."

„Wir haben keine Reste übrig. Hau ab!"

Er zwinkerte mit dem Auge.

„Oh, ich bitte nicht um eine milde Gabe! Ich kann bezahlen!"

Er warf den Louis in seiner Hand hoch. Die Wirtin war erstaunt, eine Goldmünze in den Fingern eines Landstreichers zu sehen, und rief nach ihrem Gemahl. Dieser

musterte den Mann und die Zwanzig-Francs-Münze misstrauisch und bohrte dann nach: „Wo hast du das her?"

„Was geht dich das an, wenn ich bezahle?"

„Na gut! Ich will dir aber kein Essen verkaufen …!"

Der Landstreicher war ein paar Sekunden lang sprachlos. Dann steckte er seine Goldmünze wieder in die Tasche, zuckte mit den Schultern und ging weiter.

Der Wirt und seine Frau schauten ihm nach.

„Wieder einer, der ein krummes Ding gedreht hat."

„Warum sagen wir nicht dem Wachmann Bescheid?"

Ein Kunde kam herein. Sie erzählten ihm von dem Erlebnis, wobei sie bereits übertrieben: „Ein elender Kerl, mit einem Gesichtsausdruck, der einem Angst macht, und er wollte mit einem Louis bezahlen."

„Das ist nicht normal."

„Und da klingelte noch mehr Geld in seinen Taschen. Diese Penner, man weiß nie, woher sie kommen und wohin sie gehen …"

Innerhalb von fünf Minuten hatte sich die Nachricht im ganzen Dorf verbreitet. Einige Kinder folgten ihm feindselig mit einigem Abstand, während er müde dahinschritt, und er wunderte sich verständnislos über die Gestalten, die ihn anstarrten.

An jedem anderen Tag hätte er sich dadurch gekränkt gefühlt, aber da er Geld hatte, war es ihm egal.

Die Bäckerin räumte in ihrem Geschäft gerade die Brote ein, große dunkle Brote, mit einer knusprigen braunen Kruste.

„Guten Tag, Madame. Ich möchte einen Laib."

„Geh weiter."

„Oh! In dieser Gegend hat man wohl nicht viel Vertrauen! Nur weil ich keine schönen Kleider anhabe, heißt das noch lange nicht, dass ich mir nichts leisten kann. Ich kann bezahlen."

Er hielt seinen Louis hin.

„Trotzdem sage ich, du sollst weitergehen."

Er blieb mit ausgestrecktem Arm und offenem Mund stehen.

„Ah! Sie wollen ihn nicht? Sie …"

Er schüttelte den Kopf, murmelte „Blöde Kuh!", und ging.

Überall bekam er das Gleiche zu hören, beim Gemüsehändler, beim Metzger, im Feinkostladen.

Er fragte sich: „Warum wollen sie mir nichts verkaufen, wo ich doch das Geld dafür habe? Vielleicht stimmt etwas mit meiner Münze nicht …"

Er wagte nicht mehr, sie herauszunehmen. Zwischen den Brocken von hartem Brot und den Krümeln Tabak fühlte sie sich am Grund seiner Tasche sehr klein an, warm von der Berührung durch seine Finger, glänzend und angenehm.

Es wurde Abend. Er hatte noch nichts gegessen. Er nahm wieder die Hauptstraße und sinnierte beim Gehen: „Ich werde doch nicht verhungern, mit zwanzig Francs, die mir gehören!"

Allmählich begann er die Sache jedoch zu verstehen.

„Nein, ich sehe nicht wie jemand aus, der einen Louis hat. Gold in den Händen eines Penners wie mir wirkt verdächtig. Die Leute fragen sich, woher ich es habe … Vielleicht glauben sie, ich habe es gestohlen … dass ich

irgendwo im Wald einen Passanten überfallen habe …
Man hat eine ziemlich komische Ausstrahlung, wenn man
hungrig ist …!"

Während er auf diese Weise vor sich hin grübelte, sah
er an der Wegbiegung einen Mann auf sich zukommen,
der ebenfalls mit kraftlosem Schritt und gebeugtem
Rücken unterwegs war. Seine Kleidung war abgetragen,
ein alter Hut bedeckte seinen Kopf, und sein ungepfleg-
ter, staubgrauer Bart ließ die Bräune seines Gesichtes
noch mehr hervortreten.

Die beiden Landstreicher blieben stehen und reichten
sich die Hand, so als würden sie sich wie alle Herumtreiber untereinander kennen.

„Wo willst du hin, Kamerad?", erkundigte sich der
Mann mit dem Louis.

„Ich versuche, das Dorf da drüben zu erreichen, um
dort zu übernachten. Wollen wir uns zusammentun?"

„Nein, ich gehe in die andere Richtung. Und wenn
ich dir einen guten Rat geben darf, dann kehr um … Sie
sind nicht sehr gastfreundlich zu uns Vagabunden da drüben … Ich komme gerade von dort. Du wirst in keiner
Scheune ein Plätzchen zum Schlafen finden."

„Verdammt! Aber mit Geld …"

„Auch nicht mit Geld …"

Er wollte „Besonders nicht mit Geld!" sagen, aber er
schwieg. Der andere erwiderte: „Die Bauern sind überall
gleich. Solange sie denken, dass man sie um Almosen bitten will, stellen sie sich taub. Aber sobald man ihnen das
hier zeigt …"

Er schüttelte ein paar Groschen in seiner Hand und
lachte: „Es ist zwar nicht viel, nur siebzehn Sous, aber es

wird für drei Tage reichen!"

Während er redete, sagte sich der andere Mann, der noch nichts gegessen hatte: „Mit siebzehn Sous ist er reicher als ich mit zwanzig Francs! Man wird ihm Brot geben, und einen Strohballen, auf dem er seinen Kopf betten kann …"

Da kam ihm eine Idee.

„Hör zu, gib mir ein bisschen was davon …"

Sofort schloss der andere die Hand um sein Geld.

„Ich kann nicht, verdammt! Ich habe gerade genug, um in dem Dorf etwas zu bekommen, und außerdem …"

„Hast du kein Brot?"

Der andere umklammerte seinen Beutel und sagte: „Nein … auf Wiedersehen."

Er machte einen Schritt nach vor. Der Landstreicher hielt ihn auf.

„Du kannst doch nicht einfach weggehen und mich hier zum Sterben zurücklassen …"

„Ich habe nichts."

„Aber ja, du hast ein paar Sous … wir sind doch schließlich Brüder der Straße …"

„Es geht nicht … Ich habe es dir gerade erklärt … Du kannst dir ja unterwegs Arbeit suchen …"

Hunger, schrecklicher Hunger wühlte quälend im Bauch des Landstreichers und übermannte ihn wie in einem fremdartigen Rausch.

„Hör zu. Ich kaufe dir dein Geld ab, ja, und ich bezahle dich gut … Ich gebe dir zwanzig Francs …"

Der andere riss die Augen weit auf. Er fuhr schnell fort: „Ja, zwanzig Francs. Ich habe sie heute Morgen auf

der Straße gefunden. Aber überall schicken sie mich weg, weil ich so abgerissen ausschaue. Sieh mich an. Ich habe keine Kleider mehr … es sind Lumpen. Und wenn der Hunger aus deinen Augen leuchtet, bekommst du einen bösartigen Ausdruck … deshalb haben die Leute Angst. Du hingegen trägst saubere Kleidung. Mit deinem großen Wollmantel siehst du aus wie ein reisender Schafhirte. Zwanzig Francs in der Hand, das wird sie nicht überraschen. Und darüber hinaus hast du vielleicht auch nicht so gelitten wie ich … du hast schon etwas gegessen … und ich habe seit zwei Tagen Hunger …"

Er stieß die letzten Worte mit leiser Stimme hervor, beschämt und zornig, während er den Atem des anderen in seinem Gesicht verspürte.

„Wie du siehst, handelt es sich um ein gutes Geschäft … Hast du Angst, dass mein Geld nicht echt ist? Hier … hörst du den Klang? … Hier ist es … Gib mir deine Sous …!"

Doch der Mann wich zur Seite aus und stieß seine Hand mit der Goldmünze weg.

„He! Behalte dein Geld! Du bist reicher als ich!"

„Du verstehst nicht. Ich kann es nicht gebrauchen … Sie wollen es nicht … Gib mir deine Sous …"

„Nein … nein … Auf Wiedersehen!"

Ein wahnsinniger Gedanke schoss dem Landstreicher durch den Kopf. Seine Kiefer verkrampften sich in rasenden Wut, die nicht vor Raub und Mord haltmachte, er ballte die Fäuste und packte den anderen gewaltsam an der Kehle.

„Gib sie mir …!"

Der Mann versuchte, sich zu wehren und aus der

Umklammerung zu befreien. Er spannte die Muskeln in seinen Armen an, doch er schaffte es nicht, und seine Finger krümmten sich zusammen. Er öffnete den Mund zu einem Hilferuf und verdrehte verzweifelt seine geweiteten Augen … Dann sackte er zusammen … Die Sous rollten über den Boden.

Auf allen vieren sammelte der Mörder das Kleingeld ein, ohne es zu zählen, dann lief er davon.

Als er die ersten Lichter des Dorfes erblickte, blieb er keuchend stehen. Er bemerkte erst jetzt, dass er den Louis zwischen den Zähnen hatte. In seiner Tasche spürte er die Groschen, die Millionen wert waren. Grauen ob seines Verbrechens überkam ihn … er hatte Angst. Aber der Hunger verdrehte ihm die Eingeweide. Unvermittelt warf er die Goldmünze weg.

Es raschelte ein wenig im Laub, als wäre ein Zweig ins Moos hinabgefallen … Mit schnellen Schritten erreichte er das Dorf.

„Brot für vier Sous, bitte …"

Die Bäckerin reichte ihm einen Laib. Er bezahlte. Als er ihr die schmutzigen Sous überreichte, erschauderte er.

Doch das Brot war frisch und hatte eine goldbraune Kruste. Er biss gierig davon ab, verließ das Geschäft und taumelte hinaus in die Nacht, deren Stille nur gelegentlich dadurch unterbrochen wurde, dass ein Zweig auf das trockene Laub hinunterfiel … Es war genau das gleiche Geräusch, das seine Münze vorhin gemacht hatte, als sie zu Boden gefallen war.

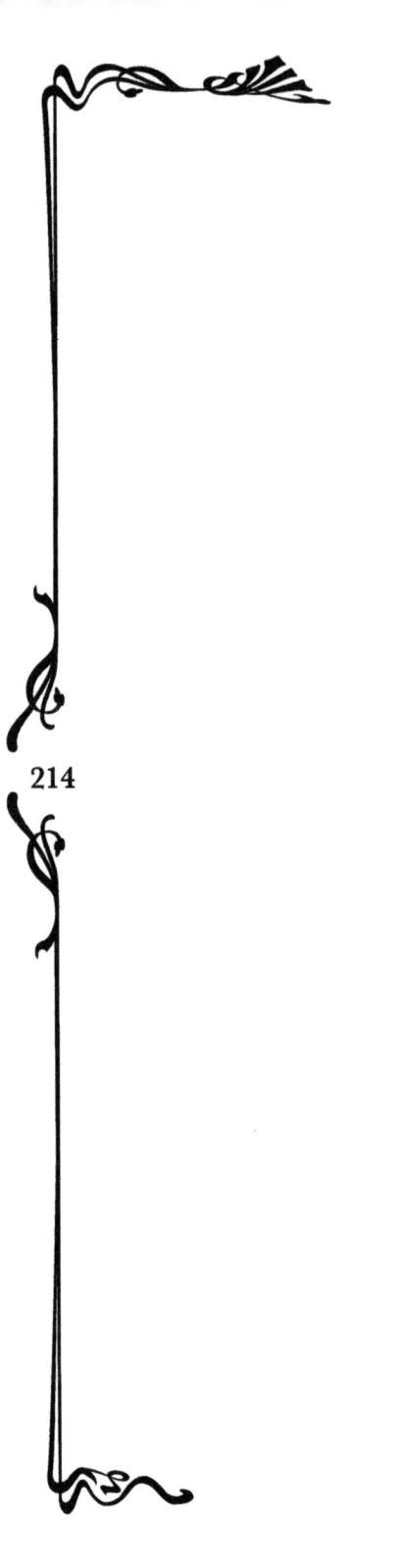

214

DER
BESCHULDIGTE

I**hr** Name, Ihr Alter, Ihr Beruf?"

Im Gerichtssaal stand ein kleiner alter Mann mit einem sehr sanften, von weißen Koteletten umrahmten Gesicht in dem grellen Licht, das durch die hohen Fenster auf die Anklagebank fiel.

Er antwortete dem Richter mit leicht zittriger Stimme: „Maindrot, Jacques, achtzig Jahre alt, Rentner."

„In Ordnung, Sie können sich setzen."

Nach der Verlesung der Anklageschrift ergriff der Richter erneut das Wort: „Sie haben es gehört. Sie werden beschuldigt, in der Nacht vom 17. auf den 18. November letzten Jahres Ihre fünfundsiebzigjährige Frau ermordet zu haben. Sie waren bis jetzt ein ehrlicher Mann. Sie sind noch nie verurteilt worden. Können Sie etwas zu Ihrer Verteidigung sagen?"

„Herr Vorsitzender, ich möchte ein paar Erklärungen abgeben, wenn Sie gestatten."

„Sie haben das Wort. Wenden Sie sich an die Geschworenen."

Der kleine alte Mann begrüßte die Geschworenen mit einer leichten Verbeugung und begann dann langsam zu sprechen, wobei er nach den richtigen Worten suchte, als wäre er um die Korrektheit seiner Aussage besorgt. Und obwohl seine Stimme aus weiter Ferne zu kommen schien und leise und resigniert klang, hörten ihm das Gericht und die Geschworenen höflich und bewegt von seinem hohen Alter zu, ohne ihn zu unterbrechen, diesem achtzigjährigen Mann, der seinen Hut in den Händen hielt und gekommen war, um mit gewählten Worten seinen Kopf zu verteidigen.

„Damit ich mich vor Ihnen erklären, wenn auch nicht rechtfertigen kann, ist es erforderlich, sehr weit in meine Vergangenheit zurückzublicken. Im Alter von fünfundzwanzig Jahren hatte ich keine Eltern mehr und war alleine auf der Welt. Ich war so wohlhabend, dass ich leben konnte, ohne mir Sorgen um die Zukunft machen zu müssen, und ich ging eine Liebesheirat ein. Diese Worte klingen seltsam aus dem Mund eines alten Mannes, aber Sie sollten das wissen.

Zehn Jahre lang war ich der glücklichste Mann der Welt. Ich liebte meine Frau, und sie liebte mich. Unser Glück wurde nur durch eine Sache getrübt: Wir hatten keine Kinder. Aber wir liebten uns so sehr, dass ich nicht weiß, wie viel Zärtlichkeit wir diesem Kind hätten geben können, wenn wir eines bekommen hätten, und am Ende dachten wir weder daran, noch bedauerten wir es.

Wir führten unser Leben so fort, ganz leicht und beschwingt, ohne Reibereien und Argwohn.

An dieser Stelle, meine Damen und Herren Geschworenen, muss ich Ihnen sagen, dass man sich in meinem Alter mit der Zukunft weniger beschäftigt als mit der Vergangenheit, und dass ich Ihnen meine Seele gänzlich offen und ehrlich anvertrauen möchte, wie meinem Beichtvater, der diesbezüglich zweifellos der Letzte sein wird."

Er hielt einen Moment inne, nahm mit seinen zitternden Händen sein Taschentuch und wischte sich über die Stirn. Dann fuhr er fort.

„Wie teuer musste ich für all das bezahlen? Eines Tages beschlich mich ein Verdacht. Einer meiner Freunde, der älteste und beste, machte meiner Frau beharrlich und unangemessen den Hof; sie wies seine Avancen nicht zurück. Woran konnte ich das bemerken? ... Durch Gesten, durch Worte, durch ‚nichts‘, durch all die kleinen Dinge, die genügen, um das Herz in Aufruhr zu versetzen und den Verstand zu verunsichern. Von da an war der Zweifel mein ständiger Begleiter, in den nächtlichen Stunden, die man auf der Suche nach der flüchtigen Erleuchtung verbringt, die einem den Weg weisen soll. Ich spionierte sie aus. Ich folgte ihnen. Aber ich konnte nichts herausfinden. Ich wurde hasserfüllt und feindselig, aber konnte ich auf einen Verdacht hin, ohne ein Indiz zu haben, einen Eklat heraufbeschwören? Ich schwöre Ihnen, wenn ich sie in den Armen des anderen erwischt hätte, wäre ich dazu fähig gewesen, sie beide in einem Wutanfall zu töten, aber ich wäre keine Sekunde erstaunt gewesen, so sicher war ich mir, so eindeutig spürte ich den Verrat an mir.

Dieses Leben ging Jahre hindurch so weiter. Lange war ich auf der Suche nach einem Beweis, ohne etwas zu finden, während die Zeit verging und sich eine Schicht des Vergessens und der Vergebung über die ganze Sache legte. Schließlich begann ich zu glauben, dass ich mich geirrt hatte, und es kehrte wieder Ruhe ein, ohne dass mein Freund oder meine Frau jemals etwas von meinem Verdacht ahnten.

All das ist schon so lange her, dass ich, als mein Freund vor einigen Jahren starb, um ihn trauerte wie ein Bruder, und mich auch nicht über die Tränen wunderte, die

meine Frau wegen ihm vergoss. Wir waren schon alt – sie fünfundsechzig, ich siebzig.

Wieder vergingen einige Jahre, bis ich eines Tages an unseren bevorstehenden Tod dachte. Ich weiß nicht genau, welche Vorstellung von der Zukunft diesen Gedanken ausgelöst hatte. Ich sagte mir, dass in meinem Alter jede Stunde eine gewonnene ist, und dass es gut ist, zu wissen, wo man sein Haupt zur ewigen Ruhe bettet, wenn das Leben zur Neige geht und das Ende nahe ist. Ich hatte lange genug gelebt und war glücklich gewesen, und ich dachte mit großer Gefasstheit an das Grab unter den ausladenden Bäumen, an die Blumen, die es schmücken würden, an die Marmorplatte ...

Ich erzählte meiner Frau davon, und sie lächelte.

‚Ich habe lange vor dir an all das gedacht‘, sagte sie, ‚und ich habe uns weit hinten auf dem Friedhof von Montmartre, in einer sehr ruhigen und abgelegenen Ecke, einen Platz ausgesucht, wo wir Seite an Seite schlafen werden.‘

Sie beschrieb mir die Stelle, und ich fuhr hin.

Während ich zwischen den Gräbern entlang ging, dachte ich: ‚Wie die Liebe zwei Menschen doch auf ähnliche Gedanken bringt und wie nahe wir einander doch sind, sodass wir uns beide ähnlichen Träumen hingeben.‘

Ganz am Ende einer Reihe hielt ich an. Da war es – ein Stück Erde mit darauf wucherndem Gras, auf allen Seiten umgeben von Gräbern.

Aus Neugierde, so wie man die Menschen betrachtet, mit denen man gemeinsam in einer Kutsche sitzt, sah ich mir die Nachbargräber an. Und auf einem, dem nächst-

gelegenen, las ich den Namen meines Freundes.

Dann erinnerte ich mich an den Weg, den wir so oft gegangen waren. Ich erkannte die vertrockneten Blumen und Kränze, die wir in den letzten Jahren dorthin gebracht hatten.

Es fühlte sich wie ein Peitschenhieb an, der brannte wie Feuer und mich blendete. Plötzlich kamen die ganze Vergangenheit, all meine Verdächtigungen, all mein Hass wieder in mir hoch.

Unser Platz? In seiner Nähe? Und sie hatte diese Stelle ausgesucht?

Ich ging nach Hause. Ich muss wie ein Idiot ausgesehen haben. Beim Abendessen brachte ich nichts hinunter.

Es war der 17. November.

‚Was ist denn mit dir los, mein Freund?', fragte mich meine Frau.

‚Mit mir? Nichts.'

‚Doch, du hast etwas ...“

Es dürfte um zehn Uhr gewesen sein. Von der Straße drangen nur gedämpfte Geräusche herein, in dieser traurigen Herbstnacht.

‚Du hast recht, ich habe etwas, und ich werde dir sagen, was es ist. Du warst die Geliebte von Fromont, und ihr habt mich zwanzig Jahre lang hinters Licht geführt, ihr elenden Betrüger!'

Sie wurde blass. In ihrem armen, kleinen, alten Gesicht erschien ein Ausdruck von Erschrecken.

Ich weiß nicht mehr, ob es Überraschung oder Angst war.

‚Zwanzig Jahre, verstehst du, zwanzig Jahre, unsere

ganze Jugend, mein ganzes Leben lang ... Ah? Wie ich dahintergekommen bin? Warum ich erst jetzt alles durchschaut habe? Wie richtig meine Vermutungen waren? Ich bereue, dass ich es nie gewagt habe, dich auch nur mit dem Schatten eines Verdachts zu konfrontieren! Du wolltest die Sache sogar nach seinem Tod verbergen und warst dir sicher, straflos davonzukommen? Du konntest dich nicht zwischen deinem Mann und deinem Liebhaber entscheiden? Nicht einmal ... unter der Erde?'

Der Wahnsinn packte mich. Ich lief auf sie zu. Ich schloss meine Hände um ihren Hals. Ich muss sie wie verrückt gewürgt haben, ich weiß es nicht mehr. Ich erinnere mich nur noch an den angsterfüllten Ausdruck in ihren Augen. Dann ging das Licht aus. Draußen auf der Straße heulte ein Hund den Mond an. So hat man mich am nächsten Tag gefunden ... das ist alles ...“

Er setzt sich hin. Große Tränen liefen ihm über die elfenbeinfarbenen Wangen.

Sein Anwalt ergänzte die Verteidigung noch kurz. Der Staatsanwalt legte seine Entgegnung dar, und die Jury kam zu einem negativen Urteil.

222

DER BETTLER

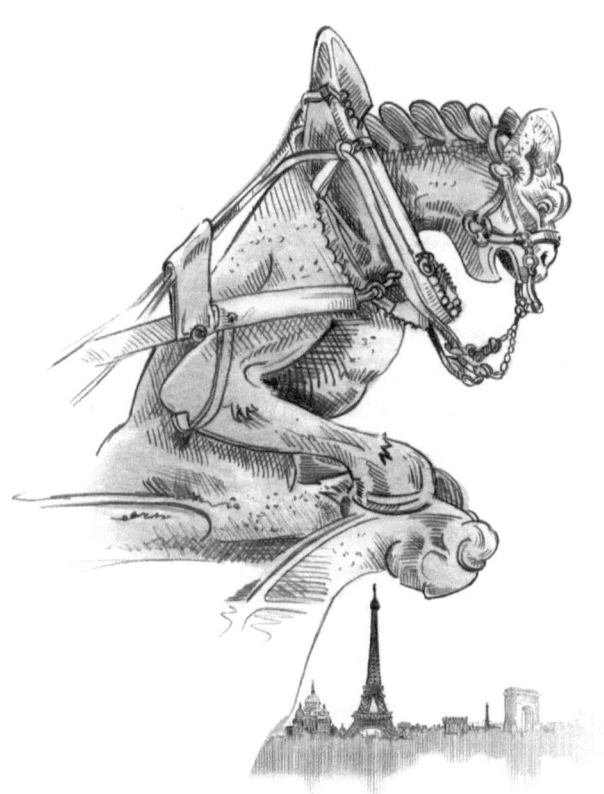

Als es Abend wurde, suchte sich der Bettler einen Platz in einem Graben am Straßenrand, wickelte sich in den Sack, der ihm als Mantel diente, schob sein dürftiges Bündel, das er am Ende eines Stockes mit sich trug, unter den Kopf und blickte müde und hungrig zum dunklen Himmel mit den darin leuchtenden Sternen hinauf.

Die Straße, die sich zwischen den dichten Wäldern erstreckte, war menschenleer. Die Vögel schliefen in den Bäumen. Das Dorf in der Ferne bildete einen großen schwarzen Fleck, und der alte Mann begann zu weinen, so ganz allein in der friedlichen Stille.

Er hatte seine Eltern nie kennengelernt. Aufgewachsen als Waisenkind auf einem Bauernhof, streunte er auf der Suche nach Arbeit und ein wenig Brot über die großen Landstraßen. Das Leben war hart für ihn. Er kannte seine ganze Freudlosigkeit: die langen Winternächte auf den Scheunenböden, die Schande betteln zu müssen, den Wunsch zu sterben, einfach einzuschlafen und nie wieder aufzuwachen. Er hatte stets nur misstrauische und bösartige Menschen kennengelernt. Es betrübte ihn, dass die einfachsten Leute ihn zu fürchten schienen. Kinder liefen weg, wenn sie ihn vorbeigehen sahen. Hunde kläfften ihn wegen seiner staubigen Lumpen an.

Doch er verspürte keinen Zorn oder Hass; er war nur traurig und sehr sanftmütig.

Er war gerade dabei einzunicken, als in der Ferne Glocken läuteten. Er hob den Kopf und sah ganz am

Ende der Straße einen Lichtschein über den Boden tanzen. Unwillkürlich schaute er hin. Er erkannte einen
schweren Wagen, der von einem starken Pferd gezogen
wurde. Die Last war so hoch und ausladend, dass sie die
gesamte Breite der Straße zu beanspruchen schien. Ein
Mann ging neben dem Pferd her und sang einen
Refrain.

Bald verstummte das Lied. Der Weg führte nach
oben. Die Hufe des Pferdes stampften und klapperten
noch lauter auf den Pflastersteinen. Der Mann feuerte das
Tier mit seiner Stimme und der Peitsche an.

„Vorwärts, hü! … Hü!"

Das Pferd legte sich mit voller Brust und gestrecktem
Hals ins Zeug. Zwei oder drei Mal kam es ins Wanken,
ging beinahe in die Knie, richtete sich wieder auf, bemühte
sich mit von den Schultern bis zur kräftigen Hüfte ge-
sträubtem Haar. Aber es war völlig außer Atem, und der
Wagen blieb stehen.

Der Kutscher griff mit den Händen in den Speichen,
drückte mit der Schulter gegen das Rad und schrie noch
lauter: „Hü! Hü … Hü!"

Das Pferd zog mit der ganzen Kraft seiner Muskeln,
doch der Wagen bewegte sich nicht mehr weiter.

„Mach schon! … Hü!"

Das Tier kam nicht von der Stelle, es zitterte an allen
Gliedern, seine Nüstern bebten, uns es klammerte sich
mit den Hufeisen an den gespreizten Beinen am Boden
fest, um nicht durch das enorme Gewicht zurückgerissen
zu werden.

Der Kutscher, der sich noch immer gegen den Wagen
stemmte, sah den Bettler am Rand des Grabens sitzen

225

und rief ihm zu: „Reich mir die Hand, Kamerad! Das blöde Vieh will nicht weitergehen. Komm und hilf mir beim Anschieben."

Der Bettler stand auf und unterstützte die Anstrengungen des Mannes mit seinen bescheidenen Kräften.

Beide schrien: „Hü! … Hü!"

Vergebliche Mühe.

Bald war der Bettler erschöpft und sagte mitleidig: „Lassen Sie es verschnaufen. Die Last ist zu schwer."

„Ganz sicher nicht. Es ist zu faul! Wenn wir hier unten stehenbleiben, werden wir überhaupt nicht mehr vom Fleck kommen. Hü! Vorwärts! Gib mir einen Stein, um das Rad zu verkeilen. Wir legen ihn darunter, damit der Karren nicht zurückrutschen kann."

Der Bettler nahm einen Stein und hielt ihn dem Kutscher hin.

„Wir werden gleich sehen", sagte dieser. „Ich bleibe hinten beim Rad. Da ist die Peitsche. Fass das Pferd an der Mähne, schlag ihm ordentlich zwischen die Beine und drücke es nach links. Er wird weitergehen."

Verrückt vor Schmerz versuchte das Pferd, sich anzustrengen. Am Boden stoben Funken unter seinen Hufen auf, und die Steine knirschten.

„Ist schon gut! Ist schon gut!"

Doch als sich der Kutscher vorbeugte, um den Stein unter das Rad zu legen, machte er eine falsche Bewegung. Das Pferd scheute und warf sich zur Seite. Der Mann stieß einen Schrei aus und stürzte.

Er lag mit verzerrtem Gesicht und angstvollem Blick auf dem Rücken, stützte sich mit beiden Ellbogen auf dem Boden ab und umklammerte mit seinen kräftigen Händen

das Rad, um zu verhindern, dass es seine Brust ein-
drückte.

Mit verzweifelter Stimme rief er dem Bettler zu: „Beeil
dich! Beeil dich! Es zerquetscht mich …"

Der andere ahnte, was gerade geschehen war, ohne
es beobachtet zu haben. Er begann wahllos mit der Peitsche und dem Griff auf das Pferd einzuschlagen. Aber das
erschöpfte Pferd knickte in den Knien ein und fiel zur
Seite, die Deichsel brach und der Wagen kippte um. Die
Laterne, die auf dem Kutschbock gestanden hatte, erlosch
und in der dunklen Nacht war nichts mehr zu hören als
der kurze Atem des Pferdes und das dumpfe Ächzen des
stöhnenden Mannes.

„Beeil dich! … Beeil dich …"

Da er das Tier nicht mehr aufrichten konnte, rannte
der Bettler zum Kutscher und versuchte, ihn zu befreien.
Aber er war fest unter dem Rad eingeklemmt. Mit unge-
heurer Anstrengung hielt er es ein paar Zentimeter von
seiner Brust entfernt; eine falsche Bewegung, ein Nach-
lassen der Kräfte, und er würde erdrückt werden … Das
war ihm auch vollkommen klar, und als er sah, wie der
Bettler sich bückte, schrie er auf.

„Nicht anfassen! Nicht anfassen! … Lauf ins Dorf …
schnell … zu meinen Eltern … den Luchats … der letzte
Hof rechts … sag ihnen … sie sollen mit ein paar Leuten
zu Hilfe kommen … ich halte noch zehn Minuten
durch … beeil dich …"

So schnell er konnte, rannte der Bettler den steilen
Weg hinauf. Immer noch im Laufschritt erreichte er das
Dorf, das direkt vor ihm lag. Alle Fensterläden waren
geschlossen. Kein Licht; die Höfe hinter den Toren waren

227

menschenleer. Ein intensiver ranziger und schwüler Geruch drang von dort heraus, der Geruch nach Dung, Scheune und saurer Milch. Hunde bellten ihn an. Aber er hörte und sah nichts, vor seinen Augen stand der schreckliche Anblick des Mannes unter der umgestürzten Kutsche, der auf dem Boden lag und sich gegen das Gewicht stemmte, das ihn zu zermalmen drohte.

Schließlich blieb er stehen. Vor ihm erstreckte sich die vollkommen flache Straße. Zu seiner Rechten lag ein Gebäude mit einem Innenhof. Durch die Schlitze in den Fensterläden fiel ein wenig Licht. „Das ist es!", dachte er und klopfte mit der Faust dagegen.

Eine Stimme fragte: „Bist du das, Jules?"

Noch gänzlich außer Atem konnte er nicht antworten und klopfte erneut. Er hörte das Geräusch eines knarrenden Bettes und Schritte auf dem Boden. Das Fenster öffnete sich, und in einem erleuchteten Viereck erschien der Kopf eines schläfrigen Mannes.

„Bist du das, Jules?"

Er war wieder ein wenig zu Atem gekommen und stieß hervor: „Nein, aber ich bin gekommen, um …"

Der Bauer ließ ihn nicht ausreden.

„Was ist das für eine Art, die ganze Gegend um diese Zeit aufzuwecken!"

Er schloss lautstark das Fenster und knurrte in seinem Zimmer: „Der ist übergeschnappt, dieser Wegelagerer …!"

Der Bettler blieb regungslos und benommen stehen, ohne ein Wort herauszubringen, so schroff war die Antwort gewesen. Er rätselte: „Was hat er geglaubt, das ich wollte? Ich habe schließlich keine bösen Absichten, aber … Ich muss ihn wohl im Schlaf überrascht haben … wenn er wüsste, warum, liebe Leute …"

Wieder klopfte er zaghaft an die Fensterläden.

Von innen heraus brüllte die Stimme: „Ist es noch immer nicht genug, hä? Warte nur, wenn ich aufstehe!"

Er bekam wieder Luft, und sein Mut kehrte zurück. Er rief: „Aufmachen …!"

„Hau ab!"

„Aufmachen …!"

Diesmal wurde das Fenster aufgerissen, und zwar so heftig, dass er zur Seite springen musste, um nicht von dem Fensterflügel getroffen zu werden. Der Bauer erschien übelgelaunt, mit einem Gewehr in den Händen.

„Hör zu, du Hungerleider, wenn du nicht verschwindest, und zwar schnell, verpasse ich dir eine mit meiner Flinte!"

Aus dem Bett ertönte eine schrille Frauenstimme: „Schieß schon … Du tust der ganzen Welt damit einen Gefallen! Sie sind nur dazu da, um Ärger zu stiften, diese Herumtreiber … um zu stehlen … und noch Schlimmeres!"

Der Bettler bekam angesichts des auf ihn gerichteten Gewehres Angst und zog sich in den Schatten zurück. Er zitterte und vergaß dabei fast den unglücklichen Mann, der womöglich in diesem Moment auf der Straße im Sterben lag. Zum ersten Mal stieg Groll in seinem Herzen auf. Noch nie zuvor hatte er sich so zurückgewiesen und hilflos gefühlt wie in diesem Moment.

Was, wenn er hungrig gewesen wäre und nach einer Unterkunft gefragt hätte? Hatte ein Unglücklicher wie er nicht das Recht auf einen Haufen Stroh bei den Tieren

oder ein Stück Brot bei den Hunden? … Anscheinend
war er unter seinen Lumpen kein Geschöpf Gottes wie
alle anderen, da die Reichen ihm mit dem Tod drohen
konnten …

Durch den Schreck stieg plötzlich Verdrossenheit in
ihm hoch.

Zuerst wollte er mit einem Stock gegen die Fensterläden pochen, dann überlegte er: „Wenn ich noch einmal
klopfe, wird er schießen … Wenn ich nach ihm rufe, wird
er das ganze Dorf zusammentrommeln, und sie werden
mich niederschlagen, bevor ich sagen kann, woher ich
komme … Wenn ich woanders hingehe, wird es das Gleiche sein …"

Nachdem er eine Entscheidung gefasst hatte, begann
er den Weg zurückzulaufen, auf dem er gekommen war.
Er wollte versuchen, den Kutscher so schnell wie möglich
alleine zu retten. Dabei dachte er voller Panik daran, was
während seiner Abwesenheit geschehen sein könnte …

„Was werde ich da unten bloß zu sehen bekommen …?"

Mit dem Tempo eines Zwanzigjährigen lief er den
Hügel hinab. Als er sich der Stelle näherte, an der die
Kutsche angehalten hatte, rief er: „Kamerad!"

Keine Antwort. Er rief erneut: „Kamerad!"

Es war so dunkel, dass er nicht einmal die Kutsche
sehen konnte. Da hörte er ein Wiehern. Er bewegte sich
vorwärts. Ein paar Schritte von ihm entfernt lagen das
Pferd und die umgestürzte Kutsche immer noch auf der
Seite.

„Kamerad! Kamerad!"

Er beugte sich hinunter, und als der Mond hinter

einer Wolke auftauchte, sah er den Mann mit ausgestreckten Armen, geschlossenen Augen und blutigem Mund daliegen, und das riesig wirkende Rad war in seine Brust gesunken wie in eine Spurrinne.

Als er erkannte, dass er nichts mehr für den armen Kerl tun konnte, erfasste ihn rasender Zorn gegen die Eltern und ein abscheuliches Bedürfnis nach Rache. Er hetzte sofort zurück zum Hof und trommelte voller Vorfreude mit den Fäusten gegen die Fensterläden, ohne sich um die Drohung mit dem Gewehr zu kümmern.

„Bist du das, Jules?"

Er antwortete nicht. Als sich das Fenster öffnete, sah er das mürrische Gesicht des Vaters, der erneut fragte: „Bist du das, Jules?"

Er brüllte ihm zu: „Nein! Es ist der Hungerleider von vorhin, der Ihnen sagen wollte, dass Ihr Sohn im Begriff ist, auf der Straße zu sterben."

Zwei verängstigte Stimmen, die des Vaters und der Mutter, übertönten einander: „Was sagst du da …? Was sagst du da …? Komm schnell herein …!"

Aber er schob sich seinen Hut in die Stirn und ging langsam weg.

„Verzeihung … Ich habe es gerade eilig … Aber nur keine Umstände. Es ist zu spät … Als ich vorhin gekommen bin, hätten wir uns beeilen müssen. Inzwischen liegt die ganze Ladung Heu auf seinen Rippen …"

Die Frau schluchzte: „Los, Mann … lauf …!"

Der Ehemann schrie auf und suchte nach seiner Kleidung: „Wo ist er? … Hör mir zu …! Um Gottes willen …"

Der Bettler verschwand mit seinem Stock auf dem

Rücken in der Nacht, die vom Wimmern der beiden Alten durchdrungen wurde.

Im Hof, auf dem Misthaufen, krähte ein Hahn, der durch den Lärm früh geweckt worden war, und der Hund heulte mit der Nase am Gatter endlos lange den Mond an.

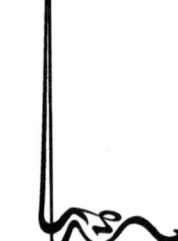

DIE GEGEN-ÜBERSTELLUNG

Der Mann zuckte angesichts der toten Frau mit keiner Wimper.

Mit halb geschlossenen Augen betrachtete er das milchig-weiße Fleisch auf der Marmorplatte, das zwischen den Brüsten von der rosafarbenen Wunde eines Messerstichs befleckt war. Der steife Körper hatte seine harmonische Form behalten und wirkte wie lebendig. Nur die Hände mit den purpurfarbenen Nägeln, die allzu durchsichtige Haut und das Gesicht mit den weit aufgerissenen, weichen, glasigen Augen, sowie der zu einem grässlichen Lachen verzogene schwärzliche Mund bestätigten die Anmutung des ewigen Schlafes.

In dem Raum mit seinen kalten Wänden und den grauen Fliesen herrschte eine beklemmende Stille. Ein Laken, das man zuvor zurückgeworfen hatte und das zahlreiche Blutspuren aufwies, lag auf dem Boden, in der Nähe der toten Frau. Die Anwesenden beobachteten den Angeklagten, der aufrecht und teilnahmslos in hochmütiger Haltung zwischen zwei Wachen dastand. Er hatte die Brust leicht nach oben gezogen und die Hände hinter dem Rücken verschränkt.

Der Untersuchungsrichter ergriff das Wort: „Also, Gautet, erkennen Sie Ihr Opfer wieder?"

Der Mann drehte den Kopf, schaute abwechselnd den Richter und die tote Frau an, als würde er in seinem Gedächtnis nach einer weit entfernten Erinnerung suchen, und antwortete dann mit stockender Stimme: „Ich kenne diese Frau nicht, Euer Ehren. Ich habe sie noch nie gesehen."

„Zeugen bestätigen allerdings, und zwar in aller Form, dass Sie ihr Liebhaber waren …"

„Die Zeugen irren sich, Monsieur; ich kenne diese Frau nicht."

„Wir werden sehen", sagte der Richter nach einem Moment des Schweigens. „Was bringt es, wenn Sie versuchen, uns hinters Licht zu führen? Diese Gegenüberstellung ist eine reine Formalität, die im vorliegenden Fall völlig überflüssig ist. Sie sind intelligent, und wenn Sie sich in Ihrem eigenen Interesse der Gnade der Geschworenen versichern wollen, gestehen Sie …"

„Ich kann nicht gestehen, weil ich unschuldig bin."

„Nochmals, denken Sie daran, dass Leugnen keinen Zweck hat. Ich für meinen Teil wäre ja geneigt, zu glauben, dass ein Ausbruch der Leidenschaft Sie übermannt hat, einer dieser Anfälle von Wahnsinn, in denen man rot sieht … Aber sehen Sie sich Ihr Opfer an … Sie zeigen keine Sekunde der Reue, keine Gemütsregung …"

„Reue? Die verspüre ich in der Tat nicht, denn ich bin kein Verbrecher. Was meine Gemütsregungen angeht, so wurden sie, wenn schon nicht ausgelöscht, so doch zumindest stark beeinträchtigt, aus dem einfachen Grund, weil ich wusste, was man mir zeigen würde, als ich hier hereingeführt wurde. Ich fühle mich nicht mehr betroffen als Sie. Ich mache Ihnen keinen Vorwurf wegen Ihres Gleichmuts – welches Recht haben Sie, mir den meinen anzukreiden?"

Er sprach mit ausdrucksloser Stimme, ohne eine Regung zu zeigen, wie ein Mann, der sich vollkommen unter Kontrolle hat. Die überwältigenden Beweise, die die Staatsanwaltschaft zusammengetragen hatte, schie-

nen ihn nicht zu kümmern. Er beschränkte alle seine Erklärungen auf ein kühles, hartnäckiges Leugnen.

Einer der Anwesenden sagte halblaut: „Wir werden nichts aus ihm herausbekommen … Er wird es bis zum Schafott abstreiten."

Und Gautet antwortete emotionslos: „Ja, Monsieur, bis zum Schafott."

Dieser Kampf zwischen der Staatsanwaltschaft und dem Angeklagten, dieses hartnäckige „Nein" auf alle Fragen, entgegen der scheinbaren Faktenlage, erzeugte eine Irritation, die durch die schwülen Temperaturen draußen noch verstärkt wurde. Die Sonne schien durch die matten Fensterscheiben und warf ein gleichmäßiges gelbes Licht auf die Leiche.

236

„Also gut", sagte der Untersuchungsrichter, „Sie kennen das Opfer nicht. Aber das hier?"

Er hielt dem Angeklagten ein Messer mit Elfenbeingriff vor die Augen, ein breites Messer mit einer kräftigen Klinge, die mit Blut bespritzt war.

Der Mann nahm die Waffe in die Hand, betrachtete sie für einige Augenblicke an, reichte sie dann an einen der Wachleute weiter und wischte sich die Finger ab.

„Das? Ich weiß es nicht mehr."

„Das passt ins Gesamtbild", stichelte der Richter. „Dieses Messer gehört Ihnen. Es hing in Ihrem Arbeitszimmer. Zwanzig Leute haben es in Ihrer Wohnung gesehen."

Der Angeklagte senkte den Kopf.

„Das beweist nur, dass sich zwanzig Leute geirrt haben."

„Bringen wir es hinter uns", sagte der Untersuchungsrichter. „Obwohl Ihre Schuld nicht zu bezweifeln ist, werden wir versuchen, einen entscheidenden Nachweis zu führen. Das Opfer hat Würgemale am Hals. Man kann sehr deutlich die Spuren von fünf besonders langen Fingern sehen, wie der Gerichtsmediziner herausgefunden hat. Zeigen Sie den Herren Ihre Hände."

„Gut."

Der Richter hob das Kinn der toten Frau an.

Am Hals waren violette Linien auf der weißen Haut zu sehen, und am Ende jedes Blutergusses konnte man einen tiefen Schnitt im Fleisch erkennen, als hätte jemand seine Fingernägel hineingegraben. Der Anblick erinnerte an die dunklen Adern auf einem riesigen Blatt.

„Das ist Ihr Werk. Während Sie mit der linken Hand versucht haben, diese unglückliche Frau zu erwürgen, haben Sie ihr mit der freien rechten Hand das Messer in die Brust gestoßen. Kommen Sie näher und tun Sie dasselbe wie in der Mordnacht. Legen Sie Ihre Finger auf die blauen Flecken, die ich Ihnen gerade gezeigt habe … Machen Sie schon …"

Gautet zögerte eine Sekunde, dann zuckte er mit den Schultern und sagte mit dumpfer Stimme: „Wollen Sie sehen, ob meine Finger dazu passen? … Und dann? … Was soll das beweisen?"

Er wurde noch etwas blasser und näherte sich mit zusammengebissenen Zähnen und geweiteten Augen dem Seziertisch. Einen Moment lang verharrte er regungslos, den Blick auf die erstarrte Leiche gerichtet, dann streckte er mit einer mechanischen Geste seine Hand aus und legte sie auf das Fleisch.

Die Berührung fühlte sich eiskalt und teigig an. Ein

unmerkliches Frösteln durchlief ihn, und seine Finger zogen sich abrupt zu einem Würgegriff zusammen.

Unter der Umklammerung schienen die steifen Muskeln der toten Frau zu erwachen, man konnte erkennen, wie sie sich schräg von den Schlüsselbeinen bis zu den Kieferwinkeln erstreckten. Das entsetzliche Grinsen verschwand, und der Mund mit seinen ausgetrockneten Lippen öffnete sich zu einem grausigen Gähnen, das die Zähne darin entblößte, die mit einem braunen Belag bedeckt waren. Das Publikum erschauderte.

Der klaffende Mund in diesem toten Gesicht hatte etwas Geheimnisvolles und Erschreckendes an sich, dieser Mund mit der verdrehten, trockenen, rauen, blauen Zunge darin, der wie zu einem anklagenden Röcheln aufgerissen war.

Plötzlich kam aus dem schwarzen Loch ein undeutliches Geräusch, wie das Summen aus einem Bienenstock. Eine riesige Fliege mit blauem Bauch und schimmernden Flügeln, eine jener ekelhaften Aasfliegen, die sich vom Tod ernähren, flog daraus hervor, surrte um die Mundhöhle, als wolle sie in der Nähe bleiben, und ließ sich dann unvermittelt auf Gautets bleichen Lippen nieder.

Voller Abscheu versuchte dieser, sie mit einer Handbewegung zu verjagen, aber das Biest kam zurück und klammerte sich mit der ganzen Kraft seiner giftverpesteten Beine an seine Haut.

Da sprang der Mann jäh mit verstörtem Blick, gesträubten Haaren und abwehrend ausgestreckten Händen zurück, sein ganzer Körper zitterte, und er begann wie verrückt zu heulen: „Ich gestehe! Ich war's! Bringt mich weg! Bringt sie weg!"

DAS LEERE HAUS

239

Nachdem das Schloss geknackt war, trat der Mann ein, schloss sorgfältig die Tür, lauschte und blieb stehen.

Obwohl er wusste, dass das Haus leer stand, war er beeindruckt von der tiefen Stille und der vollkommenen Dunkelheit. Noch nie zuvor hatte er ein solch merkwürdiges Gefühl, eine solche Angst vor der Einsamkeit verspürt. Er streckte seine Hand aus, berührte die Wand und schob den Riegel vor. Erst dann zog er etwas beruhigt eine kleine elektrische Lampe aus seiner Tasche und sah sich um. Das Licht warf im Schatten helle Flecken, die im Rhythmus seines Herzschlags tanzten. Um sich Mut zu machen, flüsterte er: „Ich bin zu Hause!"

Er begann zu grinsen und betrat das Esszimmer.

Alles war peinlich sauber. Um den Tisch herum standen vier Stühle, ein weiterer, nahe dem Fenster, spiegelte sich mit seinen glänzenden schlanken Füßen im Boden. Ein vager Duft von Obst und Tabak lag in der Luft. Er öffnete die Schubladen der Anrichte, in denen säuberlich aufgereiht einige Teile des Tafelsilbers aufbewahrt wurden. Er dachte: „Besser als nichts", und steckte sie in seine Tasche. Doch das Besteck klirrte bei jeder Bewegung, und aus Furcht vor diesem Geräusch, das ohnehin niemanden wecken konnte, trat er auf Zehenspitzen zurück und ließ die silbernen Löffel und die kleinen Messer mit den Perlmuttgriffen in ihrer Schatulle liegen. Wie um sich dafür zu entschuldigen, sagt er zu sich selbst: „Wegen dem bin ich nicht hergekommen …"

Als er den Tisch erreichte, blieb er stehen und griff unschlüssig nach den Gabeln, die in seiner Tasche steckten. Er zögerte, den kleinen Salon zu betreten, in dem der Schatten, zweifellos dank der zugezogenen Vorhänge, noch geheimnisvoller wirkte. Beschämt, dass er sich so feige fühlte, machte er einen Schritt vorwärts, dann noch einen, nicht wie ein Hasenfuß, sondern ruhig und bedächtig wie ein friedlicher Bürger, der abends nach getaner Arbeit nach Hause geht. Ihm war nicht mehr kalt, er hatte keine Angst mehr, und als er einen Kerzenleuchter auf einem Möbelstück sah, nahm er ihn und zündete die Lichter an. Er hielt den Leuchter ein wenig in die Höhe, um die Umgebung näher zu untersuchen – die Wände, an denen Fotos in goldenen Rahmen hingen, den Nippes, das Klavier und den Kamin, aus dem ein Geruch von kalter Asche und Ruß aufstieg. Er blickte sich noch einmal im Zimmer um, hob mit einem Finger ein paar Papiere an, wog eine Statuette in der Hand, legte sie wieder an ihren Platz zurück, stellte den Kerzenleuchter ab, blies die Lichter aus und stieß die Tür zum Schlafzimmer auf.

Nun gab es kein Zögern mehr. Da er einige Tage zuvor schon einmal unter dem Vorwand, die Wohnung besichtigen zu wollen, hier gewesen war, erinnerte er sich an den Platz jedes Möbelstückes, an die Form jedes kleinsten Gegenstandes. Ein Blick genügte ihm, um die gedrungene Kommode zu erkennen, in der der alte Mann seine Wertsachen aufbewahrte, den Kasten, in dem sich sein Geld befinden muste, das halb in einer Nische verborgene Bett und den Spiegelschrank, den er gleich nach seinem vielleicht ergiebigen Inhalt durchsuchen würde. Also schaltete er seine Lampe aus und ging mit ausgestreckten Armen direkt zur Kommode, ohne gegen einen Stuhl zu stoßen. Er betastete die Marmorplatte, glitt mit der Hand an den Seiten entlang wie ein Pferdehändler, der die Flanke eines Fohlens streichelt, und suchte wie ein guter Handwerker mit einem Finger seiner linken Hand am Verschluss seiner Tasche nach seinem Schlüsselbund.

Er war etwas weniger ruhig als zuvor. Was ihn nervös machte, war nicht mehr die Angst, sich nachts allein in ein fremdes Haus zu stehlen, sondern die fieberhafte Eile eines Spielers, der seine Karte abwägend hält und zwischen den Fingern drückt, bevor er sie umdreht. Was würde er im nächsten Moment finden? … Wertpapiere? … Banknoten? … Und wie viel? Was für ein Vermögen mochte noch für einige Minuten hinter den Holzbrettern schlummern …?

Er suchte noch immer nach seinem Schlüsselbund und kam nicht an ihn heran. Er hatte nicht daran gedacht, sein Werkzeug herauszunehmen, als er vorhin das Silberbesteck in seine Tasche gesteckt hatte, und nun verheddertе sich alles.

Die Löffel steckten in den Ringen der Dietriche, die Zinken der Gabeln verbogen sich unter seinen Anstrengungen, zerrissen das Futter seiner Tasche und zerkratzten seine Haut. In der Eile, es hinter sich zu bringen, stampfte er mit dem Fuß auf, fluchte, biss die Zähne zusammen und zog so heftig, dass der Stoff riss und die Nachschlüssel mit lautem Rasseln zu Boden fielen … Er war nach wie vor aufgeregt … Das Ziel war so nah, und die Zeit verging … Er wusste nicht mehr genau, wie spät es war, aber es erschien ihm so, als wären viele Minuten vergangen, seit er hereingekommen war. Eine Uhr, die er bis jetzt nicht bemerkt hatte, tickte in immer schnellerem Takt …

Er kniete vor der Kommode nieder, nahm einen der Haken und probierte ihn aus. Er legte das Ohr ans Schloss … der Riegel hielt stand. Er nahm einen anderen, noch einen, und wieder einen anderen, drehte ihn mit kleinen, vorsichtigen Bewegungen … Nichts! Immer noch nichts! … Von Neuem packte ihn die Wut, und er lachte heiser auf. „Also gut, manchmal kann man auf die Möbel keine Rücksicht nehmen!"

Er ergriff einen Meißel und brach das Schloss mit einem einzigen Schlag auf. Dann öffnete er die Schublade und schaltete seine Lampe ein.

Er atmete vor Freude tief durch, als er die zu Bündeln angeordneten Geldscheine sah. Langsam und ruhig nahm er sie, zählte sie, hielt sie gegen das Licht und strich sie danach mit dem Handrücken glatt. Um es sich bequemer zu machen, ließ er sich nieder und stöberte weiter. Unter einer Rolle Goldmünzen fand er einen großen Packen Wertpapiere im Wert von fast zwanzigtausend Francs – ein Vermögen …!

243

Er dachte: „Was für eine Schande, sie hierlassen zu müssen … aber was soll's …!"

Er legte die Papiere wieder zurück an ihren Platz. Da er sich seiner Beute sicher war, prüfte er noch das Gewicht und die Oberfläche der Vierzig- und Fünfzig-Francs-Goldmünzen und sah nach, aus welchem Jahr sie stammten, bevor er sie in seiner Jackentasche verschwinden ließ. Er hatte es nicht mehr eilig und war auch nicht mehr wütend, sondern fühlte sich wohl und entspannt – der

Erfolg hatte seine Angst vertrieben. Ein schweres Fahrzeug fuhr auf der Straße vorbei und brachte die Fenster, die Möbel und die verstreuten Teile auf dem Boden unmerklich zum Vibrieren. Dieses simple Geräusch holte ihn in die Realität zurück. Er schaute auf seine Uhr. Es war kurz vor Vier, und er dachte: „Schon?" Er sammelte die Münzen ein, ohne sie zu zählen, und durchsuchte die anderen Schubladen. Aber er fand nichts von Interesse. Unter den Papieren und Briefen war etwas Geld vergessen worden. Er steckte es routinemäßig ein und murmelte: „Das ist für meine Mühe."

Mit tauben Knien stand er auf. Vor ihm, auf einem Tisch, entdeckte er noch einen bronzenen Briefbeschwerer. Er war clever genug gewesen, auf die Juwelen und die Wertpapiere zu verzichten, die ihn belasten konnten, aber warum sollte er sich neben dem Nützlichen nicht auch ein kleines Souvenir gönnen? Er streckte also die Hand aus. Aber im selben Moment gab die Uhr, deren hastiges Ticken das Verstreichen der Zeit anzeigte, ein leises Geräusch von sich, und er blieb mit geöffneten Fingern stehen … Die Stille, die für einen Moment von diesem schwachen Ton durchdrungen wurde, erschien plötzlich weihevoll und bedrückend. Nichts war mehr in diesen vier Wänden zu hören, weder das unmerkliche Rascheln in den Falten des Vorhangstoffes, noch das Knacken des trockenen Holzes, das tagsüber schlummert und Nacht für Nacht zum Leben erwacht … Und seine Ohren füllten sich mit dem Rauschen des Blutes, das durch seinen Kopf strömte, hinter seinen Schläfen pulsierte und seine Gefäße weitete … Die unbegründete Furcht war zurückgekehrt … Er hatte Angst, nicht mehr hören zu können … Woher kam diese seltsame Stille, die er nicht einmal mit einer leisen Bewegung zu stören wagte? … Er ließ den Griff seiner Lampe los und beugte sich im Dunkeln mit eingezogenen Schultern und gestrecktem Hals zum Kamin, wo die kleine Uhr stand … Er hielt das Ohr dagegen. Das Ticken hatte aufgehört! Die Uhr war stehen geblieben. Das war alles … Und doch lief ihm ein Schauer über den Rücken, er spürte eine unmittelbar drohende Gefahr; er griff nach seinem Messer, schaltete seine Lampe wieder ein und drehte sich um.

Ein Gesicht mit geöffnetem Mund und grimmigen Augen starrte ihn aus dem Halbschatten hinter der Nische an; und er konnte erahnen, dass seine Anwesenheit kein Erschrecken in diesem Gesicht hervorrief, dass diese Augen seinem Blick standhielten, dass diese lange Hand, die sich an das Laken klammerte, nicht zitterte, dass dieses dünne Bein, das aus den Decken heraushing, sich anspannte, dass sich ihm schlussendlich ein Mann in den Weg stellen und ihn an der Kehle packen würde, und dass er gleich den Atem dieses bleichen und ungerührten Alten in seinem Antlitz spüren würde.

Seine Augen suchten die Tür, ohne dass er es wagte, den Kopf zu bewegen. Er dachte nicht mehr an die Banknoten, die noch am Boden lagen, sondern nur noch an Flucht. Aber der drohende Blick des alten Mannes ließ erkennen, dass er diese Tür niemals erreichen würde. Der Alte würde den Mund aufmachen und um Hilfe rufen, und er würde dann keine Zeit mehr haben, um zu fliehen. Ohne weiter nachzudenken, stürzte er mit einem Sprung, wie ein angreifendes Tier, zum Bett, hob sein Messer und stieß es dem Mann keuchend vor Wut zweimal bis zum

Heft hinein. Weder ein Schrei noch ein Stöhnen war zu vernehmen, nur das Kopfkissen fiel weich und gedämpft zu Boden, und der Kopf des Mannes sackte zurück ins Bett, mit halbgeöffneten Lippen und dem Kinn auf der Brust.

Immer noch bebend vor Angst und Wut, trat er einen Schritt zurück und betrachtete sein Werk. Das Licht aus seiner Lampe war so schwach, dass er auf dem zerknitterten und verrutschten Nachthemd weder die Spuren seiner Klinge noch das Blut aus den Wunden erkennen konnte. Er musste richtig hart und fest zugestochen haben, denn der Gesichtsausdruck des alten Mannes hatte sich nicht verändert. Bereits der erste schnelle und gezielte Stich hatte sein Leben so abrupt beendet wie durch eine Kugel. Sein meisterlicher Umgang mit der Waffe erfüllte ihn mit Stolz, und er knurrte: „Ah! Du warst da? … Gut, das hast du jetzt davon …"

Als er sich dann über das starre Gesicht beugte, kam ihm mit einem Mal der Gedanke, dass sich in dessen Zügen so wenig verändert hatte, weil er vielleicht nur die Decke getroffen hatte, und dass der alte Mann gar nicht tot war, sondern ihn immer noch mit einem überlegenen ironischen Ausdruck anschaute.

Zum zweiten Mal hob er sein Messer und stach in wilder Raserei auf ihn ein, wieder und wieder, erregt durch das Geräusch der Klinge, die sich in die Brust bohrte, und sein eigenes Fluchen und Schreien, ohne auf die Gefahr zu achten, damit das ganze Haus zu wecken. Das Hemd war zerfetzt und der Körper des Mannes eine einzige Wunde. Nur das Gesicht war unverletzt geblieben und behielt seine furchterregende Reglosigkeit. Da warf

er seine Lampe weg und packte sein Opfer halb wahnsinnig an der Kehle, um ein letztes Mal zuzustechen.

Aber seine erhobene rechte Faust verharrte in der Luft und ein Aufschrei blieb ihm zwischen den Lippen stecken; denn unter seiner Hand fühlte er kein nasses und zuckendes Fleisch, aus dem das Leben soeben mit Strömen von Blut entwichen war, sondern Fleisch von einer schrecklichen Kälte, das kein Schauer mehr erzittern ließ, Fleisch, das seit vielen Stunden tot war! … Und seine Arme wurden schwach.

Das Verbrechen als solches hatte ihm noch nie Angst eingejagt. Er hatte oft das Rot auf seinem Messer gesehen, den heißen Strahl gespürt, der ihm aus den durchstochenen Arterien ins Gesicht spritzte; er kannte den Geruch des Blutes, das Röcheln eines sterbenden Körpers … Jemanden zu töten, machte ihm nichts aus … Aber das! … Eine plötzlich in der Seele des Mörders erwachende Ehrfurcht, ein abergläubischer Schrecken vor dem großen Geheimnis ließ ihn erstarren … Er hatte gedacht, das Haus sei leer, doch er hatte das Refugium eines Toten betreten! … Er hatte einen Toten beraubt! … Einen Toten! … Daher kamen also die beängstigende Stille und die schweigenden Schatten! …

Und als sehr weit entfernt eine Uhr zur fünften Stunde schlug, wagte er es nicht, den Kopf in Richtung der vergessenen Beute zu drehen; er stolperte mit der Kappe zwischen den Fingern rückwärts gegen die Möbel und verließ das Zimmer mit geweiteten Augen und Erinnerungen an Gebete auf den Lippen, angezogen von der Nacht und erfüllt von großem Entsetzen angesichts dieses Todes, für den er nicht verantwortlich war.

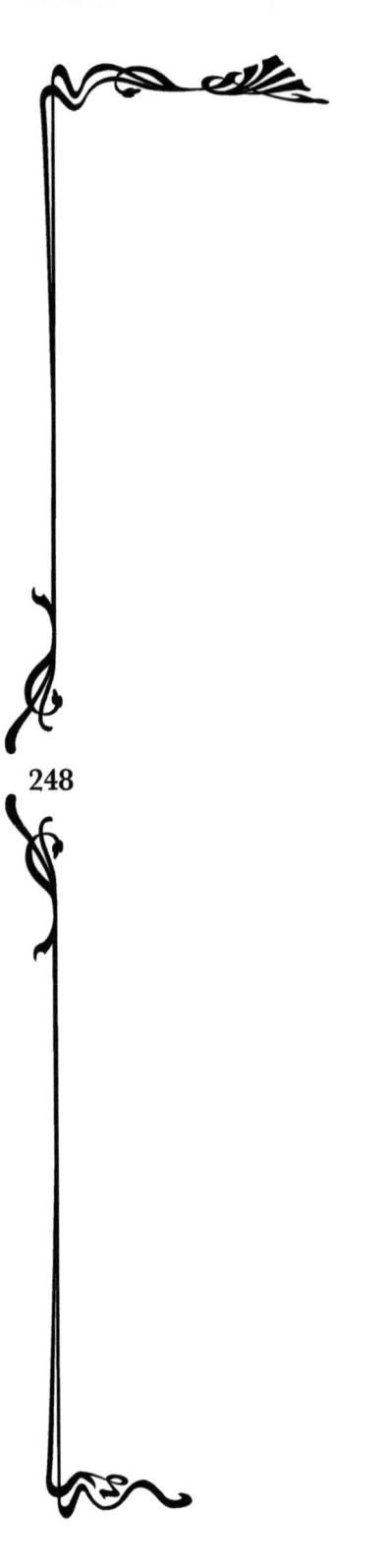

248

EIN VERRÜCKTER

Er war weder bösartig noch blutrünstig. Er hatte nur eine sehr spezielle Vorstellung von den Freuden des Lebens. Vielleicht weil er sie alle bereits genossen hatte und in keiner von ihnen mehr etwas Unerwartetes finden konnte.

Er ging nicht ins Theater, um die Aufführung zu verfolgen oder sich im Zuschauerraum umzusehen, sondern einzig und allein in der Hoffnung, irgendwann Zeuge eines Brandes zu werden. Auf dem Jahrmarkt von Neuilly besuchte er alle Vorstellungen der Menagerie in Erwartung der Katastrophe: dass der Dompteur von seinen Raubtieren verschlungen wurde. Er hatte den Stierkampf ausprobiert, war aber schnell davon angewidert gewesen, da das Töten dabei einen zu geregelten, zu natürlichen Charakter hatte und er sich vom Anblick des Leidens abgestoßen fühlte.

Er suchte nur nach dem so atemberaubenden wie flüchtigen Reiz des „noch nie Gesehenen". Seine Neigungen waren so ungewöhnlich, dass er nach dem Feuer in der Opéra-Comique, dem er unbeschadet entkommen war, und dem Tag, an dem Fred von seinen Löwen vor dem Käfig aufgefressen worden war, fast gänzlich das Interesse am Theater und an den Menagerien verlor. Denjenigen, die sich über diese offensichtliche Veränderung seines Geschmacks wunderten, antwortete er: „Jetzt habe ich alles gesehen. Es gibt mir nichts mehr. Ich wollte wissen, welche Wirkung es auf mich und andere hat."

Nachdem er dieser beiden bevorzugten Vergnügun-

gen beraubt worden war – er hatte zehn Jahre seines Lebens damit verbracht, zu warten, dass etwas passierte – blieb er viele Monate untätig und träge und ging wenig aus.

Eines Morgens waren die Wände in Paris mit bunten Plakaten bedeckt, auf denen vor einem azurblauen Hintergrund eine seltsame Schrägbahn zu sehen war, die wie eine Schleife verknotet war und steil nach unten abfiel. Ganz oben schien ein Motorradfahrer, ein winziger Punkt, auf ein Signal zu warten, um sich in die schwindelerregende Tiefe zu stürzen.

Zur gleichen Zeit konnte man in den Zeitungen Berichte über ein außerordentliches Spektakel lesen, die die Erklärung für die merkwürdigen Plakate lieferten.

Es ging darum, dass der Mann mit voller Geschwindigkeit auf der schmalen Strecke die Schleife hinunter und wieder hinauf raste. Auf dieser fantastischen Fahrt befand sich der Akrobat für eine Sekunde mit dem Kopf nach unten und den Füßen in der Luft.

Der Akrobat lud die Presse ein, seine Maschine zu untersuchen und sie von allen Seiten zu begutachten, damit man sich versichern konnte, dass es sich dabei um ein ehrliches und anständiges Kunststück ohne irgendwelche Tricks handelte, das auf äußerst präzisen Berechnungen beruhte und extreme Kaltblütigkeit erforderte.

Aber sobald ein Mann auf seine Kaltblütigkeit angewiesen ist, hängt sein Leben an einem seidenen Faden!

Unser Verrückter hatte seit der Ankündigung der Darbietung etwas von seiner guten Laune zurückgewonnen. Nachdem er die ersten Proben besucht hatte, war er davon überzeugt, dass dies eine neue Leidenschaft von

ihm werden konnte, und am Abend der Premiere saß er auf einem der besten Plätze, um zu sehen, wie die Sache ausging.

Er hatte eine Loge direkt neben der Piste gemietet, und von dort aus konnte er alleine den gewagten Sprung beobachten. Er wollte niemanden in seiner Nähe haben, damit seine Aufmerksamkeit nicht abgelenkt wurde.

Das Ganze dauerte nur ein paar Sekunden. Es blieb gerade genug Zeit, um einen schwarzen Fleck auf dem Weiß der Strecke zu sehen; ein gigantischer Anlauf, ein gewaltiger Sprung, ein Sturzflug, das war alles. Dieses Mal war das prickelnde Erlebnis blitzschnell vorbei.

Als er herauskam und sich unter die Menge mischte, dachte er, dass dieses Schauspiel ihm höchstens zwei- oder dreimal einen Schauer über den Rücken jagen würde, und dann würde er ihm genauso überdrüssig werden wic den anderen.

Er ging ein wenig gelangweilt nach Hause und dachte „Das kann doch nicht alles gewesen sein", als ihm einfiel, dass die Kaltblütigkeit eines Mannes Grenzen hat, dass die Belastbarkeit eines Motorrades relativ ist, und dass es keine Bahn gibt, die so stabil gebaut ist, dass sie nicht irgendwann zusammenbrechen kann. Er kam daher zu dem Schluss, dass ein Unfall unausweichlich war.

Von da an war es nur ein kurzer Schritt bis zu dem Entschluss, auf diesen Unfall zu warten.

„Ich werde mir die Vorstellung jede Nacht ansehen, bis sich der Mann alle Knochen bricht. Und wenn das in den drei Monaten, die er in Paris gastiert, nicht passiert, werde ich ihm woanders hin folgen!"

Zwei Monate lang betrat er jeden Abend zur gleichen

Zeit die gleiche Loge und setzte sich an den gleichen Platz … Es geschah kein Unfall. Schließlich kannten ihn bereits alle Kontrolleure. Er hatte die Loge für sämtliche Termine gemietet, und man fragte sich, was der Grund für dieses kostspielige Vergnügen war, ohne dahinter zu kommen.

Eines Abends, als der Akrobat früher als gewöhnlich an der Reihe war, begegnete er ihm in einem Gang und trat auf ihn zu. Er brauchte sich nicht großartig vorzustellen.

„Ich weiß, dass Sie ein regelmäßiger Besucher des Hauses sind, Monsieur", sagte der Akrobat. „Sie kommen jeden Abend hierher."

Er schien überrascht und erwiderte: „Ja, ich bin sehr an Ihren Vorführungen interessiert … Aber wer hat Ihnen das erzählt?"

Der Mann lächelte: „Oh! Niemand. Ich sehe Sie bloß immer."

„Das überrascht mich. In einer solchen Höhe … in einem solchen Moment … haben Sie da überhaupt die Gelegenheit, auf das Publikum im Raum zu achten?"

„Oh! Entschuldigung. Ich kümmere mich nicht um das Publikum. Es wäre sehr gefährlich für mich, in dieser unruhigen und murmelnden Menge nach Gesichtern zu suchen, ich benötige meine ganze Konzentration. In allen Dingen, die unseren Beruf betreffen, gibt es neben dem Kunststück selbst, seiner Theorie und Praxis sowie auch seinem Ablauf, einen Trick …

Er zuckte zusammen. „Einen Trick?"

„Damit wir uns recht verstehen, ich spreche nicht von einer Täuschung. Damit meine ich etwas, was die Öffent-

lichkeit nicht vermutet, und das ist der schwierigste Teil der Übung. Ich hoffe, Sie können mir folgen. Ich will damit verdeutlichen, dass es beinahe unmöglich ist, das Denken so weit auszublenden, dass man nur noch auf eine einzige Sache fokussiert ist, dass man seine Willenskraft nicht verzettelt, wenn ich das so sagen darf. Nun, ich für meinen Teil suche mir in dem ganzen Raum ein Objekt, einen Fixpunkt, auf den ich meine Augen hefte. Ich sehe nur noch diesen Punkt, diesen Gegenstand. Von der Sekunde an, in der ich ihn fixiert habe, existiert nichts anderes mehr für mich. Ich sitze im Sattel. Meine Hände umklammern den Lenker, und ich mache mir um nichts mehr Sorgen, weder um mein Gleichgewicht noch um meine Fahrtrichtung. Ich bin mir meiner Muskeln sicher. Sie sind hart wie Stahl. Es gibt nur eines, auf das ich aufpassen muss: meine Augen. Aber wenn ich sie erst einmal auf ein Objekt gerichtet habe, verspüre ich keine Angst mehr. Nun, am ersten Abend fiel mein Blick auf Ihre Loge, ich weiß auch nicht, warum. Ich habe Sie gesehen. Ich habe nur Sie gesehen. Sie waren der Punkt, das Objekt, von dem ich gesprochen habe. Am zweiten Abend suchte ich Sie an derselben Stelle. Und ebenso an den folgenden Tagen. So dass ich meinen Blick bis heute instinktiv auf Sie richte. Sie sind, ohne sich dessen bewusst zu sein, der wertvollste und unentbehrlichste Helfer für mich bei meinen Auftritten. Sie verstehen, dass ich mich aufgrund dieser Umstände freue, Sie kennengelernt zu haben."

Am nächsten Tag war der Verrückte wie immer in seiner Loge. Der Raum war in Bewegung, ein geräuschvolles Durcheinander. Plötzlich herrschte tiefe Stille; es

schien, als könnte man keinen Atemzug mehr hören. Der Akrobat saß auf seiner Maschine, die von zwei Männern festgehalten wurde, und wartete auf das Signal zum Start. Er wirkte völlig selbstsicher, hatte die Fäuste am Lenker, der Kopf aufgerichtet und den Blick starr nach vorne gerichtet.

Er rief „Hopp!", und die Männer stießen ihn ab.

Aber zur gleichen Zeit stand der Verrückte auf, als wäre es das Selbstverständlichste der Welt, schob seinen Sessel zurück und setzte sich auf die andere Seite der Loge. Dann geschah etwas Furchtbares. Der Akrobat machte einen gewaltigen Satz. Seine Maschine schoss vorwärts, schleuderte heftig, kam von der Strecke ab und stürzte unter Schreien des Entsetzens zu Boden.

Mit einer geübten Bewegung zog der Verrückte seinen Mantel an, strich seinen Hut am Aufschlag seines Ärmels glatt und ging.

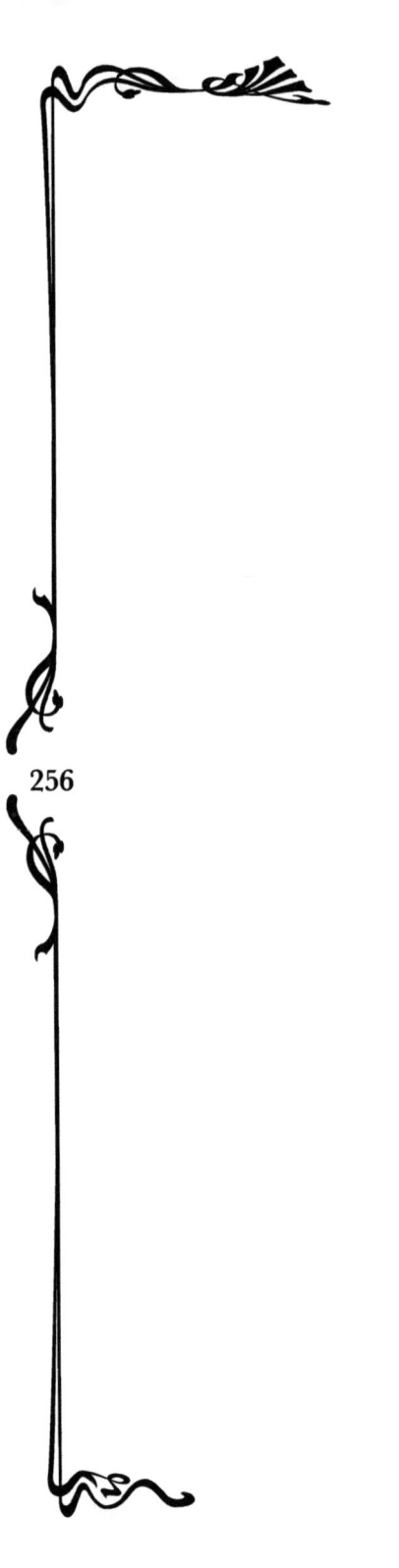

256

DER VATER

257

Als die letzte Schaufel Erde hinabgefallen war und sie sich die Hände geschüttelt hatten, gingen Vater und Sohn langsam und ohne ein Wort zu sagen nach Hause zurück. Ihre Köpfe waren leer und ihre Beine schwer, mit einem Mal hatte sie jene tiefe Müdigkeit ergriffen, die die Folge langer Anstrengungen ist.

Das Haus, das noch immer vom Duft der Blumen geschwängert war, wirkte nach der Aufregung und dem Kommen und Gehen der letzten beiden Tage ruhig, es machte einen seltsam leeren und neuen Eindruck. Die alte Magd, die vorausgegangen war, hatte alles wieder in Ordnung gebracht. Es erschien ihnen so, als wären sie gerade von einer langen Reise zurückgekehrt waren, aber ohne Freude und ohne dieses tiefe Durchatmen, das ausdrückt: „Ah, wie gut, dass wir zu Hause sind." Alles war sauber und aufgeräumt. Am Kamin lag die Katze im Schein des Feuers und schnurrte leise. Hinter den Fenstern verbreitete die Wintersonne schüchtern ihre heitere Stimmung.

Der Vater setzte sich ans Feuer, nickte und seufzte: „Deine arme Mutter …!"

Und zwei Tränen glitten über sein gutes rundes Gesicht, das vom Kummer, der Kälte der Straße und der Wärme des Zimmers rot angelaufen war.

Da er das Bedürfnis hatte, etwas anderes zu hören als das Schnurren der Katze, das Ticken der Uhr und das Knistern des Holzes im Kamin, begann er zu sprechen,

übermannt vom Schmerz der Überlebenden und vom Stolz auf diejenigen, die für immer fortgegangen sind.

„Hast du die Duponts gesehen? Sie waren alle da, und die Anwesenheit des Großvaters hat mich sehr berührt … Deine Mutter mochte sie sehr … Aber warum ist dein Freund Brémaud nicht gekommen? … Ja, ich weiß … Unter all den Leuten habe ich ihn vielleicht nicht bemerkt …"

Er seufzte erneut: „Mein armer Junge …", mit liebevoller Zuneigung zu diesem großen fünfundzwanzigjährigen Jungen, der leise neben ihm weinte.

Die alte Magd schlich auf Zehenspitzen herein, so leise, dass sie nicht hörten, wie sie die Tür öffnete.

„Hören Sie, Monsieur! Das kann nicht so weitergehen! Sie müssen etwas essen!"

Sie schauten auf.

Es stimmte! Sie mussten etwas essen. Das Leben hatte sie wieder. Sie waren hungrig, aber es war nicht der fröhliche Hunger jener Tage, an denen man gerne gemütlich am Tisch sitzt, sondern der Hunger eines Tieres, dessen Magen leer ist. Bis jetzt hatten sie sich aus Anstand zurückgehalten. Nun sahen sie sich an, ohne etwas zu sagen, und beide freuten sich darauf und hatten gleichzeitig Angst davor, sich erstmals wieder an dem zu großen Tisch in der Nähe des leeren Platzes gegenüberzusitzen.

Der Vater murmelte mit den Augen voller Tränen: „Ja, du hast recht … Mach uns etwas zu essen … du musst, mein Junge …"

Der Sohn nickte mit dem Kopf und stand auf.

„Ich ziehe mir nur etwas an, ich bin gleich wieder da."

Er ging hinaus, schloss die Tür und wollte gerade das

Zimmer seiner Mutter betreten, als die alte Magd auf ihn zukam und flüsternd sagte: „Monsieur Jean, ich habe etwas für Sie … einen Brief, den mir Ihre Mutter vor acht Tagen gegeben hat, als sie spürte, dass es zu Ende ging … Sie hat mich gebeten, ihn an Sie zu übergeben … nachdem sie … Hier ist er."

Er blieb überrascht stehen und sah die Bedienstete an. Sie stand zögernd vor ihm, der Umschlag, den sie ihm entgegenhielt, zitterte in ihren Fingern, und mit einem Mal hatte er das deutliche Gefühl, dass da ganz in seiner Nähe ein großes Geheimnis, ein tiefer Schmerz auf ihn wartete.

Er erwiderte mit gepresster Stimme: „Geben Sie ihn mir!", und ging hinein.

Sobald er allein war, versperrte er die Tür, ohne darüber nachzudenken. Das Zimmer mit dem zu flachen Bett, den geschlossenen Vorhängen, dem Kamin ohne Feuer und den fein säuberlich angeordneten Möbeln, machte bereits einen verlassenen Eindruck.

Er drehte und wendete den Brief zwischen seinen Fingern, wie gelähmt angesichts der lebendigen Handschrift der Toten, dieser geliebten Schrift, die er so oft in der Vergangenheit gesehen hatte und die sich, bereits zittrig, auf dem leicht zerknitterten Papier ausbreitete.

Durch die Wand konnte er hören, wie die Magd den Tisch deckte.

Er riss den Umschlag auf und las:

„Mein liebes Kind,

ich spüre, dass die Stunde naht, in der ich für immer Abschied nehmen muss. Ich gehe ruhig und beinahe ohne Bedauern, denn du bist jetzt ein Mann, und die Zeit ist

längst vorbei, in der ich für dich unentbehrlich war. Mir ist bewusst, dass ich eine gute Mutter gewesen bin. Aber zwischen uns liegt ein dunkles Geheimnis. Ich hatte bisher nicht den Mut, es dir zu offenbaren, aber es ist notwendig, dass du Bescheid weißt.

Diejenige, die du über alles geliebt und respektiert hast, diejenige, mit der du deine kleinen Sorgen und dein Leid als Mann geteilt hast, deine Mama, hat eine tiefe Schuld auf sich geladen, mein Schatz.

Du bist nicht der Sohn des Mannes, den du immer ‚Vater' genannt hast. Es hat eine große, unermessliche Liebe in meinem Leben gegeben, und mein einziges Verbrechen ist, dass ich sie nicht eingestanden habe. Dein Vater, dein richtiger Vater, lebt noch. Er hat dich aus der Ferne aufwachsen gesehen, und er liebt dich, das weiß ich. Du bist in einem Alter, in dem du die schwerwiegendsten Entscheidungen treffen kannst. Du kannst dein ganzes Leben neu gestalten, wenn du willst. Du kannst morgen reich sein, wenn du den Mut in dir findest, der mir gefehlt hat. Mein Verhalten ist feige, das weiß ich … Da ich unglücklich gelebt habe, möchte ich nicht auch noch unglücklich sterben. Ich bin schon hundertmal kurz davor gewesen, aus diesem Haus zu fliehen und dich mitzunehmen. Aber mir hat die Kraft dazu gefehlt … Es hätte zweifellos nicht viel gebraucht, damit ich mir ein Herz gefasst hätte: ein Verdacht … ein böses Wort … Aber nichts! … Nicht ein Schatten …"

Er hielt inne, niedergeschmettert von dieser Offenbarung.

Seine Mutter hatte also einen Geliebten gehabt … Sie hatte dieses Geheimnis die ganze Zeit über für sich bewahrt. Sie war in der Lage gewesen zu sprechen, zu lächeln, ohne dass das geringste Zucken, das ihre Schuld und Reue verriet! Und er, der einst unbarmherzig gegenüber den Schwächen anderen Frauen gewesen war, er, für den aller Stolz, alle Verehrung, alle Freude in dem Wort „Mama" zusammengefasst werden konnte, er war hier als Fremder großgezogen worden, eine lebende Beleidigung für diesen rechtschaffenen Mann, der nur Zärtlichkeit und Güte für ihn übrig gehabt hatte …

Seine ganze Kindheit stand vor seinem geistigen Auge. Er sah sich selbst als kleinen Jungen an der Hand seines Papas durch die Straßen der Stadt laufen … Er wurde älter … Wegen einer schweren Krankheit schwebte er viele Monate lang zwischen Leben und Tod, und er sah seinen Papa noch immer an seinem Bett sitzen, wie er mit Tränen in den Augen versucht hatte, zu lächeln … Die Zeit verging … Die Geschäfte liefen schlecht, und da waren andere Erinnerungen, noch ausgeprägter, noch ergreifender … die Gespräche, die er abends, zusammengerollt in seinem Bett, belauscht hatte. Die Mutter sprach nicht viel, der Vater sagte: „Ich werde mich einschränken … Ich werde das Rauchen aufgeben und nicht mehr ins Café gehen … Meine Kleidung ist noch sehr gut … Vor allem darf der Junge nicht darunter leiden … Die schlechten Zeiten werden vorübergehen … Wenn wir da und dort etwas kürzen, können wir ihm Süßigkeiten geben … Die Kleinen haben noch ihr ganzes Leben vor sich und werden noch genug leiden … Was bringt es, sie so früh traurig zu machen …!"

Und das war der Mann, den sie betrogen hatte …

Er begann zu weinen. Der Satz aus dem Brief fiel ihm

wieder ein: „Du bist in einem Alter, in dem du die schwerwiegendsten Entscheidungen treffen kannst."

Das stimmte. Er hatte kein Recht zu zögern. Nicht eine Sekunde lang kam ihm der Gedanke an Reichtum in den Sinn. Er würde einfach den Mut fassen, der ihr gefehlt hatte. Er würde dieses Haus verlassen, ohne etwas zu sagen … Er würde weit, weit weggehen und nie wieder zurückkehren. Und die Schande, von der nur er wusste, würde mit ihm gehen. Wie konnte er jetzt an diesem Tisch sitzen, ohne zu erröten? Wie konnte er die gute Stimme hören, die zu ihm sagte: „Mein Junge", ohne die Erinnerung an die „arme Mutter" wachzurufen?

Sein Entschluss stand fest. Er schluchzte: „Oh! Mama, Mama! Was hast du getan …?"

Er musste sich von dem ruhigen und stillen Leben verabschieden, von der Rückkehr ins Haus, vom verklärten Blick auf die Vergangenheit, denn in Wahrheit hatte er kein Recht, die Lüge und das Fehlverhalten fortzusetzen.

Er stand regungslos, versunken in seinen Schmerz.

Da hörte er ein Geräusch aus dem Esszimmer.

„Der arme Junge! … Er trauert! … Er ist im Zimmer seiner Mutter … Lassen Sie ihn weinen! … Ach! … Wir sind so unglücklich … Ich fühle mich so alt. Zum Glück habe ich ihn noch! Er ist ein guter Junge, er wird mich nicht verlassen!"

Er hob den Kopf und biss sich auf die Lippen. Der Vater redete immer weiter, und während er ihm zuhörte, gingen seine Gedanken allmählich eine andere Richtung. Der Weg, den er zu beschreiten hatte, schien nicht mehr so einfach zu sein, seine Aufgabe nicht mehr so klar.

„Er wird mich nicht verlassen …"

Hatte er das Recht, dieses arme Wesen im Stich zu lassen, es allein in dem verwaisten Haus alt werden zu lassen? … Weggehen! War das alles, was ihm einfiel, um für seine Liebe, seine Mühen und seine Entbehrungen zu bezahlen …?

Aber er war nicht sein Sohn … Seine Anwesenheit hier, unter seinem Dach, hatte etwas Unerträgliches und Abscheuliches an sich … Dennoch musste er jetzt eine Entscheidung treffen, danach würde es zu spät sein.

Er hielt den Brief seiner Mutter noch immer in der Hand. Er fing wieder an zu lesen.

„Es hätte zweifellos nicht viel gebraucht, damit ich mir ein Herz gefasst hätte: ein Verdacht … ein böses Wort … Aber nichts! … Nicht ein Schatten …"

Die Stimme des Vaters erklang wieder hinter der Wand.

„Ja, ich habe siebenundzwanzig Jahre mit ihr gelebt, und siebenundzwanzig Jahre lang gab es zwischen uns nichts, nicht einen Schatten …"

Dieselben Worte … derselbe Satz! …

Er nahm seine Lektüre wieder auf.

„Und jetzt werde ich dir den Namen deines richtigen Vaters sagen. Es ist …"

Der Brief zitterte in seinen Fingern. Ein Blick, und der Name wäre für immer in seinen Augen, in seinem gesamten Bewusstsein eingraviert … und dann … dann … konnte er nicht mehr …

Die Stimme rief leise: „Komm schon, mein Junge, komm an den Tisch …"

Ein Schaudern erfasste ihn und er schloss für einen

Moment die Augen. Dann nahm er ein Streichholz, hob den Arm und zündete das Papier an. Er sah zu, wie es langsam verbrannte, und als die Flamme drohte, seine Fingernägel zu versengen, öffnete er die Hand. Ein Stück aus schwarzer Asche fiel zu Boden. Nur eine schmales weißes Eck war übrig geblieben … nicht mehr …

Dann öffnete er die Tür und blieb einen Augenblick lang regungslos auf der Schwelle stehen. Und als er den anständigen Mann vor sich sah, mit seinen gütigen Gesichtszügen, seinen geröteten Augen und seinen zitternden Händen, nahm er ihn in die Arme; er umarmte ihn leidenschaftlich, wie einen geliebten Menschen, den man für immer verloren geglaubt hat, und schluchzte: „Papa! Mein alter Papa!"